CW01645874

ANUNN

Narrativa

9

© 2020 - Gilgamesh Edizioni
Via Giosuè Carducci, 37 - 46041 Asola (MN)
gilgameshedizioni@gmail.com - www.gilgameshedizioni.com

ISBN 978-88-97469-51-3

È vietata la riproduzione non autorizzata.

In copertina: Progetto grafico di Dario Bellini.

© Tutti i diritti riservati

Luigi Schifitto

L'UOMO CON LO ZAINETTO

Gilgamesh Edizioni

Primo

L'autobus della linea cinquantotto si fermò all'angolo di via Vespucci. Dalle porte centrali scese l'uomo che aveva prenotato la fermata. Osservò l'autobus ripartire e diede ancora una sbirciata al *Tuttocittà* che aveva in mano, poi si guardò intorno alla ricerca della direzione giusta. Quando la ebbe individuata si levò lo zainetto dalle spalle, ci infilò dentro lo stradario e si incamminò verso l'obiettivo della sua ricerca. Era certamente curioso vedere un uomo sui cinquant'anni con uno zainetto da studente, ma a Torino, si sa, la gente è abituata a tutto e nessuno sembrava accorgersi di quella singolare combinazione. L'uomo proseguì per via Vespucci in direzione di corso Lione. Arrivato all'altezza di via Pigafetta osservò la numerazione e si diresse sicuro verso il numero civico che si era appuntato col pennarello sul palmo della mano. Esaminò i nomi riportati sul citofono. Si sentì sollevato quando vide che la persona che lui cercava viveva proprio all'ultimo piano di quello stabile. E la fortuna non si fermava lì. Il portone era solo accostato, non gli restava che spingerlo, scivolare dentro l'androne e salire all'ultimo piano.

Sfiorò appena il campanello della porta d'ingresso, ma non ricevette alcuna risposta. Sembrava proprio che il professor Latorre non fosse ancora rientrato. L'uomo non si scompose, salì l'ultima rampa che portava alle soffitte, si sfilò lo zainetto e si accomodò sullo scalino della porta del sottotetto, in attesa dell'arrivo della persona che finalmente avrebbe potuto donargli la serenità che da troppo tempo aveva perso. Stranamente non si sentiva emozionato, al contrario era come pervaso da una strana sensazione di appagamento. Si scosse dalla condizione di rilassamento in cui stava lentamente scivolando e rammentò ancora una volta a se stesso il motivo per cui si trovava in quel posto.

Il professor Francesco Latorre, nonostante l'età relativamente giovane, era ordinario di Filosofia medievale all'Università di Torino. Non era di certo consuetudine affidare una cattedra così importante a un quarantenne, sebbene molto brillante e carismatico come Latorre. Era indubbio però che, da quando era lui a tenere quel corso, si era registrato un aumento esponenziale degli studenti che seguivano le lezioni; studenti sempre puntuali e attenti, quasi ipnotizzati dalle ardite disquisizioni del giovane professore su quegli argomenti così ostici, in merito ai quali qualsiasi altro docente di filosofia non avrebbe potuto evitare di risultare come minimo un po' noioso. Al termine delle sue lezioni era costretto a fare sempre gli straordinari per poter dar conto a tutti gli studenti che pazientemente si mettevano in coda, in attesa di sottoporgli i loro quesiti, i loro dubbi più o meno profondi. Erano in fondo sempre le stesse domande, le stesse curiosità, quelle che da sempre hanno riguardato l'essenza stessa dell'esistenza umana e su cui nessuno è mai riuscito a fornire delle spiegazioni un minimo definitive. Ma per quei ragazzi, e soprattutto per quelle ragazze, quel giovane e affascinante professore sembrava avere le risposte che tutti desideravano sentirsi dare, fin dal giorno in cui quelle stesse domande, ancora bambini, avevano provato a rivolgerle ai loro genitori. Anche quella sera non era riuscito a liberarsi prima delle sei di sera. Aveva poi raggiunto la sua fidanzata in un bar su piazza Vittorio per l'aperitivo serale e dopo averle dato appuntamento verso le dieci per andare al cinema con una coppia di amici, era tornato a casa per la meritata doccia rigeneratrice. Viveva da solo in un bell'appartamento del quartiere Crocetta. Avrebbe potuto benissimo convivere con la sua ragazza, anche perché ormai la loro era una storia più che consolidata, ma Latorre era un filosofo soprattutto nel modo di vivere e in quanto tale aveva fatto dell'essere *single* appunto la sua filosofia di vita. Non riusciva a fare a meno della sua libertà che doveva essere assolutamente totale e incondizionata. Di questo ne era consapevole Giovanna, la sua eterna compagna, che se ne era fatta una ragione e, così come il suo uomo, conduceva una propria vita in parallelo alla loro storia. Erano riusciti a creare un equilibrio perfetto nel quale le esigenze di entrambi sembravano trovare tutte le possibilità di realizzarsi appieno e gli ostacoli parevano dissolversi in un attimo. Non si poteva certo parlare di grande passione e forse neanche di semplice amore. Il loro ormai era un legame basato esclusivamente sull'affetto, la stima e soprattutto la fiducia reciproca; concetto, quest'ultimo, molto aleatorio e che per tutti e due non sembrava includere nella maniera più assoluta il concetto di fedeltà e tantomeno di gelosia, soprattutto per quanto riguardava il professore. Insomma il loro si poteva definire un rapporto sicuramente molto filosofico e anche molto pragmatico. Per Latorre era assolutamente inconcepibile che la sua vocazione da *single* potesse essere ingabbiata in schemi di alcun tipo, per lui non esistevano palliativi: o sì o no, inammissibili le mezze misure.

Una cosa era però indubbia, da quando aveva superato i quarant'anni iniziava a sentire sempre più forte il bisogno di avere dei figli. Questa esigenza la sentiva crescere giorno dopo giorno e lo turbava profondamente, gli faceva mettere in discussione una delle sue più ferree convinzioni: non c'è motivo per cui l'uomo debba ostinarsi nel suo tentativo di eternarsi, mettendo al mondo degli eredi, che riceverebbero in cambio nient'altro che i nostri dubbi, le nostre preoccupazioni, il nostro male di vivere, nel vano tentativo di dare una spiegazione a ciò che sembra proprio non averne alcuna. Nessuna spiegazione, proprio così, almeno dal punto di vista logico e razionale, e lui, purtroppo, era esageratamente logico e razionale. E per una persona come lui, il risvegliarsi di un desiderio così profondamente radicato nell'animo umano da non poter essere sottoposto a nessun tipo di analisi, come è quello di sentire il bisogno di un figlio, avrebbe potuto avere degli effetti imprevedibili. Al punto tale da portarlo sempre più spesso a una disamina spietata della sua vita, del suo passato, delle sue incrollabili convinzioni.

Parcheggiò la sua *Smart* all'angolo di corso Duca degli Abruzzi e si diresse deciso verso casa. Ritirò la posta, come al solito si trattava di bollette e di pubblicità. Da quando esisteva la posta elettronica, gli altri tipi di missive le leggeva direttamente sul computer. Erano perlopiù mail delle sue studentesse che gli sottoponevano i loro casi disperati, dichiarandosi sempre in fiduciosa attesa di un suo gentile riscontro, di qualsiasi tipo. E a dire il vero il gentile riscontro spesso c'era e non sempre veniva fornito via posta elettronica. Ogni tanto pensava a quelle situazioni e si chiedeva se quelle stesse ragazze lo avrebbero mai degnato di uno sguardo se lo avessero incontrato in altri contesti, magari al supermercato o in discoteca, in mezzo a tanti altri ragazzi più giovani e soprattutto più carini di lui. La risposta era scontata e aveva sempre preferito non darsela, in fondo a lui stava bene così. Gettò i fogli inutili nel cestino della raccolta carta posizionato nell'androne e, infilato l'ascensore, pigiò il pulsante del sesto piano.

L'uomo si alzò ancora una volta in piedi al sentire il rumore dell'ascensore in arrivo. Forse quella sarebbe stata la volta buona. L'ascensore si fermò proprio all'ultimo piano, sentì i passi di una sola persona sul pianerottolo, sporse la testa e vide un uomo che si era fermato davanti alla porta del professor Latorre e che cercava le chiavi di casa nella borsa ventiquattr'ore. Scese la rampa di scale che divideva le soffitte dall'ultimo piano senza farsi sentire, aprì la tasca anteriore dello zainetto e ne estrasse una rivoltella che puntò deciso tra le costole del professore. Latorre, sorpreso da quella presenza alle sue spalle, rimase impietrito e fece cadere le chiavi sullo zerbino. L'uomo gli intimò di non fiatare e di raccogliere le chiavi. Gli fece aprire la porta e sotto la minaccia della canna della pistola piantata dietro le spalle lo costrinse a entrare in casa. Poi, spingendola con un piede, chiuse la porta e chiese a Latorre di accendere le luci.
«Bene, adesso direi di andare a metterci comodi, io e te dobbiamo fare una lunga chiacchierata.»
«Certamente, ma resti calmo» disse Latorre nervoso mentre si girava per vedere in faccia il suo misterioso interlocutore.
«Stia tranquillo professore, io sono calmissimo. Cosa ne direbbe di accomodarci nel suo studio.»
Latorre osservò attentamente il viso dell'uomo che lo minacciava. Era sicuro di non averlo mai visto. Si diresse

verso lo studio. L'uomo gli ordinò di chiudere le imposte e di accendere poi la piantana posizionata dietro la scrivania.
Quell'uomo doveva essere un rapinatore. Sicuramente avrebbe arraffato tutto quello che poteva e poi lo avrebbe lasciato in pace. Era certamente italiano, non aveva alcun accento o inflessione che facessero pensare a uno slavo o a un sudamericano. Una cosa era certa: quando quella disavventura si sarebbe conclusa, non avrebbe mai più pensato che dall'estero arrivavano solo delinquenti, ladri e spacciatori; non ce n'era bisogno, ce n'erano abbastanza già in Italia.
«Se sono i soldi che vuoi, purtroppo non ho molto con me, però ci sono diverse cose di valore in casa... per cui non ti innervosire, vedrai che qualcosa riuscirai a racimolare. Il mio orologio per esempio, ha la cassa in oro, oppure il telefonino... è l'ultimo modello della *Motorola*, l'ho pagato quasi cinquecento euro. O se preferisci prendi pure qualcuno dei quadri su quella parete. Sono degli autentici *Nespolo*, iniziano ad avere un certo valore, sono un regalo dei miei allievi. In verità non mi sono mai piaciuti…»
«Grazie mille, ma non mi interessa la tua roba.»
Latorre si sentì gelare, quell'uomo non era quindi un ladro. La vicenda stava prendendo una brutta piega. Se non era un ladro, allora perché lo stava minacciando?
«Ma se non vuoi i miei soldi, cosa vuoi? Chi sei?»
«Ti dirò tutto, stai tranquillo, ma per adesso preparati a darmi delle risposte.»
L'uomo senza cessare un secondo di osservarlo gli intimò di spogliarsi e rimanere in mutande. Latorre, dopo aver esitato qualche secondo, decise di obbedire. Si levò i ve-

stiti e li appoggiò su un divanetto a fianco alla porta dello studio, mentre in cuor suo iniziava a farsi convinto di trovarsi di fronte al padre di qualche sua studentessa che male aveva digerito di essere stata trattata alla stregua di un piacevole passatempo e, risentita, aveva raccontato tutto al suo gelosissimo papi. L'uomo doveva aver superato la cinquantina d'anni e quindi poteva benissimo avere una figlia universitaria. A meno che non si trattasse di un maniaco pervertito, innamoratosi segretamente di lui, che aveva deciso di dare una svolta decisiva alla sua ossessione trasformandola in una splendida storia d'amore. La cosa lo impressionava un po', ma in quella situazione, con una pistola puntata contro, non era il caso di fare i preziosi. Qualsiasi fossero le malsane intenzioni di quell'uomo, a lui non restava altro da fare che assecondarlo. Non era proprio la situazione ideale per mettersi a fare i difficili.
L'uomo con la pistola gli fece segno di sedersi sulla sedia davanti alla scrivania. Era una di quelle sedie da videoterminale, con spalliera regolabile, braccioli e rotelle. Latorre obbedì sempre più preoccupato e nervoso. L'uomo prese il suo zainetto e ne estrasse degli oggetti metallici che il professore non riconobbe immediatamente. Solo quando fu a qualche centimetro da lui si rese conto che l'uomo aveva in mano delle manette, tipo quelle della polizia. E ne aveva più di un paio. Tenendogli la pistola puntata alla tempia con la mano destra, gli infilò il primo paio di manette al polso destro bloccandolo al bracciolo della sedia. Lo stesso fece con un altro paio di manette al polso sinistro e relativo bracciolo. Poi si chinò e dopo avergli infilato altre due paia di manette alle caviglie gliele bloccò chiudendole sul tubo del termosifone a fianco alla

scrivania. Latorre iniziò a sudare freddo, si sentiva gelare mentre cercava di dare una risposta alle disperate domande che continuava a porsi sul suo imminente futuro. L'uomo controllò che le manette fossero ben chiuse e solo allora depose la pistola dentro lo zainetto. Poi, sempre avendo estrema cura di non toccare nulla con le mani, si andò a sedere sulla sedia dall'altra parte della scrivania. Latorre aveva notato la particolare attenzione con cui l'uomo evitava di toccare gli oggetti presenti nello studio, era evidente che non voleva lasciare impronte digitali. La cosa poteva avere solo un significato che iniziava a diventare sempre più chiaro. I brividi di prima si fecero ancora più intensi, ebbe forte la sensazione di essere un condannato a morte.

«Tu mi vuoi uccidere» ebbe finalmente la forza di dire. «Questo mi sembra evidente, ma perché? E perché tutta questa messa in scena? Chi diavolo sei e perché mi stai facendo questo?»

«Credo che tu abbia diritto di sapere chi sono e non ho nessuna difficoltà a dirti il mio nome. In quanto alla tua sorte che, come dici tu stesso, sembrerebbe ormai segnata, ti consiglierei di non essere così precipitoso. Molto dipenderà da quello che mi racconterai, da come me lo racconterai, da quanto saprai essere convincente nel trovare le attenuanti al tuo caso.»

Latorre lo guardò con l'espressione più sorpresa possibile in una situazione che di sorprese ne aveva già offerte parecchie. Poi l'uomo iniziò la sua arringa accusatoria, al termine della quale, così aveva garantito, gli avrebbe consentito di replicare.

Giovanna guardò nervosamente il suo orologio, erano

quasi le dieci e mezza e ormai appariva chiaro che per quella sera il cinema sarebbe saltato. Avrebbe certo gradito venirlo a sapere direttamente dalla viva voce di Francesco e non doverlo scoprire aspettandolo inutilmente nel parcheggio del *Multisala* di Beinasco. Aveva provato più volte a chiamarlo sul cellulare e ogni volta lo aveva fatto squillare a lungo non ricevendo però alcuna risposta. La cosa l'aveva irritata parecchio. I suoi amici Fabrizio e Daniela, con cui avrebbero dovuto assistere alla proiezione del film, cercavano di trovare una spiegazione plausibile alla strana situazione, ma l'effetto era di far montare sempre più la rabbia della ragazza.

«Adesso basta! Ha superato ogni limite. Passi la sua indipendenza, la sua libertà. Passino le sue scappatelle, la sua ormai fin troppo nota infedeltà, ma a tutto c'è un limite. Non ci si può dimenticare di un appuntamento solo perché una di quelle puttanelle delle sue studentesse si è fatta trovare sotto casa. Questa è la goccia che fa traboccare il vaso.»

«Dai Giovanna» cercò di calmarla la sua amica. «Vedrai che una spiegazione ci sarà. Deve essere successo qualcosa di particolare, non può essere andata come dici tu. Francesco sarà anche un animo libero e fin troppo disinibito, ma è anche una persona corretta, almeno a suo modo. Non è tipo da dare fregature del genere.»

«Tu dici? Io non ne sono convinta. E per non sapere leggere e scrivere, faccio che togliermi ogni dubbio. Vado a casa sua e vediamo se non ho ragione. Ci vediamo domani in ufficio.»

«No, Giovanna, non farti di queste scene! Cosa ci guadagneresti? Solo un'umiliazione che proprio non meriti.»

«Umiliazione in più o in meno, ormai la mia vita è se-

gnata. È però giunto il momento che qualche segnetto la vita lo lasci anche a quel filosofo da quattro soldi del mio pseudo fidanzato.»
Giovanna salì decisa a bordo della sua *Yaris*, mise in moto e sgommando si diresse decisa verso corso Orbassano. In dieci minuti sarebbe arrivata a casa di quel maledetto maiale e finalmente, stavolta, avrebbe trovato la forza per liberarsi della sua ineluttabile presenza, una volta per tutte.

Il professor Latorre osservava l'uomo, che in silenzio e a testa bassa sembrava valutare cosa fare. Aveva ormai terminato il suo racconto da qualche minuto, cercando di non dimenticare nessun particolare che potesse servire in qualche modo a far tornare quell'uomo sulla sua decisione, a evitare che mettesse in atto il suo terribile intento. Aveva usato tutta la sua arte oratoria, tutte le argomentazioni di cui era capace per cercare di far breccia nel cuore di quell'uomo. Con gli studenti funzionava sempre, nessuno alla fine di una discussione con lui riusciva a rimanere sulle proprie posizioni e tutti convenivano inevitabilmente che le cose stavano proprio come lui le aveva poste. Quello che aveva davanti non era però uno studente, era un uomo la cui esistenza da tempo ormai scorreva su una dimensione diversa dalla sua e da quella degli altri esseri umani. Lui usava un altro metro di valutazione: per lui c'erano ormai pochissime cose a cui dare un valore anche minimo. Probabilmente si era ridotto ad avere un unico interesse, un unico fine da perseguire e sembrava fin troppo chiaro che il suo fine coincideva purtroppo con la sua fine.
L'uomo si chinò sullo zainetto, ne estrasse due guanti in

lattice che indossò rapidamente, nascosto dal piano della scrivania, poi si alzò e gli si avvicinò. Latorre raggelò quando lo vide infilare la mano destra all'interno della sacca. Stava prendendo la pistola, ormai era finita. Appena la mano fu fuori dallo zaino, Latorre ebbe un sussulto di sollievo nel vedere che non impugnava la pistola; non riuscì però a capire che cosa avesse tra le mani, anche a causa della penombra. Vide solo che l'uomo rapidamente gli si mise alle spalle e sentì un rumore che riconobbe immediatamente: l'uomo aveva appena srotolato un pezzo di nastro da pacchi. D'improvviso sentì premere lo stesso sulle sue labbra. L'uomo diede tre giri di nastro intorno alla bocca del povero Latorre e dopo averlo strappato ripose il rotolo dentro lo zainetto. Gli si mise di fronte. Con le mani si assicurò che il naso della sua vittima fosse libero e la bocca ben chiusa, poi infilò nuovamente la mano dentro lo zainetto, frugò all'interno alla ricerca di qualcosa. Dopo qualche secondo tirò fuori una piccola scatolina bianca rettangolare. L'aprì e ne estrasse una lametta da rasoio. Si avvicinò a Latorre, gli si inginocchiò a fianco e, prima che il professore si rendesse conto delle sue intenzioni, affondò profondamente la lametta nella caviglia sinistra. Latorre provò un dolore acuto e poi sentì sul piede sinistro una sensazione di bagnato sempre più estesa. Il sangue usciva rapidamente dalla ferita. L'uomo fece scorrere la lametta verso l'alto aprendo ancora di più la vena. Mentre Latorre si agitava come un forsennato, cercando di liberarsi disperatamente dalle manette che lo bloccavano alla sedia e al termosifone, l'uomo si posizionò sul fianco destro del professore. Incurante della disperata reazione della sua vittima, afferrò l'altra caviglia e vi operò un taglio simile al primo.

Poi si rialzò, afferrò il polso destro di Latorre, lo rivoltò con la parte interna verso l'alto e anche stavolta con un gesto rapido affondò profondamente la lametta facendola poi scivolare verso il gomito. Sul volto di Latorre si era ormai dipinta un'espressione di terrore che l'uomo colse con contenuta soddisfazione. Mantenendo la stessa lucidità, l'uomo aprì le vene del polso e dell'avambraccio sinistro. Si scostò di qualche metro dall'uomo ormai completamente ricoperto di sangue, che continuava a fuoriuscire dalle profonde ferite che gli aveva inferto. Dopo qualche secondo si mise nuovamente a sedere e si dispose a osservare gli ultimi istanti di vita del professor Latorre.

«Adesso basta Giorgio, non è possibile andare avanti così» urlò la donna all'indirizzo del marito che, comodamente sprofondato sul divano, stava seguendo la partita del Torino su *Sky*.
«E hai perfettamente ragione Maria Teresa! Non è proprio possibile andare avanti così, e quando segneremo mai un goal! Ma perché, da piccolo, mio padre mi ha permesso di tifare per il Toro! Ma guarda... guarda anche tu... troppo sfigati. Non ne azzeccano una che sia una.»
«Giorgio, ti prego, non è il momento di pensare al tuo Toro. Ma non li senti? Ma cosa hai nelle orecchie, i tappi di cerume? Non senti che tra un po' viene giù il soffitto. Tutte le sere la stessa storia. Io non ne posso più di quel mandrillo. Oggi lo stanno facendo nello studio, ieri si erano messi in cucina.»
«Ma lasciali in pace, sono giovani, beati loro!»
«Ma chi dice niente, solo che lo potrebbero fare senza spostare necessariamente tutti i mobili di casa, senti che

trambusto.»
«Sempre meglio di quando i mobili li fai spostare a me, per fare le pulizie.»
«Perché, vorresti dire che i mobili dovrei spostarli da sola? Guarda che anche tu hai i tuoi doveri coniugali.»
«Sicuramente, solo che te ne ricordi esclusivamente quando fai le pulizie.»
«O povero maritino mio, con una moglie come me che gli fa fare solo le pulizie e non lo fa mai… scopare. Se vuoi, possiamo recuperare subito, io sono a tua completa disposizione.»
«Ma porca miseria, levati di mezzo che c'è il Toro in attacco, una volta tanto. Dopo, magari, alla fine della partita.»
«Mi spiace, adesso o niente, dopo so già che avrò il mal di testa.»
«E allora niente, adesso lasciami in pace per favore.»
«Allora, anche stavolta, non vai su a protestare col professore? Questa è l'ultima volta, se non ci vai tu, allora vorrà dire che ci andrò io.»
«E vedi di restarci per sempre col professore! Senti un po'… lo vedi che è già tutto finito, anche per stasera è passato tutto. Devo dire che è durato meno del solito, anche se l'intensità era sicuramente maggiore. Si vede che stasera ha optato per la qualità anziché per la quantità. E adesso forza Toro! Prendete esempio dal professor Latorre, tirate fuori le palle, se le avete!»

L'uomo valutò con calma come i disperati tentativi di liberarsi da parte del professore perdessero sempre più intensità fino a esaurirsi definitivamente. Anche l'espressione del volto mutò improvvisamente, cessò di

essere disperata e i suoi lineamenti assunsero l'espressione della più profonda rassegnazione. Le forze lo avevano ormai abbandonato, sentiva che stava per perdere conoscenza. Indirizzò un ultimo sguardo verso il suo carnefice che, imperturbabile, lo osservava senza lasciar trasparire alcuna emozione. Trovò ancora la forza di osservare attentamente gli occhi inespressivi di quell'uomo ed ebbe la certezza che, in realtà, in quella stanza c'era qualcuno che era già morto prima di lui.
L'uomo attese ancora qualche minuto dopo aver visto Latorre perdere i sensi. Si alzò quindi dalla sua sedia e facendo molta attenzione a non pestare con le sue scarpe la pozza di sangue che si era formata sotto la sedia, sganciò le manette dai polsi e dalle caviglie di Latorre, le infilò dentro un sacchetto di plastica che ripose dentro lo zainetto. Si guardò con attenzione intorno e si diresse verso la porta d'ingresso. Improvvisamente si bloccò, infilò la mano destra nello zainetto e ne estrasse una cartolina illustrata e un pennarello. Rimase un paio di minuti a osservare la cartolina rigirando il pennarello tra le dita, in preda ai suoi pensieri. Poi, improvvisamente, tolse il tappo al pennarello e tracciò uno scarabocchio sul retro della cartolina. Ritornò sui suoi passi e la depose sul piano della scrivania, a fianco alla lametta. Con lo zainetto sulle spalle tornò lentamente verso la porta d'ingresso.
Si era fatto convinto, nei giorni precedenti, quando aveva mentalmente preparato l'omicidio, che a quel punto si sarebbe dovuto sentire appagato e soddisfatto: non era così. Si trovava invece nella stessa condizione di un'ora prima, di un giorno prima, di un anno prima, di sempre, da sempre, da troppo.

Giovanna rallentò la corsa della sua *Yaris* e svoltò su via Pigafetta. L'auto di Latorre era parcheggiata proprio all'angolo di corso Duca degli Abruzzi.
"Lo vedi che avevo ragione" pensò "quel maiale è a casa a spassarsela con... come ha potuto comportarsi in questo modo! Forse però è meglio così, finalmente chiariremo tutto. La situazione è diventata veramente insostenibile. Io non sono come lui, voglio cambiare subito stile di vita. Sono stufa di aperitivi e *week end* fuori città. Io voglio una famiglia, con lui o senza di lui".
Giovanna parcheggiò a pochi metri dal portone dello stabile di Latorre. Suonò al citofono, aspettò qualche secondo, poi prese la copia delle chiavi nella sua borsa e aprì. Salì in ascensore al sesto piano col cuore che le batteva all'impazzata, ripetendo in mente le parole che in quel momento le sembravano più adatte per esprimergli in pochi istanti tutto quello che si era prefissata di dire. Suonò inutilmente anche il campanello della porta per un paio di volte. Aprì con le sue chiavi. Le luci erano accese. Entrò e stranamente si sentì prendere da un senso di disagio, ebbe la sensazione forte e improvvisa di aver sbagliato tutto, di non aver fatto la cosa giusta. Entrò in camera da letto, perfettamente in ordine, passò poi in cucina, ma anche qui nessuno. Guardò quindi all'indirizzo dello studio e vide che dalla spalliera della sedia di fronte alla scrivania sporgeva un braccio. Si sentì venire meno quando si rese conto che quel braccio era ricoperto di sangue e ce n'era anche sul pavimento intorno alla sedia. Si fece forza, si avvicinò, afferrò la spalliera e con decisione la voltò. Non riuscì nemmeno a urlare: la vista di Francesco Latorre orribilmente straziato la raggelò. Si guardò

istintivamente i piedi, le sue scarpe erano rosse di sangue, il sangue del suo Francesco. Si mise a correre verso la porta d'ingresso, rimasta aperta sulle scale, quando sentì improvvisamente un braccio che la cingeva per la vita e bloccava la sua corsa. Ormai era terrore allo stato puro. Ebbe l'impressione che le sue corde vocali si fossero sbloccate e urlò con tutta la potenza di cui era capace. Una mano si posò sulla sua bocca e la chiuse energicamente, impedendole di continuare nel suo urlo. In quell'istante si sentì venir meno e perse i sensi.

«Giovanna, svegliati, siamo noi!» le diceva preoccupata Daniela mentre il suo ragazzo la schiaffeggiava delicatamente sul viso.
«Non volevamo spaventarti, dai riprenditi!»
Giovanna riconobbe la voce della sua amica e aprì lentamente gli occhi. Vide il volto di Daniela chino sul suo e di slancio l'abbracciò stringendola con forza.
«Che diavolo è successo Giovanna? Perché scappavi?» le chiese preoccupato Paolo.
«Dov'è Francesco?» chiese poi Daniela. «Io me lo sentivo che sarebbe successo qualcosa di brutto. Meno male che ti abbiamo seguita. Allora come va? Cerca di tirarti su.»
«Francesco...» fece Giovanna con voce ancora tremante. «È di là nel suo studio... è in mezzo a tanto sangue... credo sia morto... io stavo correndo a cercare aiuto.»
Paolo chiamò immediatamente il *Pronto Soccorso* col suo cellulare e poi dopo avere affidato Giovanna alla sua fidanzata si spostò nello studio. Si fece forza e si avvicinò al corpo di Francesco Latorre che giaceva sulla sedia proprio di fronte a lui. Osservò attentamente il corpo denu-

dato coperto di sangue. Notò le profonde ferite ai polsi e alle caviglie. Si guardò intorno alla ricerca di una spiegazione a quella follia. La trovò sul piano della scrivania, d'istinto fece per prendere la lametta, ma si fermò in tempo. Poi mise mano nuovamente al cellulare e compose il numero della polizia.

Ritornò lentamente nell'ingresso e si avvicinò alle due donne. Carezzò dolcemente il viso di Giovanna che alzò lo sguardo e lo fissò negli occhi.

«È… è morto? Vero?»

«Sì, è morto. Sembra… sembra che si sia suicidato... si è tagliato le vene» disse incredulo Paolo.

Giovanna si sentì morire anche lei. Le tornò in mente tutto quello che aveva pensato e detto sul conto di Latorre nelle ultime ore della serata, nelle ultime ore di vita del suo Francesco e si sentì un verme. Il suo uomo moriva e lei non aveva trovato di meglio da fare che insultare la sua memoria. Lui aveva deciso di togliersi la vita e lei lo aspettava al cinema in preda a una crisi di nervi. Il suo compagno aveva rifiutato la sua esistenza e lei non se ne era resa conto e, addirittura, aveva deciso che gli avrebbe imposto le sue decisioni. Si sentiva profondamente in colpa, si sedette su una sedia, sempre abbracciata da Daniela e con la mente tornò a esaminare gli ultimi giorni vissuti con Francesco, alla disperata ricerca di un segno che non aveva saputo cogliere, nella inconscia speranza che quel segno Francesco non glielo avesse mai dato, nella assoluta consapevolezza che quel segno, comunque, lei avrebbe dovuto vederlo.

Secondo

Stefano Cavalli guidava il commissariato di polizia di Borgo San Paolo ormai da tre anni. Per anni era stato in servizio presso la squadra mobile di Cuneo, fino alla soglia del quarantesimo compleanno, quando sua moglie, come regalo di compleanno, lo aveva posto di fronte a un bivio: o lei o la sua bella Cuneo. La donna, che lavorava a Torino e da cui non aveva alcuna voglia di trasferirsi, si era dichiarata stufa di vederlo solo nei *week end* o alla sera tardi, quando lui riusciva ad abbandonare il suo ufficio in tempo utile per raggiungerla in serata a casa. Tra l'altro il loro bambino iniziava a essere ormai grandicello e non poteva più fare a meno di un padre un po' più disponibile. Vano era stato il suo tentativo di obiettare che la tranquilla sede di Cuneo era quanto di meglio il Piemonte potesse offrire a un commissario di polizia. Anche perché la moglie gli aveva fatto giustamente notare che, se quello che lui cercava era un lavoro tranquillo, forse aveva fatto la scelta sbagliata quando aveva deciso di diventare poliziotto. Si era così trasferito a Torino ed era stato assegnato al commissariato San Paolo, facendo buon viso a cattivo gioco e dando per sempre l'addio alla sua amata provincia Granda.

La volante si fermò coi lampeggianti accesi e a sirena spenta. Gli avevano comunicato che la situazione era purtroppo stabilizzata, non era quindi necessario arrivare a sirene spiegate come nei film americani. Il commissario Cavalli, tra l'altro, la sirena proprio non la sopportava: gli sembrava di disturbare e la utilizzava solo quando strettamente necessario. Da quello che gli aveva detto per telefono il suo collega, l'ispettore Avenatti, sembrava proprio che in questo caso non fosse necessario. Scese dall'auto e si diresse deciso verso l'androne, passando tra un capannello di curiosi che, nel frattempo, si era formato davanti al portone d'ingresso. Salutò l'agente che piantonava il piano terreno e si fece indicare l'appartamento in cui era avvenuto il delitto. Delitto o suicidio? In realtà Avenatti non era stato molto chiaro in proposito. Lui lo conosceva bene, non era tipo da sbilanciarsi molto e il fatto stesso che avesse lasciata aperta la strada dell'omicidio oltre a quella del suicidio voleva chiaramente dire che si era già fatto convinto che non si trattasse di suicidio.

Cavalli entrò nell'appartamento dirigendosi verso la stanza che sembrava essere la scena del delitto.

«Salve commissario!» fece Avenatti andandogli incontro.

«Ciao Guido! Allora che diavolo è successo? Lo sai che non ti sopporto quando fai l'enigmatico. Che diavolo significa che c'è stato un suicidio fin troppo omicidio? Deciditi! E soprattutto non mi dire che si tratta di un suicidio e che mi hai fatto venire qui inutilmente.»

«Stia tranquillo commissario, l'omicidio purtroppo c'è stato, anche se la chiamata per il nostro intervento era stata per un caso di suicidio. Poi, quando siamo arrivati qui e abbiamo cominciato a guardarci intorno, abbiamo capito che il suicidio era solo una messa in scena e neanche tanto ben riuscita. Venga con me che le mostro il cadavere. Si tratta di Francesco Latorre, un docente universitario.»

Cavalli si avvicinò al cadavere di Latorre e lo osservò attentamente.

«Si è tagliato le vene dei polsi e delle caviglie!» si sorprese Cavalli. «Come sarebbe a dire che non è un suicidio? Non

perdiamo tempo, dimmi tutto quello c'è da sapere.»
Avenatti chiamò il medico legale che, seduto sul divano, stava prendendo appunti per poter poi stilare il suo rapporto e lo invitò a raccontare ciò che aveva scoperto.
«È presto detto commissario. Le ferite sono perfettamente compatibili con un suicidio. Potrebbe benissimo essersele inferto da solo. Non sarebbe la prima volta che capita. Solo che oltre alle vene aperte, sul cadavere ci sono altri segni. Ci sono delle ecchimosi, dei graffi, sempre all'altezza di caviglie e polsi che non sono state procurate dalla lametta ma da qualcosa di metallico che gli bloccava mani e piedi. Non so ancora di preciso... ma potrebbe trattarsi di catene o manette. Insomma l'uomo era bloccato alla sedia e non poteva muoversi. Ha cercato di liberarsi, divincolandosi; così si è procurato quei lividi. E poi sulla pelle del volto ci sono tracce di una grande sudorazione, tipica di chi è molto spaventato, direi terrorizzato. E chi si suicida non ha paura di morire, altrimenti non si ucciderebbe. Senza parlare dei boxer, che oltre a essere bagnati di sangue lo sono anche di urina e non serve che le spieghi perché un uomo poco prima di morire abbia deciso di farsela addosso.»
«Capisco, dottor Fornaro. È tutto chiaro. E la *Scientifica*, cosa ha trovato? Ti conosco bene Avenatti per non sapere che, prima di formulare qualsiasi ipotesi, avrai di sicuro chiesto il parere degli uomini della *Scientifica*.»
«Hanno riscontrato un paio di elementi in particolare che non lasciano adito ad alcun dubbio.»
«E cioè, di grazia? Non fare il fenomeno, su! Altrimenti li vado a chiedere direttamente ai colleghi e ti privo del piacere di fare il tuo show.»
«Intanto sulla lametta non ci sono le impronte digitali

della vittima e, da che mondo è mondo, i suicidi non usano i guanti per poi toglierseli poco prima di morire.»
«E su questo non ci piove, certo che se riuscissi a evitare di fare troppo l'ironico, te ne sarei grato. Continua, per piacere.»
«Venga a vedere. Guardi i braccioli della sedia. Li vede quei segni. Sono recentissimi, sono stati causati non più di qualche ora fa. Sembra che siano stati provocati da qualcosa di molto duro, probabilmente di metallo, che è stato strofinato con forza più volte sulla plastica dei braccioli. Inoltre i segni hanno intensità diversa, come se inizialmente chi li ha procurati ci abbia messo tutta la forza di cui era capace e poi sempre meno. Secondo me quest'uomo era incatenato ai braccioli della sedia e prima di morire ha causato questi segni dimenandosi nel tentativo di liberarsi finché le forze glielo hanno consentito.»
Cavalli osservò ancora una volta i segni sui braccioli e poi osservò il viso di Latorre. L'espressione sembrava comunque serena, o forse no. Non era serenità, quella che aveva dipinta sul volto era quasi sicuramente rassegnazione. Quell'uomo si era battuto per cercare di sottrarsi alla morte e poi quando si era reso conto che non ce l'avrebbe fatta si era rassegnato. Che modo orribile di morire: lentamente, per dissanguamento, pienamente consapevole di quello che gli stava accadendo e altrettanto consapevole che non avrebbe potuto fare nulla per evitarlo. Quell'uomo era veramente morto rassegnato.
«Il dottore diceva che la vittima era stata legata mani e piedi. Avete capito dove gli avesse bloccato i piedi?»
«Sì commissario, se si abbassa e guarda attentamente il tubo del termosifone si accorgerà che anche lì sopra ci sono dei segni simili a quelli dei braccioli.»

«Un'ultima cosa Guido, hai detto che l'uomo si è dimenato come un ossesso, quindi era cosciente quando è stato ucciso. Avrà quindi urlato. Spero che qualcuno nello stabile lo abbia sentito urlare. O vuoi farmi credere che si è fatto uccidere in questa assurda maniera non dicendo neanche *ahi*.»
«Ho pensato anche a questo, commissario. La vittima non poteva urlare. Era stato imbavagliato con del nastro adesivo. Il dottor Fornaro ha rilevato tracce che sembrerebbero di colla intorno alle labbra. Comunque non è vero che nessuno ha sentito niente nello stabile. Ed è proprio per questo che il suicidio non è minimamente credibile.»
Avenatti indicò una coppia di cinquantenni in attesa nell'ingresso dell'appartamento.
«Sono gli inquilini del piano di sotto, i signori Bottero. Verso le dieci hanno sentito un gran trambusto provenire da questo appartamento che è andato avanti per una decina di minuti... come di mobili spostati, trascinati.»
«E come mai non vi siete allarmati?» chiese il commissario alla coppia. «Non mi direte che non vi è sembrato strano.»
«Sì... cioè no» rispose la donna, col suo forte accento piemontese. «Nel senso che ci è sembrato strano né più né meno delle altre sere.»
Il commissario la guardò interrogativo.
«Signora, mi sta forse dicendo che tutte le sere in questo appartamento ammazzano qualcuno?»
«No, per carità, questo è un condominio abbastanza tranquillo, ma spesso la sera arrivavano rumori... molesti da quell'alloggio. Insomma commissario, il professore era un *Dongiovanni* e a quanto pare...»
«A quanto pare era anche un tipo molto focoso» si intro-

mise il marito. «Almeno a giudicare dal casino che si sentiva quando era impegnato nei suoi incontri... galanti, diciamo così.»
«Capisco, quindi non vi siete preoccupati affatto. Questo mi lascia pensare che non siete stati voi a ritrovare il cadavere.»
Il commissario diresse uno sguardo interrogativo verso il suo collaboratore.
«È stata la sua fidanzata, in compagnia di una coppia di amici. La vittima non si è presentata all'appuntamento al cinema che avevano per le dieci di sera e la ragazza, infuriata perché convinta che si fosse trattenuto con un'altra, è venuta a cercarlo a casa e lo ha trovato in quello stato. È stato il suo amico che ci ha chiamato e ci ha detto che il professor Latorre si era suicidato.»
«Dove sono adesso? Vorrei scambiare con loro quattro chiacchiere.»
Avenatti accompagnò il suo capo in cucina dove, seduti attorno al tavolo, i tre aspettavano in silenzio gli sviluppi di quella serata da incubo. Il commissario si diresse verso la ragazza che appariva la più provata tra le due e che subito classificò come la fidanzata. Lei si alzò e gli porse la mano.
«Sono il commissario Cavalli: seguirò l'indagine sull'omicidio del vostro amico, del suo fidanzato.»
Giovanna sbiancò in volto e tornò rapidamente a sedersi, scoppiando subito in un pianto irrefrenabile. Il commissario si bloccò, osservò la ragazza e immaginò che quella crisi di pianto improvvisa fosse sicuramente dovuta alla agghiacciante notizia che aveva appena appreso, cioè che il suo fidanzato fosse stato ucciso e non si fosse suicidato. In effetti c'era una bella differenza. Non poteva certo im-

maginare, il commissario, che quello era soprattutto un pianto in qualche modo liberatorio: Francesco era stato ucciso, di questo, in realtà, ne era convinta anche prima che glielo comunicasse il commissario, solo che aveva assolutamente bisogno di avere la conferma che a ucciderlo non fosse stata proprio lei, non accorgendosi delle sue intenzioni suicide.
«Scusi commissario» chiese Paolo, l'amico di Latorre. «Siete sicuri che non si tratti di suicidio? È stato veramente ucciso? Lei ci sta dicendo che questa è una tragica messa in scena per farci credere...»
«Proprio niente. Siete voi che vi siete fatti convinti che il professore si sia suicidato. In realtà l'assassino non ha allestito tutto questo teatrino per farci credere che il vostro amico si sia suicidato, tutt'altro. Non ha fatto proprio niente per nascondere la sua mano dietro la morte del professor Latorre.»
«Anche se è stato molto attento a non lasciare alcuna traccia di sé» si intromise Avenatti. «Non un'impronta digitale o della suola delle sue scarpe, capelli o quant'altro, proprio nulla.»
«So bene che questo non è il momento adatto per porvi certe domande» riprese il commissario Cavalli. «Vi pregherei però di fare uno sforzo e dirci se ricordate qualcosa di importante che avete notato al momento del vostro arrivo, un particolare che ha attirato la vostra attenzione. Pensateci bene...»
«Nulla, commissario» disse Giovanna. «A parte Francesco ridotto in quello stato.»
«Ha aperto lei la porta dell'appartamento?»
«Sì, ho sempre in borsa un mazzo di chiavi dell'appartamento. Mi capitava spesso di passare da qui anche

quando lui non era in casa. La porta era chiusa, anche se non a chiave.»
«Tra l'altro non ci sono segni di effrazione sulla porta» aggiunse l'ispettore Avenatti. «Insomma sembrerebbe proprio che sia stato il vostro amico a far entrare il suo assassino in casa. Non ci sono neanche segni di lotta che facciano pensare a un ingresso con la forza. I casi sono due, o quell'uomo è entrato minacciando Latorre con un'arma o il professore conosceva il suo assassino.»
«A questo proposito, non è che vi viene in mente qualcuno che potesse avercela con Latorre al punto da ucciderlo? Non vi chiedo di dirmelo immediatamente, ma se dovesse venirvi in mente qualcosa, chiamatemi o passate dal commissariato.»
Cavalli porse un biglietto da visita a Giovanna.
«Ho solo questo con me, ma vi pregherei di appuntarvi anche voi il numero. Chiamate per qualsiasi cosa, qualsiasi dubbio, anche per cose che possono sembrarvi di poca importanza. Non abbiamo molto per le mani e ogni particolare ci potrebbe servire.»
Il commissario strinse la mano ai tre e tornò nello studio. Avenatti accompagnò i tre all'uscita e lo raggiunse proprio mentre il cadavere di Latorre veniva sollevato dalla sedia e posto dentro una bara metallica per essere portato all'obitorio. Cavalli guardò la sedia ormai vuota, l'imbottitura era completamente intrisa di sangue.
«Caro Guido, siamo di fronte a un bel casino. Perché mai l'assassino non si è limitato a uccidere Latorre e ha voluto farlo in una maniera così plateale? Ho paura che ci siamo imbattuti in uno di quei casi con uno psicopatico o qualcosa del genere.»
«Lo penso anch'io. C'è ancora una cosa a cui non so se

dare o meno importanza. Vede quella cartolina sulla scrivania?»

Il commissario si avvicinò e la prese tra le dita. La rivoltò più volte.

«Non c'è scritto nulla sopra, a parte questo segno che sembrerebbe una lettera Z. Probabilmente apparteneva alla vittima.»

«Lo escluderei capo, abbiamo fatto rilevare le impronte. Completamente pulita, Latorre non ha mai toccato quella cartolina.»

«Tu pensi che l'abbia lasciata l'assassino? Be', allora un punto d'inizio ce lo abbiamo. È una cartolina di Roma, del Lungotevere, se il nostro uomo l'ha lasciata qui volontariamente, un significato dovrà avercelo. Cerchiamo di scoprirlo. Domani mattina convoca la sua ragazza in ufficio e fate una bella chiacchierata. Fatti dire tutto di lui, se si è recato ultimamente a Roma, e se sì, a far cosa. Gli inquilini di sotto hanno detto che era uno sciupafemmine, vedi se riesci a procurarti i nomi delle sue fiamme.»

«Da quello che mi accennava il suo amico, di fiamme ne aveva tante. Sembra che avesse un debole per le studentesse che frequentavano i suoi corsi di filosofia all'università.»

«Benissimo! E allora manda qualcuno anche in facoltà, tira fuori i nomi di queste studentesse e le convochi in commissariato e, insieme a loro, convochi i loro fidanzati, conviventi, fratelli, genitori e chiunque altro avrebbe potuto avercela a morte con lui per via delle sue storie con quelle ragazze.»

In quel momento si avvicinò all'ispettore un agente con in mano un sacchetto pieno di polvere bianca.

«Era dentro l'armadio, nella tasca di un giubbotto.»

«A quanto pare il nostro professore oltre ad amare il sapere e le belle figliole, aveva un debole anche per la cocaina. Vuoi vedere che le cose vanno prendendo la piega giusta. Adesso mi spiego il rumore che quei due poveracci sentivano quasi tutte le sere. Mi sa che Latorre portava quelle ragazze in questa casa per organizzare dei bei festini a base di sesso e droga. Rintracciate tutti gli spacciatori della zona e vedete cosa ne viene fuori. E mi raccomando delicatezza con le studentesse, finché non ne sappiamo di più non è il caso di sbilanciarsi troppo.»
«Tutto chiaro, commissario. Ci vediamo domattina nel suo ufficio verso mezzogiorno.»
«D'accordo. Vedi di portarmi qualche buona notizia.»
Cavalli posò la cartolina dove l'aveva presa e si avviò verso le scale, salutò l'agente di guardia alla porta e scese a piedi verso l'androne. Quando il suo autista lo vide uscire dal portone gli aprì prontamente la portiera. Il commissario fece un gesto di diniego con la mano.
«Grazie, ma credo che tornerò a casa a piedi. Ho bisogno di fare due passi.»
Cavalli tirò fuori dalla tasca della giacca un pacchetto di caramelle balsamiche *Fisherman's* e se ne mise una in bocca. Da qualche tempo avevano preso il posto delle *Camel* senza filtro, esattamente dal giorno in cui di punto in bianco aveva deciso di smettere di fumare. Da allora aveva preso l'abitudine di tenerne sempre in tasca un pacchetto. Lo aiutavano a rilassarsi, a pensare, a prendere la decisione giusta, così come per anni avevano fatto le sigarette. E soprattutto, spesso e volentieri, lo aiutavano a togliersi di bocca l'amaro retrogusto che gli lasciava la vista di certe scene, il triste spettacolo dei morti ammazzati, il pianto disperato dei familiari delle vittime.

Terzo

L'ispettore Guido Avenatti non avrebbe mai immaginato di festeggiare il suo ventinovesimo compleanno occupandosi di un caso così particolare. Da quando era stato trasferito al commissariato di Borgo San Paolo, ormai da circa un anno, quello era sicuramente l'omicidio più originale in cui si era imbattuto. Nel nuovo commissariato Avenatti si era subito sentito a casa sua. Col suo fisico da pentatleta e i suoi occhi verdi, il giovane ispettore non ci aveva impiegato molto per diventare il più ambito come compagno di lavoro tra la componente femminile del commissariato e il più invidiato tra i colleghi maschi.
Avenatti aprì la porta dell'ufficio di Cavalli e, senza aspettare l'invito ad accomodarsi, andò a sedersi di fronte al suo capo che, alzando gli occhi per un secondo dalle carte che stava esaminando, lo degnò solo di un rapido sguardo. Il commissario terminò rapidamente di leggere quei documenti, li firmò e si appoggiò alla spalliera della sua sedia. L'ispettore capì che era giunto il momento di parlare e depositò sul tavolo una cartella piena di fogli.
«Allora capo, da dove vuole che iniziamo?»
«Dalla cocaina. Avete rintracciato il suo fornitore?»
«Certamente, non abbiamo avuto difficoltà. È una nostra vecchia conoscenza, uno di quelli che servono solo clienti di un certo livello.»
«E cosa vi ha raccontato?»
«Niente di particolare. Latorre era un ottimo cliente che comprava parecchia roba e la pagava in contanti. Naturalmente, commissario, ci aveva visto giusto, la coca non era solo per uso personale. Il nostro amico ci ha confermato che Latorre organizzava spesso dei festini a cui par-

tecipavano anche studentesse e qualche suo amico.»
«Siete riusciti ad avere i nomi degli amici?»
«Sì, ce li ha forniti la signorina Giovanna.»
«La fidanzata? Non mi dire che anche lei partecipava ai festini!»
«No, ma ne era al corrente. Non so come spiegarle, ma a quanto pare i due formavano una coppia molto aperta. Ognuno di loro aveva una vita da *single* che conduceva parallelamente al loro rapporto. Insomma, non si facevano mancare niente.»
«Io, queste coppie troppo moderne, proprio non le capirò mai! E delle ragazze, cosa hai saputo? Sei in possesso di qualche nome?»
«Certamente capo, come vuole che gliele elenchi, in ordine alfabetico o in ordine cronologico.»
«Ma perché proprio a me dovevano affiancare l'unico ispettore cabarettista della Questura di Torino. Vedi di fare poco lo spiritoso e vai avanti.»
«Guardi che io non sto scherzando affatto. Sono veramente tantissime. Che vuole che le dica, quell'uomo aveva un effetto particolare sulle donne: il fascino del filosofo.»
«Il che?»
«Ma sì, commissario, si è sempre saputo che l'intellettuale ha da sempre colpito l'immaginario femminile.»
«Ah sì?! E io che ho speso un capitale per farmi il fisico in palestra. Se lo avessi saputo prima mi sarei procurato un bel volume sulla Storia del pensiero filosofico e avrei anche risparmiato qualcosina.»
«Si consoli commissario, anch'io sono tagliato fuori. In filosofia al liceo beccavo al massimo quattro, e meno male che c'era il *Bignami*. Comunque, abbiamo lasciato

un elenco delle ragazze anche alla fidanzata e ai suoi due amici, chissà che non ne venga fuori qualcosa di interessante.»
«E la cartolina, hai mostrato anche quella alla signorina Giovanna e ai suoi amici?»
«Certamente commissario, nessuno di loro l'aveva mai vista. Un gran bel mistero.»
«Risulta che Latorre si fosse recato a Roma di recente?»
«La fidanzata mi ha raccontato che l'uomo andava periodicamente nella capitale, in occasione di convegni e congressi inerenti alla sua attività di ricercatore e professore universitario. L'ultima volta proprio il mese scorso.»
«Potrebbe averla comprata in quella occasione, ma che motivo avrebbe poi avuto di cancellare le sue impronte e perché lasciarla sulla scrivania a quel modo. No, quella cartolina l'ha lasciata di sicuro l'assassino e qualcosa mi dice che si tratta di una specie di firma, di biglietto da visita. A proposito, li hanno preparati i miei biglietti da visita? È da dieci giorni che li ho richiesti. Cosa devo fare per averli, inginocchiarmi davanti al questore?»
«Sarebbe un'ottima idea! Mentre che si trova potrebbe anche chiedergli i miei, di biglietti da visita?»
«E ti pareva che non ne approfittavi subito per sfottere. Ancora una cazzata e ti ci mando veramente dal questore, in ginocchio, ma a chiedere il tuo trasferimento all'ufficio oggetti smarriti.»
«Ma perché, esiste veramente questo famoso ufficio?»
«E che cacchio ne so… basta così, sparisci dalla mia vista e vedi di giungere a qualcosa di concreto sulla traccia di Roma, al più presto. Procurati il nome degli alberghi dove soggiornava di solito, verifica se ci andava in treno o in aereo, con chi ci andava, in quale ristorante mangiava, se

aveva degli amici a Roma e soprattutto... se... insomma, se anche lì era sua abitudine intrattenere studentesse e amici in piacevoli festicciole. Tutto chiaro?»
«Chiarissimo capo, mi metto subito in contatto con la Questura di Roma. A dopo.»
«Un attimo, Guido. Probabilmente te ne sarai reso conto anche tu guardando quella cartolina ma...»
«Ma cosa, capo? Di cosa mi sarei dovuto rendere conto?»
«Sì, insomma, la cartolina sembrerebbe nuova, come appena comprata, ma qualcosa non quadra. È una foto di qualche anno fa, non so se mi spiego.»
«Roma è così da secoli! Come fa a dire che è una foto di qualche anno fa.»
«Sul ponte che vi è ritratto sopra, si vedono chiaramente delle persone che lo attraversano e anche delle automobili. Se noti, le persone sono vestite in stile fine anni settanta, ci sono dei ragazzi con i capelli lunghi e ricci, tipo Lucio Battisti, per intenderci e, tra le auto non c'è neanche un modello recente, sono tutte di più di venti anni fa.»
E lei è riuscito a notare tutte queste cose, con un semplice sguardo ieri sera. Lei non è un poliziotto, è un agente del FBI.»
«In realtà me la sono fatta portare dall'agente Cuomo, un'oretta fa e, ad essere sincero, ho guardato sul retro la data in cui è stata stampata... 1980.»
«Ritiro subito i complimenti, altro che agente segreto, lei è solo un gran figlio di...»
«Grazie per il complimento» lo bloccò il commissario. «Ah, dimenticavo... ti faccio i miei migliori auguri.»
«Vedo che si è ricordato del mio compleanno. Grazie per il gentile pensiero.»
«E come avrei potuto dimenticarmene. È da dieci giorni

che mi tormenti sottolineando che oggi tu compi "solo" ventinove anni, mentre io non ricordo ormai neppure quando l'ho mai avuta la tua età.»
«Dai commissario, sa benissimo che io scherzo. A parte i capelli brizzolati e gli occhiali da presbite, non c'è nulla in lei che farebbe pensare a un maturo signore di mezza età.»
Avenatti, senza aspettare la replica del suo capo pensò bene di lasciare velocemente l'ufficio del commissario che lo salutò con un mezzo sorriso. Cavalli era proprio soddisfatto di quel giovane ispettore che gli avevano affiancato da quasi un anno. Era sveglio, intuitivo e, purtroppo doveva ammetterlo suo malgrado, anche molto simpatico. Riusciva a sdrammatizzare persino le situazioni più delicate, per poi mostrarsi serio e professionale ogni volta che l'etichetta lo richiedesse. L'unica cosa su cui proprio non si trovavano in sintonia era la pausa pranzo. Al giovane ispettore piaceva trascorrerla al tavolino di un bar o di un chiosco di kebab, mangiando un panino o al massimo qualche piatto pronto da scaldare al microonde. Il commissario invece aveva un'altra idea del pranzo. Lui era stato educato a consumare il pasto di mezzogiorno seduti a tavola, con primo, secondo e tutto il resto, senza fretta e possibilmente scambiando due chiacchiere con il resto dei familiari. Era però un'abitudine che, dopo il matrimonio, aveva dovuto abbandonare. Sua moglie lavorava in un ufficio di commercialisti in centro e non aveva certo il tempo di rientrare a metà giornata a casa, visto che abitavano in piazza Montanari, in piena Santa Rita. Suo figlio pranzava a scuola e a lui faceva troppa tristezza pranzare a casa da solo. Per cui aveva optato per una soluzione che sapeva tanto di com-

promesso tra la sua irraggiungibile aspirazione e l'improponibile soluzione del suo vice Avenatti: una tipica piola torinese, su via Monginevro. Era ancora arredata in perfetto stile anni settanta e si riusciva a consumare un pasto caldo, cucinato come Dio comanda, e a bere un buon bicchiere di *Barbera* in compagnia delle solite persone, con cui magari scambiare due parole per commentare le ultime gesta della Juve o del sindaco Chiamparino. Ogni tanto era riuscito a portarsi dietro Avenatti, che però proprio non riusciva ad abituarsi a quell'atmosfera che lui definiva paleozoica. L'unico che lo accompagnava volentieri era un altro dei componenti della sua squadra, l'ispettore Agosta, che di anni ne aveva qualcuno in più del commissario ed era in procinto di andare in pensione.

«Forza commissario, che oggi ci sono le penne col gorgonzola.»
«Eccomi Agosta, sto arrivando. Oggi però voglio mangiare qualcosa di leggero. Da ieri sera ho ancora lo stomaco sottosopra.»
I due si avviarono a piedi lungo corso Racconigi. Era una bella giornata di metà novembre, la classica estate di San Martino.
«Oggi il nostro Rino dovrebbe farci assaggiare il vino nuovo. Ce ne parla da dieci giorni, speriamo che sia veramente buono come dice lui.»
«A me, caro Agosta, sembra che il vino di quella piola abbia sempre lo stesso gusto. Cambia tipo di vino, cambia annata, ma io non mi accorgo di alcuna differenza.»
Si andarono a sedere al loro tavolo in fondo alla saletta dopo aver salutato i soliti commensali. Agosta lasciò a Rino carta bianca per il suo menù e raccomandò di por-

tare solo roba leggera per il suo capo. Rino si preoccupò della salute del commissario e gli chiese spiegazioni.
«No, Rino, tu non c'entri niente e non c'entra neanche la carbonara di ieri. È solo che ieri sera ho visto qualcosa che mi ha un po' disturbato.»
Rino tornò rassicurato in cucina mentre Agosta riempiva di vino novello il bicchiere del suo capo.
«Allora, Agosta, che te ne ne sembra?»
«Sembra buono, almeno per quello che ne capisco. Ma anch'io, come lei, non sono certo un esperto, per me esiste vino rosso e vino bianco…»
«Ma no! che c'entra il vino? Io parlavo del professor Latorre. Tu sei il più anziano, o meglio il più esperto del nostro commissariato. Ne hai viste di tutti i colori durante la tua lunga carriera. Vorrei conoscere il tuo parere.»
«Il mio parere? Una cosa mi ha colpito. Chiunque sia stato, deve essere una persona dotata di un sangue freddo incredibile. Ha agito in tutta tranquillità, alle otto di sera, in un condominio con dodici famiglie, senza farsi prendere, non dico dal panico, ma neanche dalla fretta. Non ha lasciato la minima traccia di sé, ma allo stesso tempo non ha fatto nulla per uccidere quell'uomo senza correre il rischio di essere scoperto. Ci ha impiegato più di un'ora non preoccupandosi neppure di farsi sentire dai Bottero, gli inquilini di sotto. Ho come l'impressione che avesse già in mente come ucciderlo e che abbia rispettato nei minimi particolari un copione già preparato in precedenza. Insomma, per un assassino l'importante è uccidere la sua vittima, per quest'uomo invece sembra che quello che gli interessasse fossero le modalità dell'omicidio, non so se mi spiego...»
«Ti sei spiegato benissimo. Anche per te, ci troviamo di

fronte a uno psicopatico, a un maniaco. Quindi scarteresti qualsiasi ipotesi legata al mondo della droga o al delitto passionale?»
«Sicuramente l'assassino non è da cercare tra gli spacciatori. Quella è gente pratica che non va tanto per il sottile per far fuori qualcuno. Questo però non esclude che la droga c'entri. Sa meglio di me che gli effetti della droga possono essere imprevedibili.»
«Certamente, ma una persona in preda a uno stato allucinogeno per uso di droghe non starebbe così attenta a non lasciare tracce.»
«Su questo sono d'accordo con lei. Sulla pista passionale preferirei non esprimermi. Ho visto troppe persone che hanno dato di matto, troppe persone che hanno fatto una brutta fine, per stupide storie di corna.»
«Adesso mangiamo, Agosta, ne riparliamo dopo. Dimentico sempre che a te non garba parlare di lavoro mentre stai pranzando.»
«Lei è il capo, può fare quello che vuole.»
«Certo, quindi posso anche sforzarmi di ricordare le buone abitudini dei miei collaboratori. Buon appetito, Agosta!»

Il commissario Cavalli aveva appena terminato di ascoltare la coppia di amici con cui Latorre e la fidanzata si sarebbero dovuti recare al cinema. Nessuno dei due era stato però in grado di aggiungere notizie utili allo sviluppo delle indagini. Sembrava addirittura che non fossero al corrente del fatto che il loro amico era un cocainomane e molto probabilmente anche qualcosina di più di un semplice consumatore di droga. Li accompagnò all'uscita del commissariato, poi preparò due caffè alla

macchinetta e si recò nell'ufficio di Avenatti.
L'ispettore aveva anche lui finito i suoi interrogatori e stava rimettendo ordine nelle sue carte. Cavalli posò i caffè sulla sua scrivania.
«Commissario, grazie, ma non si doveva disturbare...»
«Nessun disturbo, ho preso due delle tue cialdine. Allora cosa mi racconti di bello?»
«Di bello? Dipende se a lei piacciono i particolari piccanti. Tra me e il collega Agosta, avremo raccolto la deposizione di una ventina delle studentesse del professore, tra quelle dell'anno accademico in corso e quelle degli ultimi anni. Il nostro Latorre era proprio un bel tipo. Tutte lo ricordano come una persona estremamente affascinante, con nessuna difficoltà a far perdere la testa a una ragazza. Aveva su di loro una fortissima influenza, io parlerei addirittura di condizionamento psicologico. Riusciva a ottenere da loro qualsiasi cosa, comprese... prestazioni sessuali di ogni tipo. Guardi queste carte, c'è abbastanza materiale da girarci un film porno senza dover aggiungere niente. Nessuna di loro ha però affermato di essere stata costretta in alcun modo, anzi, qualcuna è tornata più volte nel suo appartamento per incontrare il professore da solo o in compagnia di altre persone.»
«Poveri signori Bottero! Non ci sono più i filosofi di una volta. Che fine ha fatto l'amore platonico!»
«Credo che non sia mai esistito se non nelle convinzioni di qualche sfigato come noi.»
«Attento a come parli Guido. Io non sono per niente sfigato, io sono sposato e...»
«Appunto, lei è addirittura sposato. Almeno io non sono ancora arrivato a tanto.»
Il commissario avrebbe voluto controbattere, ma non riu-

scì a trovare nessun valido argomento. Il trillo del suo cellulare lo levò da quella imbarazzante conversazione e rinviò il suo prosieguo a data da destinarsi. Uscì sul corridoio e attivò la comunicazione.
«Ciao Luisa... sì, certo che mi ricordo... figurati se mi ero dimenticato di passare a prendere Claudio in piscina. Come ti vengono questi dubbi! Va bene, prendo anche il pane e il latte. Altri ordini?»
Cavalli riattaccò, corse nel suo ufficio, indossò il soprabito e, senza dare alcuna spiegazione ad Avenatti, scappò fuori dal commissariato. Fece di corsa i pochi isolati che lo separavano dalla piscina di via Vigone.
"Porca miseria!" esclamò tra sé "sono già le sette e cinque... che razza di scemo e pensare che sono stato io a dire che per stasera ci tenevo a prendere Claudio in piscina. Ce lo portano sempre i genitori di Gianluca: dovevano andare a teatro, si erano raccomandati così tanto di passare a prendere anche il loro bambino".
Fece il suo ingresso nell'atrio dell'impianto travolgendo un gruppo di genitori che stavano conversando in attesa dei loro figlioli.
«Commissario, che succede?» gli chiese sorpreso il padre del piccolo Gianluca che stava per lasciare il locale. «Hanno mica fatto fuori qualcuno qui dentro?»
«Eh?» fece Cavalli cercando di assumere un contegno adeguato alle circostanze. «No... non credo... spero proprio di no».
«E allora perché correva come un matto?»
«Non volevo... non volevo far aspettare i ragazzi e così... ma lei non doveva andare a teatro?»
«Certo, ma alle otto, adesso non sono neanche le sette e un quarto. Li ho appena accompagnati. Suo figlio sarà fe-

licissimo quando si accorgerà che è riuscito a trovare il tempo di assistere alla sua lezione di nuoto.»
«Ecco... appunto... volevo proprio assistere alla sua lezione di... nuoto. Era proprio per questo che correvo, non volevo perdermi una sola bracciata del mio bambino. Per una volta che sono riuscito a liberarmi in tempo.»
«Ha fatto bene, vedrà come sono bravi. Hanno solo nove anni, ma nuotano come dei professionisti. La saluto, ci vediamo verso le undici, il tempo di arrivare da teatro. Mi raccomando, se Gianluca fa storie per mangiare le verdure, gli dia pure un bello scappellotto. Disciplina, ci vuole disciplina.»
"Le verdure? Ma di che verdure parlava?" commentò tra sé il commissario mentre osservava l'uomo varcare il portone d'ingresso. "Ma allora la lezione iniziava alle sette! E io che ero convinto che invece terminasse a quest'ora. Meglio così, sicuramente a Claudio farà piacere sapere che l'ho osservato per un'ora andare su e giù per la vasca mentre colavo sudore. Che razza di caldo qua dentro!"

Cavalli sollevò la cornetta del telefono sulla sua scrivania.
«Agosta, puoi venire un secondo nel mio ufficio?»
Non fece in tempo a riattaccare la cornetta che l'ispettore Agosta si materializzò davanti alla sua scrivania.
«Accomodati pure. Volevo solo fare il punto sul caso Latorre. Sono passati ormai cinque giorni e non siamo venuti a capo di niente. Non voglio chiedere ad Avenatti perché altrimenti attacca con i particolari sulle abitudini erotiche del professore.»
«Non la facevo così puritano, commissario.»
«Per niente, infatti. È solo che non lo sopporto quando poi mi chiede se l'ho mai fatto a quel modo e magari sottolinea il tutto dicendo che per certe cose ci vuole il fisico e quindi io sarei tagliato fuori.»
«Ma se va in palestra due volte alla settimana!»
«Sì, ma io vado solo a fare la sauna e i massaggi. Questo non lo dire a quel rompiballe di Avenatti.»
«Da me non lo verrà mai a sapere, ma non so fino a quando i suoi addominali riusciranno a nascondere la verità.»
«Agosta, adesso ti ci metti anche tu! Cos'è diventato questo commissariato, un covo di aspiranti cabarettisti? Dimmi innanzitutto come sta il padre di Latorre, si è ripreso dal malore o è ancora in ospedale?»
«Sembra che stia meglio, niente di preoccupante, si è comunque trattato di un infarto, anche se leggero. Dovrebbero dimetterlo la prossima settimana, non so però se sia il caso di convocarlo subito da noi, dopo quello che ha attraversato. La moglie è mancata tre mesi fa e adesso il

figlio che ha fatto quella terribile fine. E meno male che non conosce i particolari della sua morte.»
«Non credo che li verrà mai a sapere, almeno da parte mia. Comunque non c'è nessuna fretta di sentirlo, anche perché sembrerebbe che ultimamente, dopo il trasferimento dei genitori a Loano, non si siano frequentati più di tanto.»
«Sono d'accordo con lei, commissario. Sono poi arrivate anche le informazioni dai nostri colleghi di Roma, ma anche su quel fronte niente di particolare. Latorre, nei suoi soggiorni romani, pernottava sempre nello stesso albergo e non sembra che frequentasse qualcuno in particolare. Si limitava ad andare a cena coi suoi colleghi, gli altri partecipanti ai convegni. Niente di più. Appena finiti gli impegni tornava subito a Torino anche perché era molto impegnato all'Università.»
«E della cartolina? Che ti hanno detto della cartolina?»
«Quello che sapevamo già. È una cartolina venduta negli anni ottanta, ormai sparita dalla circolazione. Chi volesse comprarla può trovarla solo a *Porta Portese*.»
«Quindi chi ha lasciato quella cartolina l'ha comprata al mercatino delle pulci oppure è stato a Roma negli anni ottanta. Magari ci abitava anche. Insomma, come dicevi tu, ne sappiamo quanto prima. A quanto pare l'unico indiziato serio che ci rimane è quel ragazzo, Andrea Morlunghi.»
«Sembrerebbe proprio di sì. Le ho portato i verbali delle deposizioni che mi aveva chiesto, commissario.»
«Benissimo, così ho tutto il tempo di esaminarli prima che arrivi il dottor Colajanni.»
«E chi sarebbe il dottor Colajanni?»
«Calogero Colajanni è il pm incaricato di seguire il caso.

È appena arrivato da Palermo, speriamo solo che non sia uno scassapalle e che ci lasci lavorare in pace.»
«Se legge queste carte, comunque, qualcosa da raccontargli dovrebbe trovarla. Speriamo si accontenti.»
«Grazie Agosta, lascia tutto sulla scrivania, puoi andare, ci vediamo dopo.»

Il commissario Cavalli lesse attentamente uno dei verbali che l'ispettore Agosta gli aveva lasciato sulla scrivania. Il documento riportava le dichiarazioni rilasciate da un certo Andrea Morlunghi, un paio di giorni prima. Il commissario aveva dato ordine di convocarlo in commissariato e interrogarlo quando, in seguito a ulteriori indagini effettuate nel mondo dell'università, erano venuti a conoscenza di un particolare inquietante. Una studentessa aveva messo al corrente l'ispettore Avenatti della tragica fine di una sua amica, una sua ex compagna di corso, che aveva lasciato l'università ormai da sei mesi, per andare a lavorare in un *call center*. La ragazza, Emilia Rubatto, era stata trovata morta, nel suo appartamento, un paio di mesi dopo aver abbandonato gli studi. La ragazza era morta in seguito a un collasso provocato da una dose massiccia di cocaina e alcool. Dalle indagini era emerso che la ragazza era sola in casa al momento della sua tragica morte. Non si era riuscito a scoprire chi avesse procurato la droga alla ragazza, ma la sua amica era convinta che gliel'avesse fornita il professor Latorre in persona, con cui la sua amica si era incontrata più di una volta dopo le lezioni. La Rubatto era molto legata al professore e, a suo avviso, i due avevano continuato a vedersi anche dopo che la ragazza aveva smesso di frequentare le lezioni del professore.

Cavalli aveva pensato che potesse essere interessante indagare in quella direzione e aveva fatto convocare i parenti e i conoscenti della ragazza morta. Sembrava che però nessuno di questi fosse a conoscenza dell'esistenza del professor Latorre. L'unico che aveva dichiarato di conoscerlo, almeno di nome, era stato il padre che, insieme al resto della famiglia, viveva a Vercelli. Il signor Rubatto ricordava che la figlia lo avesse nominato un paio di volte, dicendo che era uno dei suoi insegnanti universitari, niente di più. Il commissario aveva chiesto ai colleghi di Vercelli di indagare su Rubatto e sull'ex fidanzato della ragazza, Andrea Morlunghi.
Proprio in merito a quest'ultimo erano emersi importanti particolari. Sembrava che il ragazzo non si fosse mai rassegnato alla morte della ex fidanzata, e avesse cominciato a condurre delle indagini per conto proprio per scoprire chi frequentava a Torino e da chi riceveva la droga. Amici di Andrea avevano dichiarato che il ragazzo era rimasto senza parole quando aveva scoperto che la sua ex fidanzata fosse una cocainomane. Tra l'altro, a lui non risultava che avesse le disponibilità economiche per potersi permettere un vizio così dispendioso. Si era così fatto convinto che qualcun altro le passasse la droga e aveva deciso di rintracciare questa persona per poterlo poi denunciare alla polizia. Le compagne di corso della ragazza avevano confermato di aver incontrato Morlunghi a Palazzo Nuovo, nelle settimane successive alla morte di lei. Aveva chiesto loro tutto quello che sapevano in merito alle frequentazioni della sua ragazza.
Sembrava proprio che Andrea Morlunghi fosse venuto a conoscenza del legame con il professor Latorre e, soprattutto, dei particolari scabrosi sui loro incontri. Festini e

droga party compresi. Probabilmente a quel punto aveva cambiato idea e aveva abbandonato la sua prima intenzione di denunciare il responsabile alla polizia, optando per una soluzione drammaticamente diversa.
Nel primo interrogatorio, così come risultava dal verbale che il commissario stava rileggendo con attenzione, il ragazzo aveva negato di conoscere Latorre. Questo, agli occhi del commissario, deponeva gravemente a carico del ragazzo, soprattutto adesso che era emerso come Morlunghi fosse invece a conoscenza del torbido rapporto tra la sua ex ragazza e il professore.
Aveva chiesto ai colleghi di Vercelli di fargli pervenire una convocazione presso il suo commissariato, ma sembrava che il ragazzo fosse sparito nel nulla. Da un paio di giorni nessuno lo aveva più incontrato o sentito. Solo la madre aveva dichiarato di averlo visto preparare in fretta e furia un borsone con dei vestiti. Lui le aveva detto che andava in vacanza per una settimana insieme al suo amico Paolo Vitale. La polizia aveva rintracciato l'amico che però aveva dichiarato di non saperne nulla e di non vedere Andrea ormai da qualche giorno.

La suoneria del cellulare riprese a suonare per l'ennesima volta. Paolo Vitale si arrese e decise di rispondere. Si mise seduto sul letto e prese il cellulare che aveva posato sul comodino. Osservò il display per vedere chi aveva deciso di interrompere il suo riposo rovinandogli la serata. Nessun nome della rubrica era però visualizzato, così come neanche nessun numero, solo la scritta *numero privato*.
«Pronto… pronto Paolo.»
«Sì… chi diavolo… ma sei tu, Andrea! Spero che tu abbia

dei buoni motivi per aver deciso di svegliarmi, visto che stanotte sono stato di turno all'ospedale e stasera avevo deciso di andare a ballare... piuttosto tu... dove diavolo sei finito? Cosa ti è successo? Lo sai che sono stato chiamato dalla polizia? Volevano sapere se avevo tue notizie. Tua madre è disperata. Lei era convinta che tu e io fossimo partiti insieme per una vacanza. Capirai come c'è rimasta: prima si è vista piombare in casa la polizia che ti cercava e poi ha scoperto che io non ero partito per nessuna vacanza, tantomeno in tua compagnia.»

«Posso immaginare, povera mamma. Fammi un piacere, vedi di rassicurarla, dille che io sto bene e che presto tornerò a casa.»

«Ma dimmi dove ti trovi adesso.»

«Sono a casa di un mio amico, a qualche chilometro da Vercelli, ma è meglio che non ti dica dove mi trovo esattamente, non si sa mai. Ti sto chiamando da una cabina telefonica in un *autogrill.*»

«Ma cosa dici? E come mai sei scappato come un delinquente? In che guaio ti sei cacciato?»

«In un guaio grosso, porca puttana, ma ti assicuro che non ho fatto nulla, che io non c'entro niente con la morte del professor Latorre!»

«La morte di chi? Latorre... non è il tipo dell'università che ha... che ha distrutto la vita di Emilia.»

«Sì, proprio lui, sembra che lo abbiano ammazzato qualche sera fa... è possibile che tu non ne sappia niente?!».

«Cosa vuoi... facendo i turni in ospedale, non è che riesca a seguire più di tanto i notiziari in televisione e, onestamente, sui giornali leggo solo le pagine che mi interessano. Ti giuro che non ne sapevo nulla. Ma tu cosa c'entri?»

«Vedi... nei giorni scorsi ho cercato di incontrarlo. Volevo a tutti i costi parlargli per dirgli cosa pensavo di lui, per dirgli chiaramente che lo ritenevo colpevole della morte di Emilia e che avevo intenzione di dire le stesse cose anche alla polizia. L'ho cercato all'università, ma inutilmente, lui si è sempre rifiutato di ricevermi. Così ho deciso di andare a trovarlo direttamente a casa sua, ma anche lì non ho avuto fortuna. Lui non era in casa. L'ho atteso a lungo davanti al portone di casa. Praticamente mi hanno notato tutti gli inquilini dello stabile. Se rendono pubblica la mia foto, ci saranno decine di persone che affermeranno di avermi visto all'università e nei dintorni di casa di Latorre. Tra l'altro, quando la polizia mi ha chiesto se conoscessi il professore, sono rimasto un attimo perplesso e non ho trovato di meglio da dire se non di non averlo mai sentito nominare. Capirai cosa accadrà quando verranno a conoscenza del fatto che io ho cercato di incontrarlo, si limiteranno a tirare le somme e ad arrivare alla conclusione più scontata.»
«Tu pensi che la polizia ti possa ritenere responsabile della morte di Latorre, che chi conduce le indagini sulla morte di Latorre sia venuto a conoscenza della storia di Emilia e che sia arrivato alla conclusione più logica, cioè che tu abbia deciso di farti giustizia da solo, uccidendo Latorre. Ma... è terribile! Quando è stato ucciso quell'uomo? Non hai un alibi per quella sera?»
«Sì che ce l'ho, ed è proprio per questo che ti chiamo. Latorre è stato ucciso mercoledì sera, quando siamo andati a vedere la partita del Toro allo stadio.»
«È vero, e allora stai tranquillo, testimonierò a tuo favore, il problema è risolto, torna tranquillamente a casa... solo che... solo che io sono andato via alla fine del primo

tempo. Ricordi che mi hanno chiamato dall'ospedale per quell'emergenza. Quindi…»
«Quindi tu saresti il mio alibi solo fino alla fine del primo tempo. È per questo che sono sparito dalla circolazione. Avevo paura che se la polizia ti avesse interrogato su quella serata, prima che io ti avessi parlato, tu avresti raccontato che siamo rimasti insieme fino alle nove di sera. Tra l'altro, casa di Latorre, dove è avvenuto l'omicidio, non si trova molto lontano dallo stadio.»
«Sono d'accordo con te, però dopo che io sono andato via, tu sei rimasto insieme a migliaia di persone, ci sarà qualcuno che si ricorderà di averti visto in curva quella sera.»
«In curva Maratona? E chi vuoi che abbia badato a me in mezzo a quel manicomio. Ho paura che il mio unico alibi sia tu e per questo ti chiederei di dire alla polizia che siamo tornati a casa insieme al termine del primo tempo.»
«Sì. Certamente, lo dirò… anche se in realtà, tu mi stai chiedendo di dichiarare il falso. Senti Andrea, non è che per caso mi stai chiedendo di coprirti, mica quell'uomo lo hai ucciso veramente tu?»
«Ma non dire cazzate! Tu mi conosci da sempre, sai benissimo che ho dovuto lasciare la scuola da infermiere professionale perché non ho mai retto la vista del sangue. Quell'uomo lo hanno svenato! Se mai avessi ideato un omicidio del genere, stai tranquillo che sarei morto prima io, al solo pensarle certe cose.»
«Scusami, se le cose stanno così, allora non ci sono dubbi. Abbi pazienza, io non so proprio nulla di quest'omicidio, potevi benissimo averlo strangolato, avergli spaccato la testa o che so io! Un minimo di dubbio lo avrebbe avuto chiunque al posto mio. Cosa pensi di fare

adesso?»
«L'unica cosa che posso fare è presentarmi in Questura e raccontare tutto e pensavo di farlo insieme a te. Ci troviamo domattina davanti alle Molinette e andiamo a chiarire questa imbarazzante situazione.»
Paolo Vitale chiuse la comunicazione, posò il cellulare sul comodino e si rimise sdraiato sul letto. In che razza di casino si era andato a cacciare il suo amico Andrea! Cercò di prendere sonno, ma inutilmente, non riusciva a levarsi dalla mente le parole di Andrea, non riusciva a capacitarsi di come basta niente per rimanere coinvolti in una storia di omicidio e magari essere indagato, senza avere alcuna responsabilità se non quella di esserti comportato in una maniera sospetta agli occhi degli investigatori. Decise di non perdere ulteriore tempo nel vano tentativo di addormentarsi, si alzò e si recò dritto in cucina a prepararsi il caffè.

«Allora commissario, cosa ne pensa?» chiese il dottor Colajanni a un perplesso Cavalli. «Lo spicchiamo questo mandato di arresto per Andrea Morlunghi o ci ha ripensato?»
«Per forza, giudice, cos'altro dovremmo fare, mi sembra che i fatti parlino da soli. Anche se…»
«Anche se cosa, commissario? Non cominci adesso con le sue elucubrazioni mentali.»
«Guardi che crearsi delle elucubrazioni mentali, come le chiama lei, fa parte del nostro lavoro, siamo pagati anche per questo. E poi mi sembra fin troppo chiaro che nel comportamento di Morlunghi ci siano delle incongruenze. Perché diavolo ha negato di conoscere Latorre? In questo modo si è dato la zappa sui piedi, ha pratica-

mente ammesso di averlo ucciso. Sarebbe stato più logico ammettere di conoscerlo, anche perché prima o poi lo avremmo scoperto da soli.»

«Però, così facendo, è riuscito a sparire dalla circolazione. Se non c'entrasse veramente nulla con l'omicidio perché allora avrebbe agito così? Tra l'altro non gli avevamo ancora mosso alcuna accusa. Sembra proprio che abbia voluto prevenire le nostre mosse.»

«Sarà, ma non ne sono affatto convinto. Mi sembra piuttosto il comportamento di una persona presa dal panico che quella di un assassino freddo e razionale come quello che ha ucciso il professor Latorre. Dalle poche parole che ci siamo scambiati, Morlunghi dà l'impressione di essere una persona fortemente emotiva. Uno come lui si sarebbe comportato in un altro modo, avrebbe agito d'impulso, non avrebbe indugiato per più di mezz'ora sul luogo del delitto, rischiando di farsi scoprire.»

«Insomma commissario, a questo punto, che lei sia d'accordo o no, io il mandato lo faccio spiccare comunque!»

«Va bene, facciamo come vuole e vediamo di rintracciarlo. Però, mi ascolti, non rendiamo nota la faccenda. Mi raccomando con i giornalisti, per adesso è meglio non dire nulla. Ci vuol niente a trasformare un bravo ragazzo, profondamente colpito per la morte della propria fidanzata, in un mostro senza scrupoli.»

«Certo commissario, stia tranquillo, nessuna parola con la Stampa, non sono mica un incosciente.»

«Neanche in via informale, non so se mi spiego, Avenatti» disse poi Cavalli rivolgendosi al suo vice che lo aveva assistito nel colloquio col giudice Colajanni.

«Si spiega benissimo, ma lei sa benissimo che io non vedo più quella giornalista da un po' di tempo, non vedo

perché dovrei chiamarla per raccontarle certe cose» gli rispose Avenatti che non aveva potuto fare a meno di notare nelle parole del commissario una chiara allusione a una sua vecchia fiamma.
«Non serve che tu la chiami: sarà lei prima o poi a chiamarti, giurandoti solennemente che tu le sei mancato da morire.»
«Io la ringrazio, commissario, per il suo interessamento alle mie vicende di cuore, ma le assicuro che con le donne so cavarmela benissimo da solo, senza bisogno dell'aiuto di nessuno.»
«Lo spero proprio, adesso andiamo, così mi dai anche un passaggio a casa.»
«E ti pareva. Quando si deciderà a comprare una seconda macchina? Credo che con lo stipendio che prende, potrebbe benissimo permettersela.»
«E chi ha mai detto che non potrei avere una seconda auto? A me, semplicemente, non piace guidare, mica tutti dobbiamo per forza essere dei patiti del volante. E poi, finché avrò dei bravi e simpatici colleghi che si offrono di accompagnarmi a casa, cosa me ne faccio della macchina!»
Cavalli accompagnò il giudice verso l'uscita del commissariato seguito da Avenatti che, scuotendo la testa, lo minacciò che, se mai avesse vinto alla lotteria, gli avrebbe regalato una Ferrari, solo per il gusto di costringerlo a guidare.

L'uomo ritirò il biglietto dalla cassa automatica e imboccò il sottopassaggio. Il treno per Pinerolo partiva dal binario tre. Era la terza sera consecutiva che prendeva quel treno alla stazione di Lingotto e probabilmente avrebbe dovuto prenderlo ancora altre volte. Lui comunque si augurava che quella fosse la serata giusta, anche perché aveva ancora molto da fare per terminare il suo lavoro e non poteva permettersi di perdere troppo tempo per sistemare quella "pratica". Quando aveva deciso di dare inizio alla sua missione, aveva preventivato che le cose avrebbero potuto complicarsi e che i tempi si sarebbero potuti prolungare più di quanto previsto, ma adesso che tutto era chiaro, aveva dovuto rassegnarsi a un supplemento di attività molto maggiore di quanto aveva immaginato. Doveva agire con calma, studiare ogni piccolo particolare, stare attento a non lasciare la minima traccia del suo passaggio.
Il treno delle diciassette, in arrivo da Porta Nuova, si fermò puntuale per caricare i pochi passeggeri in attesa sulla banchina e dopo un paio di minuti riprese la sua corsa verso la Val Chisone.
L'uomo trovò posto nell'ultimo vagone, completamente vuoto. Posò lo zainetto sul primo sedile e si sedette su quello di fronte. Viaggiare su quel treno era l'ideale per chi avesse deciso di non farsi notare. Poca gente e mai un controllore. Osservò il suo viso riflesso sul finestrino e come al solito fece fatica a riconoscersi. Ormai il suo volto non gli apparteneva più. Quei lineamenti non erano più i suoi, non avevano proprio niente a che vedere con quello che lui era adesso. I suoi occhi non esprimevano

più niente, gioia, dolore, ansia, niente di niente. Avrebbe voluto liberarsi di quella faccia e sostituirla con una più adeguata, non trovava giusto mantenere lo stesso viso quando non si era più la stessa persona di prima. Appoggiò la testa al sedile, chiuse gli occhi e fece sparire quell'immagine che apparteneva al suo passato, che, per quanto lui si sforzasse, continuava a seguirlo passo passo, inesorabile, incurante del suo desiderio di dimenticare per sempre.

L'avvocato Pierluigi Bonelli riconsegnò la cartellina alla sua segretaria, pregandola di trasmettere un ultimo fax prima di andare a casa. La donna viveva a Volvera e, come tutte le sere da quando lavorava per l'avvocato, avrebbe dovuto correre alla stazione per riuscire a prendere il treno delle 18,30. Non aveva voglia di restare a Pinerolo un minuto più del necessario, anche perché la serata si presentava come la più classica delle serate autunnali, con tanto di foschia densa che ti prende al collo e una temperatura sicuramente più adatta al mese di gennaio che a quel fine novembre. L'avvocato Bonelli aveva fatto ritorno nella sua città natale ormai da un anno. Dopo essersi sposato un paio di anni prima, aveva seguito a Roma la moglie, anche lei avvocato, oltre che figlia e nipote di avvocati. Non che fosse così entusiasta di lasciare la tranquilla vita di provincia per il caos della capitale, ma non aveva avuto tutta questa possibilità di scelta. Anche perché, per un avvocato, vivere in una città troppo tranquilla non è proprio un gran vantaggio. E poi la moglie e la sua famiglia conducevano uno dei più affermati studi legali della capitale con un giro di danaro da far impallidire il povero Bonelli e i suoi colleghi pinerolesi.

All'inizio tutto era andato per il meglio, l'atmosfera elettrizzante del foro romano aveva in parte contagiato il compassato Bonelli. Poi, improvvisamente, qualcosa era cambiato, il perfetto equilibrio si era rotto e la sua vita si era trasformata in un inferno. Tutto era cominciato quando l'avvocato della Val Chisone aveva iniziato a lamentarsi dicendo che il suocero gli affidava solo casi estremamente semplici, addirittura banali. Proprio così li aveva definiti e aveva aggiunto che questo poteva voler significare solo una cosa, che lo Studio non si fidava di lui, non reputandolo all'altezza di situazioni ben più importanti. Il suocero e la moglie dapprima si erano limitati a consigliargli di avere un po' di pazienza, che doveva farsi un po' d'esperienza e poi non sarebbero mancate anche per lui le occasioni per mettersi in mostra. Di fronte alla sua insistenza, alla sua giusta rivendicazione fondata su dieci anni di attività professionale a Pinerolo, la moglie si era lasciata sfuggire un commento non proprio elegante sulla sua professionalità e sull'esperienza legale maturata nella cittadina piemontese. Senza mezze parole gli aveva ricordato che non bastava aver difeso un contadino ubriaco accusato di aver rubato una mucca di un allevatore di Cavour e averlo brillantemente fatto assolvere per potersi proclamare un principe del foro. Da lì in avanti era stato un susseguirsi di litigi e sfuriate fino all'inevitabile divorzio che, fortunatamente, aveva comportato solo le spese di cancelleria. Bonelli aveva fatto così ritorno a Pinerolo dove aveva affittato un appartamento di cento metri quadri in via Montebello. Lo aveva arredato con i mobili da ufficio che prudentemente aveva depositato nel garage dei suoi genitori prima della sua partenza per Roma e, dopo aver affisso la sua bella targa in ottone

a fianco al portone d'ingresso, si era rituffato con entusiasmo nel suo lavoro di provincia. Aveva però commesso un piccolo errore: aveva abbandonato l'attività di penalista per dedicarsi anima e cuore a quella di civilista. La sua esperienza personale insegnava che sono i divorzi la base su cui fondare un solido studio legale. La sua scelta, sicuramente molto valida fino a qualche anno prima, non aveva tenuto conto del fatto che i suoi compaesani trentenni o comunque in età di matrimonio, così come molti loro coetanei del resto d'Italia, non pensavano lontanamente a sposarsi. Al massimo qualche coppia decideva di andare a convivere, ma non è certo cosa semplice dimostrare che anche chi convive abbia assolutamente bisogno di un avvocato. Stava così valutando fortemente di tornare al penale, anche perché le mucche, almeno quelle, a Pinerolo e dintorni non erano diminuite, anzi il loro numero era in continuo aumento.
La segretaria si affacciò sulla porta del suo studio per salutare l'avvocato.
«Io andrei allora, avvocato.»
«Bene, grazie signora Maria. Mi ha fatto quelle fotocopie che le avevo chiesto?»
«Certo, avvocato. Sono nella cartellina sul tavolino dell'ingresso, insieme a tutti gli altri documenti per la causa di domani. Vuole che prenda la cartellina con me e le porti tutto domani in tribunale?»
«No grazie, prendo tutto io, così stasera do ancora uno sguardo alle carte del processo. Non so perché, ma per questa udienza ho un brutto presentimento. A domani, signora Maria, ci vediamo alle dieci davanti all'ingresso del tribunale.»

L'ispettore Agosta terminò di leggere il verbale della deposizione rilasciata da Morlunghi e dal suo amico Vitale.
«Allora, commissario, aveva ragione anche in questo caso» si complimentò Agosta.
«Sai che roba! Avrei preferito aver torto, almeno avremmo risolto il caso definitivamente.»
«Se non altro, la deposizione di Vitale, chiarisce tutto e scagiona completamente Morlunghi. Almeno abbiamo chiarito che la pista della vendetta personale, legata alla morte di quella ragazza, non sembra essere perseguibile. È sempre meglio di niente.»
«Peccato che adesso siamo di nuovo al punto di partenza, non abbiamo nulla in mano. E più passa il tempo, più sono convinto che la chiave di volta della faccenda sia quella cartolina del Tevere, con quella zeta tracciata sopra. L'assassino l'ha lasciata lì con un intento preciso, che per il momento è chiaro solo a lui.»
«Non ci resta che proseguire con gli interrogatori, sperando che venga fuori qualcosa di nuovo.»
«A proposito di interrogatori, dov'è Avenatti? Non mi dire che è ancora al telefono a farsi interrogare dalla sua amica giornalista.»
«Proprio così, sembra che lei si sia rifatta viva dopo un paio di mesi e che stavolta non abbia alcuna intenzione di mollarlo.»
«Lo sapevo che sarebbe successo, ci avrei scommesso. Spero solo, per il bene di Guido, che lei sia veramente interessata a lui e non alle indagini che conduce. Mi sembra che ci fosse già rimasto abbastanza male, quando lei è sparita senza neanche una parola. Non vorrei che gli rifilasse un'altra fregatura.»
«Di cosa si preoccupa, commissario! Guido è giovane e

ha le spalle larghe, non credo che abbia difficoltà a digerire qualsiasi tipo di delusione. Piuttosto, la mia paura è che il nostro giovane innamorato possa lasciarsi sfuggire qualche notizia riservata sulle indagini, rendendola di dominio pubblico.»
Avenatti entrò in quel momento nell'ufficio del commissario Cavalli con un'aria soddisfatta che parlava da sola.
«Allora Guido, hai finito di raccontare i fatti nostri alla Stampa?»
«Stia tranquillo commissario, Manuela per me è solo una cara amica. Un'amica che credevo si fosse dimenticata di me e che all'improvviso, con mia grande gioia, si è rifatta viva.»
«Se lo dici tu, ti crediamo e ti facciamo i migliori auguri. Chissà perché si è però rifatta viva proprio in occasione di questo strano caso di omicidio. Una singolare coincidenza!»
«Secondo me, voi due siete solo invidiosi, anche perché la vostra vita sentimentale l'avete seppellita da un pezzo andandovi a sposare. Ammettetelo che è come dico io.»
«Io non ammetto proprio niente» disse Agosta per niente convinto. «Però preferisco non controbattere.»
«E per forza, vi mancano gli elementi» gli rispose Avenatti scoppiando a ridere.
«Smettila» gli ordinò il commissario «e vai a preparare il caffè, se non vuoi...»
«*Che ti sbatto all'ufficio oggetti smarriti*! Lo so capo, vado subito, come potrei oppormi a una richiesta così gentile. Lei sa trovare sempre le parole adatte a ogni circostanza.»

L'uomo uscì dalla stazione di Pinerolo, si guardò un at-

timo intorno per orientarsi in mezzo alla nebbia e poi si diresse in direzione di viale Agnelli. L'aria era veramente pungente, si alzò il bavero del giaccone e indossò un paio di guanti di pelle. Si infilò sotto i portici e li percorse con passo lento, senza fretta. Era piuttosto presto, sicuramente la segretaria era ancora in ufficio. Le sere precedenti era uscita alle 18,15 in punto. Mancava ancora un quarto d'ora. Voleva comunque arrivare davanti al portone dello studio un po' prima per assicurarsi che la donna lasciasse effettivamente l'ufficio e verificare con calma che non ci fosse qualche cliente dell'ultimo momento. Il giorno precedente era rimasto più di un'ora davanti al portone in attesa che andasse via una signora arrivata poco dopo di lui. L'attesa si era rivelata inutile, perché l'avvocato era uscito dall'ufficio insieme a quella donna e con lei si era allontanato dirigendosi verso il centro.
L'uomo svoltò su via Saluzzo e si avviò verso via Montebello, per poi fermarsi dietro una cabina telefonica a cinquanta metri dal suo obiettivo.
Puntualissima la signora Maria uscì dal portone. Attese un paio di minuti e poi decise di entrare in azione, aveva fatto pochi passi in direzione del portone quando si avvide che la segretaria stava tornando di corsa sui suoi passi. Cambiò prontamente direzione. La donna infilò rapidamente il portone per poi uscire sempre di corsa dopo un paio di minuti e allontanarsi in direzione di corso Torino. Stavolta decise di aspettare qualche minuto di più e poi si avviò. Esaminò attentamente la pulsantiera e pigiò deciso il tasto dell'avvocato Bonelli.
"Ancora!" si stupì l'avvocato. "Ma dove ce l'ha la testa stasera Maria? Che diavolo avrà dimenticato stavolta? E poi dice che sono io che le faccio perdere il treno!".

Bonelli pigiò il pulsante di apertura del portone e aprì la porta dello studio, lasciandola accostata. Poi tornò nel suo ufficio. L'uomo si avviò per la prima rampa di scale. Nei giorni precedenti aveva dato uno sguardo allo stabile. Lo studio legale di Bonelli era al primo piano. A fianco c'era uno studio dentistico che non era però aperto tutti i giorni. Sulla targa aveva letto che il giovedì il dentista riceveva i pazienti solo al mattino. Al secondo piano c'era poi un'agenzia assicurativa e un altro appartamento senza alcun nome sulla porta. Sembrava vuoto, anche se non ne era del tutto sicuro. D'altronde qualche rischio doveva pur correrlo se voleva portare avanti il suo piano.
Spinse la porta d'ingresso e se la chiuse alle spalle. Poi, dopo aver individuato l'ufficio dell'avvocato, si diresse verso di lui.
«Maria, non sarai mica innamorata? Che altro hai dimenticato?» disse ridendo l'avvocato senza alzare gli occhi dalle sue carte. «D'altronde, chi non ha testa ha gambe e, soprattutto, perde il treno...»
Bonelli si bloccò quando, alzando gli occhi, si accorse che non si trattava di Maria, ma di uno sconosciuto. E per un avvocato uno sconosciuto che entra nel suo studio legale altro non può essere che un cliente.
«Salve, mi scusi, ma credevo si trattasse della mia segretaria. Si accomodi pure, io sono l'avvocato Bonelli e... non mi aspettavo visite a quest'ora. Non si preoccupi però, nel mio lavoro non ci sono orari. Io sono sempre a disposizione dei miei clienti.»
L'uomo si accomodò sulla sedia indicatagli dall'avvocato e poggiò per terra lo zainetto.
«Vuole darmi la giacca? Prende un caffè, un tè? Con questa serata credo che qualcosa di caldo possa farle piacere.»

L'uomo si sfilò il giaccone e lo consegnò a Bonelli.
«Vada per il caffè, la ringrazio.»
«Venga con me in cucina che glielo preparo e così intanto comincia a dirmi in cosa posso esserle utile.»
L'uomo seguì Bonelli in cucina portandosi dietro lo zainetto.
«Può lasciarlo lì, se vuole, nessuno glielo porta via. Non c'è nessuno qui dentro.»
«Preferisco portarlo con me, così inizio a mostrarle qualcosa che potrà esserle utile per risolvere il caso.»
«Faccia come crede» disse Bonelli mentre caricava la macchina per l'espresso con una nuova cialdina.
L'uomo poggiò lo zainetto sul tavolo della cucina e lo aprì. Infilò dentro la mano destra proprio mentre Bonelli gli si avvicinava per porgergli il suo caffè. L'avvocato lo lasciò sul tavolo e poi si girò su stesso dirigendosi nuovamente verso la macchinetta.
«Ne prendo uno anch'io. Stasera dovrò fare le ore piccole per spulciarmi bene dei documenti processuali. È proprio dura la vita di noi avvocati.»
L'uomo allora estrasse rapidamente un pugnale dallo zainetto e si avvicinò all'avvocato che gli dava le spalle. Con la mano sinistra gli bloccò energicamente la bocca e contemporaneamente gli infilò la lama tra le costole all'altezza del cuore. L'avvocato non ebbe neanche il tempo di rendersi conto di cosa gli stesse accadendo e cadde a terra privo di vita, col viso rivolto al soffitto. L'uomo spense la macchinetta del caffè. Prese il bicchierino di plastica e lo vuotò nel lavandino. Si avvicinò al tavolo, prese il suo caffè e lo bevve con calma. Mise i due bicchierini in un sacchetto di plastica e poi rivolse l'attenzione al corpo senza vita dell'avvocato. Dalla profonda

ferita continuava a uscire il sangue che ormai si era allargato a macchia d'olio intorno al cadavere. L'uomo rimase con lo sguardo fisso per qualche minuto a osservare la macchia che si faceva sempre più ampia. Poi tornò verso il tavolo, allargò l'apertura dello zainetto e ne estrasse un paio di guanti in lattice, una tuta in *tyvek*, tipo quella che usano gli uomini della polizia *Scientifica*, e una sega elettrica a lama circolare. Si assicurò che la lama fosse ben stretta, poi collegò la spina alla stessa presa a cui era collegata la macchinetta del caffè. Indossò i guanti e la tuta, cappuccio compreso. Si chinò sul corpo dell'avvocato e lo rivoltò faccia in giù. Si rialzò, imbracciò la sega elettrica e mise in moto la lama che iniziò a roteare velocissima.

La signora Maria rigirava nervosamente il cucchiaino, seduta al bar della stazione. Tanto per cambiare aveva perso il treno delle 18,30 che, come succedeva tutte le volte che lei arrivava con un minuto di ritardo in stazione, era partito in perfetto orario. Orario che il treno per Torino invece non rispettava mai quando la signora Maria arrivava al binario con qualche minuto di anticipo. Lei si era ormai fatta convinta che ci fosse un complotto, ordito ai suoi danni, da parte delle ferrovie italiane, ed era stata tentata più volte di rivolgersi al suo capo per intentare una bella causa ai loro danni. Ma quando saliva sul treno e vedeva in che stato erano ridotti i vagoni, si faceva prendere da un senso di colpa e desisteva dal suo intento vendicativo. Il barista della stazione, ormai abituato a vederla a quell'ora seduta al tavolino a sorseggiare un caffè, la osservava divertito.

«Allora signora Maria, a quanto pare si sta affezionando

sempre di più al mio locale; ne sono veramente felice. Per stasera, in segno di riconoscenza, il caffè lo offro io.»
«Grazie Gianni, sei veramente gentile. Però, se vuoi proprio renderti utile, la prossima volta, stenditi sui binari davanti alla motrice e blocca la partenza fino al mio arrivo.»
«Ottima idea, solo che io non sono così tanto sicuro che il macchinista accetti di partire in ritardo per colpa mia. Preferisco continuare a offrirle il caffè.»
La signora Maria accennò a un sorriso per niente convinto e poi si fece passare la copia de *La Repubblica* da un anziano signore seduto al tavolo vicino.

L'uomo asciugò con cura il sangue dal pugnale e dalla sega elettrica, usando uno straccio. Dopo averli riposti nello zainetto, prese una cartolina illustrata dal taschino dello stesso zainetto, si avvicinò alla scrivania dell'avvocato e la posò sul piano del tavolo a fianco alla testa mozzata dell'avvocato Bonelli. Si sfilò i guanti e la tuta e li infilò, insieme allo straccio con cui aveva asciugato le lame, nel sacchetto di plastica in cui prima aveva messo i bicchierini del caffè. Chiuse il sacchetto e lo pose dentro lo zaino. Indossato il giaccone e i guanti si avviò verso l'uscita. Uscì in strada dopo essersi assicurato che non ci fosse nessuno nei paraggi e si diresse verso la stazione ferroviaria. L'aria si era fatta ancora più fredda e umida. L'uomo ripensò a Bonelli immerso nel sangue, in tutto quel sangue, alla lama rotante che affondava rapidamente nel suo collo, e poi ancora sangue, alla testa dell'avvocato ormai separata dal resto del corpo.
Non era abbastanza però, era consapevole che non era stato versato tutto il sangue che serviva a spegnere quel

demone che gli ardeva dentro, che gli aveva rubato l'anima e lo aveva reso un inesorabile assassino. Salì anche stavolta sull'ultima carrozza, passò a fianco a una donna e andò a sedersi in fondo al vagone.
La signora Maria non si rese neanche conto che un uomo le era passato a fianco, che l'assassino dell'avvocato Bonelli l'aveva appena sfiorata. Era troppo arrabbiata col suo capo che ancora una volta le aveva fatto perdere il treno delle 18,30.

Sesto

Il commissario Cavalli ritirò la sua copia de *La Stampa* in edicola e con lo sguardo fisso sulle notizie della prima pagina si diresse verso il bar di Alice. In piazza Montanari, di bar ce n'erano ben tre. Cavalli, per non fare torto a nessuno, aveva deciso di fare colazione a turno nei tre bar, un giorno per uno. Ogni tanto si sbagliava e invertiva i turni, ma erano gli stessi baristi che gli facevano notare che quella mattina non si sarebbe dovuto trovare lì. Quel giorno era il turno di Alice e questo lo metteva particolarmente di buon umore. Indubbiamente in quel bar veniva servito il cappuccino più buono. Non altrettanto si poteva dire per le brioches che erano sicuramente inferiori a quelle di Toni, ma non si poteva avere tutto.

«Buon giorno commissario! Ha saputo l'ultima novità? Sembra che stiano per approvare la Finanziaria. Io spero ancora che ci ripensino, altrimenti per noi commercianti è la fine. Ci prenderanno tutto con le loro maledette tasse. Ci faranno chiudere bottega.»

«Lei pensa, signora Alice? Sarebbe un gran bel problema, anche perché io dove lo trovo un bar con un cappuccino come il suo.»

«Grazie commissario, lei è sempre così gentile. Per ricambiare la sua cortesia, visto che non ha ancora aperto il giornale, le segnalo un articolo. Le consiglio di leggere la cronaca della provincia, commissario. Mi sa che c'è una notizia che uno come lei, che di mestiere si occupa di omicidi, potrebbe trovare interessante. Hanno ammazzato un avvocato e vedesse in che modo. Roba dell'altro mondo! Io posso capire che qualche cliente deluso possa avergliela fatta pagare, ma porca miseria, gliel'ha fatta

pagare proprio cara.»
Cavalli aprì il giornale sulle pagine della cronaca della provincia di Torino e cercò la notizia a cui si riferiva la signora Alice.
"...L'avvocato è stato pugnalato al cuore perdendo la vita all'istante. L'assassino ha poi infierito sul cadavere tagliandogli la testa. Il corpo decapitato è stato ritrovato ieri, poco dopo mezzogiorno, dalla segretaria al suo ingresso in ufficio. La donna, in forte stato di shock, è stata ricoverata in ospedale dove è stata trattenuta in osservazione fino a sera. Gli inquirenti non hanno rilasciato dichiarazioni in merito al movente che potrebbe aver causato la barbara esecuzione dell'avvocato Bonelli. L'unica ipotesi che si può azzardare, al momento, è quella di un delitto legato alla sua attività professionale. L'avvocato era molto noto nell'ambiente pinerolese e non solo. Era infatti rientrato da pochi mesi da Roma dove si era trasferito anni fa e dove aveva esercitato la sua professione presso un noto studio legale della capitale...".
Il commissario ripiegò il giornale con cura. Era rimasto molto colpito dalla notizia, dalle modalità del delitto, dall'accanimento dell'assassino sul corpo della vittima e soprattutto dall'ultimo capoverso del servizio. Bonelli aveva lavorato per qualche tempo a Roma. Strana coincidenza, anche in questo omicidio c'era un legame misterioso con Roma. Bevve il suo cappuccino, raccogliendo con cura col cucchiaino lo zucchero rimasto sul fondo della tazza. Pagò alla cassa la consumazione e un pacchetto di *Fisherman's* e salutò la signora Alice. Si fermò sulla porta del bar, guardò intorno per verificare se Agosta fosse già arrivato. Non lo vide e allora, dopo aver aperto il pacchetto di caramelle e averne mangiata una,

si diresse verso l'altro lato della piazza dove ogni mattina l'ispettore era solito aspettarlo in macchina per accompagnarlo in commissariato.

«Eccoci arrivati, questa è la caserma dei carabinieri, lasciami pure qui» disse la donna all'uomo alla guida, invitandolo ad accostare l'auto al marciapiedi.
«Vuoi che ti accompagno cara? Non è che poi ti fai prendere da una crisi di nervi.»
«Ma sei scemo! Stai tranquillo, guarda che non l'ho mica ucciso io l'avvocato. Vorranno solo interrogarmi come testimone. Certo che se penso che hanno fatto tutto quel macello a pochi metri dal mio ufficio, proprio sotto la mia scrivania, mi vengono i brividi. Pensa se l'assassino avesse sbagliato piano.»
«Guarda che non è che un criminale ammazza il primo che gli capita. Cosa vuoi che gliene potesse fregare di tagliare la testa proprio a te. Vai che sei in ritardo, come al solito. E telefona quando hai finito che ti passo a prendere.»
La donna scese dall'auto, risentita per le parole del marito che sembrava non rendersi conto del grave pericolo che aveva corso, e si diresse verso l'ingresso della caserma. Spiegò al carabiniere di servizio all'ingresso il motivo della sua visita e questi l'accompagnò immediatamente dal sottufficiale che si occupava di raccogliere le deposizioni dei testimoni sul caso Bonelli.
«La prego signora, si accomodi» le disse il maresciallo Guastalla, quando la vide apparire nel suo ufficio. «Credo che lei sappia il perché della sua convocazione qui da noi.»
«E chi non lo sa! Non si parla d'altro in città. Non è che

a Pinerolo decapitino avvocati tutti i giorni... e soprattutto non li decapitano mai sotto il mio ufficio.»

«Già, proprio sotto il suo ufficio» confermò il maresciallo che non riusciva a distogliere il suo sguardo dalla abbondante scollatura della signora Castellini, la responsabile dell'agenzia immobiliare in *franchising* che si trovava sopra lo studio di Bonelli.

«Ho ancora i brividi a pensarci adesso, caro capitano.»

«Io sono il maresciallo Guastalla. Il capitano è fuori sede proprio per via delle indagini sull'omicidio Bonelli. Allora, signora, mentre l'appuntato Di Girolamo cortesemente ci prepara due caffè, lei potrebbe intanto iniziare a ripensare all'altro ieri sera. Innanzitutto: lei mi conferma che si trovava in ufficio alle 18,30.»

«Proprio così, ero insieme a un cliente. Stavamo discutendo i particolari per l'affitto di un appartamento di sua proprietà su piazza del Mercato. Un gran bell'alloggetto. Sono due stanze di ampia metratura, una sala grande, cucina abitabile...»

«Signora, la devo interrompere, io abito in caserma e non mi interessa l'alloggio del suo cliente. Tra l'altro ci lasci le generalità di questa persona che poi dovremo sentire anche lui.»

«E ci mancherebbe! Comunque sì, io mi trovavo in ufficio.»

«Benissimo, ha notato qualcosa che ci può aiutare nelle indagini? Non so...ha visto qualcuno sulle scale o in strada? Ha sentito delle urla, dei rumori...»

«No, non ho visto proprio nessuno. E non ho udito urlare, neanche un gemito... niente di niente. Invece le cose cambiano se... parliamo di rumori. »

«Ah sì» commentò spazientito il maresciallo. «E allora

parliamo di rumori... mi dica che rumore ha sentito e quando lo ha sentito. Se lo ricorda?»
«È stato un po' dopo le 18,30, credo mancasse un quarto alle sette. Per una decina di secondi si è sentito nettamente il rumore di un apparecchio elettrico... non so bene, a me è sembrato un trapano. Tanto è vero che il mio cliente si è lasciato scappare una battuta sul dentista che ha il suo studio al primo piano... "*il dentista sta usando il trapano per gli elefanti*"... o no, forse ha detto... "*il dentista stasera ha in cura un elefante*"... o forse...»
«Signora, la prego! Io la ringrazio per la sua precisione, che è sempre molto importante in questi casi, ma le parole esatte del suo cliente sono un dettaglio di poca importanza, mi creda. Piuttosto mi dica se dopo ha sentito altro.»
«No, proprio nient'altro. Anche quando sono andata via dall'ufficio, in compagnia del mio cliente, non ho notato nulla di strano scendendo per le scale. Proprio niente. Mi spiace.»
«Si figuri signora, guardi che comunque la sua testimonianza è stata molto importante, il dettaglio del rumore per noi è fondamentale.»
«Bene, benissimo» disse soddisfatta la Castellini mentre con un cucchiaino rigirava il caffè che le aveva appena portato l'appuntato Di Girolamo. «E cosa ha chiarito la mia testimonianza?»
«Semplicemente che il povero avvocato è stato decapitato usando una sega elettrica» concluse serafico Di Girolamo mentre tornava a sedersi dietro la scrivania.
La signora Castellini sentì improvvisamente che le forze la stavano abbandonando. La tazzina di caffè le scivolò dalle mani andandosi a fracassare sul pavimento. La

donna si abbandonò sulla sedia con la testa riversa all'indietro. Il maresciallo si precipitò in suo soccorso mentre l'appuntato Di Girolamo guardò perplesso il caffè per terra.
«Forse c'era poco zucchero?» chiese al maresciallo che si limitò a mandargli un'occhiataccia.

La porta dell'ufficio di Cavalli si aprì e fece capolino Avenatti.
«Mi aveva cercato commissario?»
«Sì, Guido, vieni, siediti che devo parlarti.»
L'ispettore obbedì e si accomodò sulla solita sedia. Il commissario gli porse la copia de *La Stampa* già aperta sulla notizia dell'omicidio di Pinerolo.
«Leggi questo articolo e dimmi cosa ne pensi.»
Il giovane ispettore lesse attentamente e poi rialzando lo sguardo verso il suo capo gli ribaltò la domanda.
«E lei cosa ne pensa, commissario?»
«Penso che sarebbe il caso se facessimo un salto a Pinerolo e andassimo a fare una visita ai nostri amici carabinieri. Conosciamo qualcuno in caserma a cui potremmo far riferimento?»
«Sì, ci sarebbe il tenente Vassalli. Gli abbiamo dato una mano un paio di mesi fa per quel caso dello spacciatore ucciso a coltellate all'uscita di una discoteca di Airasca.»
«Benissimo, allora telefonagli e digli che saremo da lui nel primo pomeriggio, che vorremmo confrontarci con lui sul caso del professor Latorre e che per questo ci occorrono tutte le informazioni in loro possesso riguardo all'omicidio Bonelli.»
«Insomma lei è già partito in quarta, commissario. È proprio convinto che i due casi siano collegati tra loro.»

«Ci sono un paio di elementi abbastanza evidenti che non possono passare inosservati.»
« Innanzitutto, il fatto che in entrambi i casi ci sia un collegamento con Roma, anche se non è che debba per forza voler dire qualcosa e l'altro elemento… però non lo vedo.»
«L'efferatezza dei due delitti, Guido. In entrambi i casi sembra che l'assassino non si sia accontentato di uccidere le due vittime, ma abbia voluto infierire sui loro corpi, quasi che la morte non fosse, per quei due poveracci, una punizione sufficiente. Sì, Guido, non sono sicuro al cento per cento, ma al novantanove per cento sì. Tra i due delitti c'è un collegamento e dobbiamo trovarlo.»
«Stasera ne sapremo di più. Intanto, commissario, inizio a verificare se risulta che Latorre conoscesse l'avvocato assassinato. Mi metto subito al lavoro, verifico i contenuti di agende, telefonini e magari sento anche se ne sa qualcosa la sua fidanzata.»
«Ottimo Guido, ci vediamo dopo pranzo per la gita a Pinerolo, così mi ragguagli durante il viaggio su cosa hai scoperto e… speriamo bene.»

Il signor Castellini abbandonò la caserma dei carabinieri con la moglie sottobraccio. La signora non si era ancora del tutto ripresa dallo shock nell'apprendere che per decapitare quell'uomo avevano usato una sega elettrica. Continuava a passarsi una mano sul collo e a essere percorsa da brividi di paura.
«Io lo sapevo che non era il caso che tu andassi da sola. Lo sapevo che ti saresti lasciata prendere da una crisi di nervi. Ti conosco bene.»
«Avrei voluto vedere te al mio posto. Io sono una donna

normale, mica la moglie di Dario Argento.»
«Dario Argento? E che c'entro adesso io con Dario Argento? Ma cosa ti hanno raccontato i carabinieri?»
La donna iniziò a mettere al corrente il marito su ciò che era venuta a sapere durante il suo interrogatorio, mentre il maresciallo Guastalla, dopo averli osservati salire in macchina, tornò sui suoi passi dirigendosi verso l'ufficio del capitano Terlizzi.
«Ecco, bravo maresciallo, mi spieghi tutto. Non è possibile che appena mi allontano cinque minuti da questa caserma succeda un pandemonio. Io le avevo dato disposizione affinché interrogasse quella donna, ma senza ricorrere alla tortura.»
«Nessuna tortura, è tutta colpa di quell'idiota dell'appuntato Di Girolamo che si è fatto scappare che la testa, a Bonelli, gliel'hanno mozzata con una sega elettrica. La signora è rimasta molto impressionata da quell'immagine ed è svenuta.»
«E a Di Girolamo chi lo ha detto che hanno usato una sega elettrica?»
«La signora Castellini, durante l'interrogatorio.»
«Quindi la signora lo sapeva già! E di che si è impressionata allora? Ma come faceva poi a saperlo se non ne eravamo sicuri neanche noi!?»
«Lei in realtà non lo sapeva, ha solo raccontato di aver sentito un rumore simile a quello di un trapano elettrico giungere dallo studio di Bonelli intorno alle sette meno un quarto, e così Di Girolamo ha rapidamente fatto due più due, solo che lo ha fatto a voce alta e la signora non era preparata a quella notizia.»
«Non ero al corrente di queste grandi abilità matematiche del nostro Di Girolamo. Quindi il medico legale aveva

ragione. La testa è stata mozzata con una lama dentata tipo quella di una sega e, considerato che il taglio è netto, non poteva trattarsi di una sega a mano, ma di un'attrezzatura elettrica tipo quelle che si usano in officina.»
«Esatto capitano, le parole della signora non lasciano adito a dubbi.»
«Benissimo. Mettete subito al corrente il tenente Vassalli. Credo che aspetti la visita di alcuni investigatori della Questura di Torino. Sembrerebbe che vogliano confrontarsi con noi sul possibile collegamento tra questo assurdo delitto e quello avvenuto qualche giorno fa nel quartiere Crocetta a Torino. Sa, maresciallo, quella storia del professore di filosofia dalla doppia personalità.»
«Sì, lo ricordo bene, quello che si portava a letto le studentesse, anche più di una alla volta.»
«Se non ci sono altre novità maresciallo, vada pure e, mi raccomando, un po' più di tatto durante i prossimi interrogatori; noi dobbiamo proteggerli, i cittadini, non terrorizzarli.»

Avenatti bloccò l'auto davanti alla piola dove lo attendeva il commissario.
«Bene Agosta, noi andiamo, se ci fossero novità di qualsiasi tipo chiamami pure sul telefonino.»
«Stia tranquillo e si allacci bene la cintura di sicurezza, si ricordi che al volante c'è l'ispettore Schumacher.»
Il commissario, che conosceva bene quanto fosse pesante il piede di Avenatti quando lo poggiava sull'acceleratore, non se lo fece ripetere due volte. Si allacciò la cintura, mentre l'ispettore partiva sgommando come al solito. Avenatti sapeva che Cavalli non lo sopportava, ma godeva tantissimo nel vederlo andare in bestia.

«E dagli con queste partenze sprint. Guarda che io ho moglie e figlio. Vedi di andare piano che siamo anche in anticipo.»
Avenatti imboccò corso Orbassano e si diresse decisamente verso l'autostrada per Pinerolo.
«Guido, porca puttana, ma lo sai leggere un tachimetro. Centottanta, ma ti sembra il caso?»
«Non sono io commissario, è la macchina che prende velocità. Questa autostrada è deserta, è inevitabile che succeda.»
«E allora da domani sarà inevitabile che tu venga destinato alla revisione degli autovelox, così prendi confidenza con i limiti di velocità.»
Avenatti rallentò la corsa sorridendo divertito.
«Allora che hai scoperto? I due morti si conoscevano?»
«Sembra proprio di no. Almeno questo è quello che mi hanno detto la sua ragazza e i suoi amici. Non risulta che abbiano mai avuto nessun tipo di rapporto, né d'amicizia né di lavoro. Nessuna traccia anche tra le sue carte, nessuna chiamata registrata sul cellulare di Latorre che possa ricondurre all'avvocato Bonelli. Speriamo che i nostri amici di Pinerolo possano darci qualche notizia incoraggiante.»
«L'avvocato ha vissuto parecchi anni a Roma. Sicuramente il tenente Vassalli ci saprà dare delle indicazioni in più sul periodo romano di Bonelli, magari qualche cosa verrà fuori.»
Il commissario appoggiò bene la testa all'indietro e chiuse gli occhi.
«E adesso vedi di rallentare: ho bisogno di una ventina di minuti di sonno per metabolizzare il risotto ai funghi di Rino.»

L'appuntato Di Girolamo accompagnò i due poliziotti nell'ufficio del tenente Vassalli e senza bisogno che nessuno glielo chiedesse si diresse alla macchina del caffè. Il tenente presentò il suo vice, il maresciallo Guastalla, e li invitò ad accomodarsi.
«Allora commissario, mi diceva Avenatti che lei sospetta un collegamento tra l'omicidio di Bonelli e quello del professor Latorre, avvenuto a Torino qualche giorno fa.»
Il commissario mise al corrente l'ufficiale degli elementi che lo avevano condotto a quella conclusione e invitò il tenente a dargli maggiori delucidazioni sulle modalità dell'uccisione di Bonelli e sulla scena del delitto. Il tenente raccontò i dettagli relativi alla morte e alla successiva decapitazione dell'avvocato. Insistette molto sul fatto che l'assassino non avesse lasciato la minima traccia, a parte una cartolina illustrata. Il commissario drizzò le orecchie e si sollevò dallo schienale della sedia.
«Non mi dica che si tratta di una cartolina di Roma?»
«Proprio così, una cartolina illustrata del lungo Tevere, sul retro della quale è stata tracciata una lettera E, in stampatello maiuscolo. Nessuna impronta digitale sopra. Ma lei come fa a saperlo?»
«Anche vicino al cadavere di Latorre abbiamo trovato una cartolina di Roma. Però su quella era stata tracciata una zeta. Si potrebbe vedere questa cartolina, per favore?»
Il maresciallo Guastalla aprì una cartellina e tirò fuori la cartolina illustrata. Anche in questo caso sul retro della cartolina una lettera scritta con un pennarello nero, e anche in questo caso si trattava di un'immagine del Tevere con in primo piano un ponte. La cosa colpì il commissario. Anche la seconda era una cartolina di qualche

anno prima. La voltò, osservò il nome della litografia e l'anno in cui era stata stampata. Erano identici a quelli della prima cartolina.
«Non vorrei essere precipitoso, ma le cartoline, molto probabilmente, sono state comprate contemporaneamente nello stesso posto e sicuramente non di recente. Tutt'e due poi ritraggono il Tevere. Cambia però lo scorcio. Sono due ponti diversi.»
Il tenente chiese informazioni sulla prima cartolina.
«Nella prima si vede il ponte Regina Margherita» spiegò Cavalli. «Mentre in questa è raffigurato ponte Sant'Angelo.»
«Mi sembra un particolare abbastanza singolare. Il nostro assassino ha voluto lasciare due cartoline del Tevere vicino ai due cadaveri. Sembra quasi una specie di firma, seppure le lettere siano diverse, come se ci avesse voluto far capire che dietro agli omicidi c'è la stessa mano.»
«Insomma commissario, lei pensa a un serial killer, a un pazzo che si diverte a uccidere e a firmare i suoi omicidi.»
«Sembrerebbe proprio di sì, ma io non escluderei che si tratti di una persona che ha ucciso le due vittime per qualche sua misteriosa ragione e voglia però farci credere che abbiamo a che fare con uno psicopatico. Tutte le ipotesi sono valide. Una cosa è sicura, le modalità dei due delitti parlano chiaro, all'assassino non è stato sufficiente uccidere i due uomini, ha voluto farlo in maniera esagerata. La cosa deve per forza avere un significato, non si uccidono due persone a quel modo, senza una ragione precisa.»
«Su questo siamo tutti d'accordo» lo confortò Vassalli. «Guardate le foto che i colleghi della *Scientifica* hanno

scattato nello studio dell'avvocato Bonelli. C'è sangue da tutte le parti, una cosa mai vista, almeno qui a Pinerolo.»
Il commissario le osservò attentamente e non poté fare a meno di confrontare quelle immagini con quelle che ormai da quasi una settimana continuava ad avere incessantemente davanti agli occhi: Latorre con le vene aperte, sulla sua sedia, circondato da un lago di sangue. Sangue, tanto sangue, in entrambi i casi, quasi che l'assassino, più che a uccidere le sue vittime, fosse interessato a versare il loro sangue.
«Avete già verificato» intervenne l'ispettore Avenatti, «di cosa si stesse occupando l'avvocato in questo periodo?»
«Certo, abbiamo sentito la sua segretaria» gli confermò il maresciallo Guastalla. «Ma da quello che ci ha raccontato, sembra che Bonelli fosse un avvocato civilista, almeno da quando era rientrato a Pinerolo, e si occupava solo di divorzi, liti condominiali e qualche sinistro automobilistico, niente di più.»
«E a Roma? Svolgeva la stessa attività anche là?»
«No, a Roma lavorava insieme a sua moglie nello studio legale del suocero, un importante penalista, che invece si occupava di casi molto più complessi e delicati.»
«Avete già contattato la moglie di Bonelli?» chiese poi Cavalli.
«La ex moglie» precisò il tenente Vassalli. «I due avevano divorziato da qualche mese. È per questo motivo che l'avvocato aveva fatto rientro a Pinerolo. Ci hanno pensato i nostri colleghi di Roma a interrogarla e lo stesso stanno facendo con tutte le persone che lavoravano con lui, suocero compreso. Ci manderanno tutta la documentazione quanto prima.»
«Credo che, alla luce degli sviluppi di oggi, sarebbe il

caso che chiediate ai vostri colleghi romani di verificare se a quelle persone risulti che Bonelli conoscesse Latorre, se fosse un suo cliente. Dite loro di chiedere alla moglie se ricorda che l'ex marito lo abbia mai incontrato a Roma o gli abbia mai sentito nominare Latorre. A questo punto mi sembra chiaro che la cosa principale da fare, se vogliamo scoprire il nostro uomo, è capire cosa avevano in comune le due vittime.»

«E dobbiamo anche capire cosa diavolo vogliano significare queste misteriose cartoline» precisò Vassalli. «Un assassino che sta molto attento a non lasciare alcuna traccia di sé sulla scena del delitto, non ne lascia poi due così evidenti senza una ragione ben precisa. Una Z e una E, leggendole di seguito verrebbe fuori ZE, potrebbero essere le prime lettere del suo nome… Speriamo solo che non abbia un nome troppo lungo!» concluse preoccupato.

Il commissario accennò a un sorriso per sottolineare la macabra battuta e quindi insieme al suo vice Avenatti si alzò e salutò cordialmente il tenente Vassalli, confermandogli che lo avrebbe chiamato al telefono l'indomani per aggiornarsi a vicenda sugli sviluppi delle loro indagini.

Il maresciallo Guastalla li accompagnò alla macchina mentre spiegava ad Avenatti come fare per imboccare velocemente l'autostrada.

L'ispettore aspettò che il suo capo avesse chiuso la portiera e partì sgommando come al solito.

«Guido, la vuoi smettere!» lo rimproverò Cavalli. «Guarda che sono capaci anche loro di fare queste cose, è inutile che cerchi di impressionare il maresciallo con le tue partenze da deficiente. Piuttosto dimmi cosa ne pensi di quello che abbiamo sentito. Sembra che qualcosa in più su cui lavorare adesso ce l'abbiamo.»

«Credo proprio di sì, vorrà dire che risentiremo nuovamente tutti i conoscenti di Latorre. Se veramente i due si conoscevano, qualcosa dovrà per forza venire fuori. C'è un problema però, commissario.»
«E cioè Guido.»
«Vede capo, se, come potrebbe anche essere, tutti confermeranno di non aver mai sentito nominare Bonelli, se non si scopre che i due si conoscevano o avevano comunque qualcosa in comune, le cose si complicherebbero terribilmente. Vorrebbe dire che l'assassino sceglie le sue vittime a caso e quindi...»
«E quindi si tratterebbe di un folle che potrebbe uccidere ancora. Hai ragione, la vicenda potrebbe prendere una piega molto pericolosa.»
«E poi c'è un particolare che mi ha colpito commissario, anche se non so che importanza possa avere. Le due vittime avevano la stessa età, quarantaquattro anni.»
«Sai che non ci avevo fatto caso. Speriamo solo che non li abbia uccisi a causa dell'età. Se si tratta di un pazzo che odia i quarantaquattrenni, la prossima vittima potrei essere io.»
«Stia tranquillo, capo, sa bene che non li dimostra. Il pazzo non se ne accorgerebbe mai. E poi, finché rimane in commissariato, finché ci sono io al suo fianco, lei è al sicuro. Quando va fuori, invece, non posso garantirle niente, tenga sempre gli occhi bene aperti... Non si sa mai.»
«Ma la vuoi smettere di fare il buffone a tutti i costi. E rallenta, porca miseria, meno male che con te al mio fianco sarei al sicuro.»

«Vuole che la lasci sotto casa, commissario? Ci penso io

a riportare l'auto in centrale.»
«No, Guido, riportami in commissariato, devo assolutamente passare dal mio ufficio.»
«Ma come fa, commissario? Lei lavora sempre, senza orario. Sono le sei e mezza, che diavolo va a fare in ufficio? Se ne vada a casa, si goda suo figlio e sua moglie...»
Il commissario lo interruppe con uno sguardo che non lasciava dubbi: aveva detto qualche parola di troppo.
«E va bene, si goda solo suo figlio allora» aggiunse cercando di rimediare.
«Tu, caro Guido, parli troppo. E invece dovresti farlo solo quando piscia il gallo o quando te lo chiedo io. Io ti ringrazio per i tuoi affettuosi consigli, ti assicuro però di non averne alcun bisogno. E poi io non devo passare dall'ufficio per mettermi a lavorare, devo solo prendere una cosa che ho lasciato là stamattina.»
«Adesso è tutto chiaro, anche se non capisco perché questa cosa non la possa prendere domani. Di cosa ha paura, che l'ispettore capo Agosta o qualche suo complice gliela rubino?»
«Ma lo sai che sei veramente un rompiballe» si alterò Cavalli. «Devo andare in palestra, porca miseria! Ho lasciato la borsa con tutto il materiale in ufficio. È tutto chiaro adesso o vuoi anche sapere cosa ho in programma di fare in palestra?».
«No, non c'è bisogno capo. Lo so benissimo cosa ci va a fare. Con tutte quelle belle donne che si tengono in forma. Chissà come sarà prodigo di consigli con loro, lei che conosce tutti i trucchi per avere degli addominali scolpiti.»
Il commissario tirò prontamente in dentro la pancia e scese dall'auto dirigendosi verso l'ingresso del commissariato.

«Ci vediamo domani mattina, commissario. E stia attento al colpo della strega, alla sua età è sempre in agguato.»

Manuela Caliò lo aspettava seduta a un tavolino del bar Rossini su corso Regina Margherita. Avenatti la vide e le si avvicinò sorridendo.

«Scusami per il ritardo, Manuela. Purtroppo col mio capo si fanno sempre le ore piccole.»

«Stai tranquillo, guarda che lo so benissimo che coi medici e i poliziotti non c'è mai niente di sicuro. È sempre per via del pazzo sanguinario?»

«A quanto pare qui non ci sono solo io che lavoro fino a tardi, cara la mia giornalista. Mi avevi garantito che ci saremmo incontrati per un aperitivo e non per un'intervista.»

Avenatti chiamò il barista e ordinò un *Cuba libre* per sé e un bicchiere di prosecco per Manuela.

«Hai un'ottima memoria, ricordi benissimo i miei gusti, nonostante i due mesi passati dall'ultimo aperitivo.»

«Non per niente faccio l'investigatore. E poi guarda che non è certo colpa mia se sono passati due mesi dall'ultima volta che ci siamo visti. Io ho provato a chiamarti, ma tu hai sempre trovato delle scuse. Mi sembrava chiaro che non avessi tutta questa voglia di vedermi e ho lasciato perdere.»

«E hai fatto bene. Ma non è come pensi, non è che io non volessi vederti, dovevo solo risolvere una situazione sentimentale piuttosto ingarbugliata e non avevo testa per ulteriori complicazioni.»

«Devo quindi pensare che adesso hai risolto i tuoi problemi di cuore, visto che hai deciso improvvisamente di affrontare nuove complicazioni e mi hai telefonato. Devo confessarti che mi ha fatto molto piacere sapere che tu avessi voglia di vedermi. Solo che mi tormenta un dubbio atroce: non sarà che il vero motivo per cui mi hai chiamato è avere notizie delle indagini sull'omicidio Latorre?»

«Ti sbagli, invece. Io avevo voglia di incontrarti e scambiare due chiacchiere con te; gli unici particolari che voglio conoscere sono quelli che riguardano la tua vita.»

«Se sono queste le notizie che ti interessano, allora non ci sono problemi. Almeno per adesso la mia vita non è coperta dal segreto istruttorio e spero che lo stesso si possa dire anche della tua.»

Manuela lo guardò dritto negli occhi e alzò il suo calice di vino rispondendo al brindisi.

«Nessun segreto, Guido, almeno nulla che tu non possa venire a sapere senza bisogno di svolgere indagini sul mio conto.»

«Per carità, ci mancherebbe solo questo, mi bastano già quelle che mi affida il mio capo.»

«A proposito di questo, ti prego, dimmi qualcosina di più sul misterioso killer. Lo so che non è carino, ma ti giuro che non ci scriverò nessun articolo. Mi limiterò solo ai comunicati stampa della Questura.»

«Ma lo sai che sei terribile! E va bene, ti racconto come vanno le indagini, anche perché non è che al momento ci sia tanto da raccontare. Questa è però la prima e l'ultima volta. Dimmi che, se mai ci rivedremo, non mi chiederai nulla sul mio lavoro.»

«Stai tranquillo, Guido, non accadrà mai più.»

«Non accadrà mai più cosa? Che ci vediamo nuovamente?»

«Ma no, sei proprio uno stupido. Non accadrà mai più

che ti intervisti mentre prendiamo un aperitivo, se vuoi posso anche giurartelo.»
«Non serve, mi fido. E poi mi conosco bene e so che alla fine non ci sarà bisogno delle tue domande, tanto sarò io a parlartene senza che tu me lo chieda.»
La ragazza prese la sua borsetta e ne tirò fuori un pacchettino regalo che consegnò all'ispettore.
«E questo cosa sarebbe?»
«È un regalo! Perché? Non si capisce forse?»
«Certo che si capisce, ma perché mai mi fai un regalo?»
«La settimana scorsa hai compiuto ventinove anni, o sbaglio? È il regalo per il tuo compleanno, anche se un po' in ritardo.»
«Vedo che anche tu hai un'ottima memoria. Comunque, non ce n'era bisogno… grazie tante. Allora… lo apro subito. Devo confessare che sono proprio curioso.»
Avenatti scartò il piccolo pacchetto, cercando di intuire di cosa potesse trattarsi.
«Ma cos'è? Sembra una tessera, un abbonamento…»
«Non sembra: è proprio un abbonamento. Con questa tessera potrai entrare gratis per un anno in tutti i musei e a tutte le mostre della provincia di Torino. Spero che non tu non l'abbia già.»
«L'abbonamento ai musei? Ma figurati! Non ci avrei mai pensato.»
«Quindi non ti piace. Lo sapevo che avrei fatto meglio a regalarti un dopobarba.»
«Ma no, cosa dici! Mi piace molto… moltissimo… sì, insomma apprezzo tanto il tuo pensiero. Solo che adesso ci vorrebbe qualcuno che mi regalasse il tempo per visitarli i musei. Col lavoro che faccio, il tempo libero mi basta sì e no per riposarmi.»

«Vorrà dire che mi presterai il tuo abbonamento e andrò io con qualche amico sfaccendato, un po' più disponibile di te.»

Manuela gli sorrise e lo prese per mano, mentre Guido iniziava a raccontargli delle indagini, sforzandosi di non lasciarsi sfuggire particolari delicati. Manuela gli piaceva e anche tanto. Gli era piaciuta subito, fin dalla prima volta che se l'era trovata in prima fila nella sala stampa della Questura, mentre lo tempestava di domande in merito al caso di un gioielliere ucciso nel corso di una rapina, dopo che Avenatti e la sua squadra avevano arrestato l'assassino e i suoi complici. Lei si era fermata dopo la conferenza e avevano fatto due chiacchiere. Si erano scambiati il numero di cellulare e si erano visti anche un paio di volte. Poi Manuela, proprio quando Guido iniziava a provare più di una semplice simpatia per lei, si era defilata e non si erano più visti. Quella mano posata teneramente sulla sua sembrava, però, far intendere che le cose erano cambiate e che fosse giunto il momento di dare una svolta a quell'amicizia.

Le vetrine dei negozi di piazza Statuto erano ormai serrate. Qualcuna era ancora illuminata, ma l'uomo con lo zainetto non se ne accorse neppure, non era lì per fare shopping. Da tempo per lui non c'era motivo di fare acquisti e tantomeno regali. Il tempo aveva ormai smesso di scorrere da tanto. Non c'erano stati compleanni, anniversari e Natale non era più arrivato. Le luci d'artista che illuminavano via Garibaldi non avevano per lui alcun significato speciale, non annunciavano che le feste erano ormai alle porte e bisognava affrettarsi ad acquistare gli immancabili regali. Proseguì lungo via Garibaldi in direzione di piazza Castello con lo sguardo fisso verso l'altro estremo della strada, sulla facciata di palazzo Madama, illuminata anch'essa a giorno. Non aveva paura di essere notato, di essere riconosciuto. La gente non era interessata a lui, sembrava quasi ignorarlo, come se non si trovasse in mezzo a loro. Proseguì fino a incrociare via Stampatori e lì si bloccò, si guardò intorno. Si sfilò lo zaino dalle spalle, lo aprì e verificò il suo contenuto. Lo richiuse e, senza rimetterlo in spalla, si diresse deciso verso il grande portone in legno del palazzo in cui abitava Giorgia Audisio. Si fermò a un paio di metri da lì in attesa che qualcuno uscisse per potersi infilare dentro. Dopo qualche tentativo andato a vuoto, si presentò l'occasione buona. Una vecchietta uscì in strada accostando il portone. Aveva in mano il sacco della spazzatura e la sua intenzione era chiaramente di buttare il sacco nel cassonetto e rientrare subito a casa. L'uomo aspettò che si fosse allontanata ed entrò nell'androne del palazzo. Si diresse verso il cortile interno da dove partivano due rampe di scale. Prese la rampa di sinistra e salì al secondo piano. Era già venuto la sera prima a fare un giro esplorativo. La maggior parte degli alloggi aveva l'ingresso sul ballatoio, compreso quello della signora Audisio e di suo marito. All'inizio di ogni ballatoio era posizionato un cancelletto in ferro, che durante il giorno non veniva mai chiuso a chiave. Provò ad aprirlo, ma inutilmente. Qualcuno aveva già provveduto a serrarlo. La cosa era prevedibile e l'uomo non si scompose. Con un po' di attenzione non sarebbe stato impossibile scavalcarlo, ma era troppo presto, qualcuno avrebbe potuto notarlo e allarmarsi. Sentì la vecchietta rientrare a casa risalendo con passo lento lungo le scale. Stava per spostarsi al piano superiore per nascondersi, quando si accorse che la donna si era fermata al primo piano e stava percorrendo il ballatoio sotto di lui. Tranquillizzatosi si sedette sulla prima rampa di scale che portava al terzo piano, dove, nascosto dall'oscurità, si dispose ad aspettare che arrivasse il momento giusto per entrare in azione.

Era stata veramente una bellissima settimana quella passata a Santo Domingo con la sua amica Ilaria. Ci voleva proprio. Già da un po' di tempo Ilaria le chiedeva di accompagnarla in vacanza da qualche parte, ma per lei le cose non erano così semplici. Non era *single* come la sua amica. Era sposata da tre anni e suo marito non era certo il tipo a cui andare a dire che aveva pensato di andare in vacanza con un'amica. Era una persona gelosa e possessiva, che aveva impiegato pochissimo a farla pentire della decisione di sposarlo. A quarant'anni aveva creduto che fosse giunto il momento di dare una svolta alla sua vita e Marco, così giovane con i suoi soli trent'anni, così carino e pieno di premure per lei, era sembrato la persona giusta per accompagnarla in quella svolta. Lo aveva sposato quattro mesi dopo averlo conosciuto e altri quattro mesi le erano poi bastati per rendersi conto di avere commesso il più grosso errore della sua vita. Marco si era rivelato tutta un'altra persona: pieno di complessi e paranoie di ogni tipo, i cui effetti erano stati continui litigi e discussioni su qualsiasi cosa. Inoltre era profondamente insicuro e ossessionato dalla gelosia, dalla paura di perderla. Lei era abituata ad avere un atteggiamento disinibito nei confronti del genere maschile, e in particolare nei confronti dei suoi amici. Aveva mantenuto buoni rapporti con i suoi ex e le capitava spesso di sentirli al telefono o incontrarli, anche perché vivendo in centro, nei pressi di via Garibaldi, era quasi inevitabile imbattersi in loro anche senza volerlo. La cosa grave, però, non era tanto la gelosia di Marco quanto gli effetti della stessa, i violenti litigi che ne scaturivano. In più di un'occasione alle parole erano poi seguiti anche i fatti e Giorgia ne aveva portato i segni sul viso per parecchi giorni. E i calci e i pugni, Marco non li aveva riservati solo alla moglie, ma li aveva spesso generosamente elargiti anche a chi, a suo modo di vedere, si era mostrato seriamente interessato alle virtù della sua amata. Vani erano stati i tentativi della donna di spiegare che quelli erano solo amici, di fargli capire che non poteva pretendere che da un giorno all'altro lei tagliasse i ponti col passato, dimenticasse tutti e si dedicasse anima e corpo esclusivamente a suo marito. Nei giorni successivi alle litigate, però, Marco si trasformava nella persona più dolce e affettuosa del mondo, facendo di tutto per farsi perdonare il suo comportamento e ogni volta finiva che Giorgia gli concedeva l'ennesima

occasione.
La classica goccia che fa traboccare il vaso si era registrata una decina di giorni prima del viaggio a Santo Domingo, quando, in una vineria alle spalle di via Garibaldi, Giorgia era stata riconosciuta da una sua vecchia fiamma, il suo ex fidanzato del liceo, con cui non si vedeva più da almeno vent'anni. Lui era in compagnia della sua ragazza, ma questo non era bastato al novello *Otello* per convincersi che quell'uomo non potesse rappresentare nella maniera più assoluta un rivale in amore. Lui le aveva lasciato il suo numero di telefono e le aveva detto di chiamarlo quando voleva, che gli avrebbe fatto piacere offrirle un caffè. Di ritorno a casa Marco non si era fatto certo pregare per iniziare l'ennesima sfuriata. Giorgia non ce l'aveva fatta e aveva giurato a se stessa che quella sarebbe stata l'ultima volta che gli avrebbe permesso di trattarla a quel modo. Lo aveva invitato a lasciare casa sua e dopo qualche giorno, approfittando di un po' di ferie arretrate, era partita con Ilaria alla volta di Santo Domingo.
Si era goduta quella settimana come non le capitava ormai da troppo tempo. Aveva fatto di tutto per dimenticare quel disgraziato di suo marito e, per essere sicura di riuscirci veramente, si era fatta dare una mano da un bel giovanotto di colore, dentro i cui muscoli aveva annegato i suoi dispiaceri. Era ripartita alla volta di Torino rappacificata con il genere maschile e decisa a farla finita definitivamente col maritino. Nonostante le sue risolute intenzioni e le accorate raccomandazioni dell'amica, Giorgia si era però fatta fregare un'altra volta dallo sguardo languido del suo bel Marco. Il ragazzo, dal suo canto, per dimostrarle quanto profondamente fosse cam-

biato, non volle sapere dove si era cacciata in quell'ultima settimana, non chiedendole neanche spiegazioni della sua bellissima abbronzatura fuori stagione.

Il commissario Cavalli e i suoi due collaboratori si erano fermati in ufficio a esaminare i verbali che avevano ricevuto un paio di ore prima dai carabinieri di Pinerolo.
C'erano riportate le dichiarazioni rilasciate dai familiari di Bonelli, dalla sua segretaria, oltre a quelle della ex moglie, dell'ex suocero e di tutti i suoi ex colleghi di Roma.
L'espressione dei tre investigatori andava assumendo toni sempre più sconfortati. Nessuno sembrava aver mai sentito nominare il professor Latorre. Le loro esistenze non sembravano essersi mai incrociate. Erano nati e cresciuti in posti diversi: ad Asti Latorre e a Pinerolo Bonelli; arrivavano da realtà diverse: una famiglia borghese quella del professore, mentre l'avvocato era figlio di un operaio della RIV. Anche gli studi compiuti erano differenti. Il primo si era laureato a Bologna, il secondo a Torino. Non risultava che avessero amici in comune o che frequentassero gli stessi locali a Torino, a Pinerolo e tantomeno a Roma.
«Niente di niente» disse uno sconfortato Agosta. «Le due vittime non si conoscevano affatto.»
«Proprio così » aggiunse Avenatti. « L'unica cosa in comune è che entrambi si sono recati a Roma negli ultimi tempi, uno saltuariamente, l'altro addirittura per viverci e lavorare.»
Il commissario Cavalli si alzò dalla sua sedia e si appoggiò davanti alla finestra.
«È un gran casino, cari miei. L'unica cosa che ci autorizza a dare importanza alla traccia di Roma è l'aver trovato

quelle due cartoline del Tevere sui luoghi del delitto. Ma che diavolo di significato avranno? Perché l'assassino le ha lasciate lì? Forse era al corrente che i due, ultimamente, per diversi motivi, si erano recati nella capitale e ha pensato di lasciare quegli indizi solo per confonderci le idee, per creare una falsa pista. Non scordiamoci che le cartoline risultano essere state vendute non meno di quindici anni fa. Chi può escludere che il nostro uomo non ce le avesse in casa, perché magari le aveva comprate durante una viaggio a Roma, e abbia poi deciso di utilizzarle tanto per farci ammattire.»
«E allora che facciamo, commissario?» chiese Agosta mentre rimetteva in ordine le carte sparse sulla scrivania. «Lasciamo perdere la pista di Roma? Io andrei avanti su quella della droga, secondo me è l'unica percorribile.»
«In effetti Agosta non ha tutti i torti» confermò Avenatti. «Forse anche Bonelli si è ritrovato invischiato in qualche modo nel mondo degli spacciatori, a causa della sua professione o per qualcos'altro.»
«Probabilmente avete ragione voi. Lasciamo comunque aperta la pista di Roma e insistiamo su quella della droga. Sentiamo nuovamente i nostri informatori e le persone che partecipavano alle feste di Latorre. Chiedete al tenente Vassalli di verificare se in passato Bonelli si fosse occupato, come avvocato, di casi di spacciatori a Torino o a Roma.»
Il commissario salutò i due ispettori e chiamò col telefonino la moglie.
«Ciao papà» gli rispose il figlio. «Sì, la mamma c'è, ma è di là che sta parlando con Beppe e Franca, che faccio, te la passo?»
«Beppe e Franca? O Dio mio! No, lascia stare, dì a

mamma che sto arrivando.»
Poi tornò sui suoi passi alla ricerca del suo vice.
«Agosta, c'è un'emergenza! Mi dovresti accompagnare immediatamente a casa.»
«Certo commissario, ci mancherebbe. Ma che cosa è successo? Qualcuno sta male?»
«Per adesso no, almeno non ancora. Ma se non rientro al più presto a casa con un vassoio di pasticcini, potrei essere io quello che starà male nelle prossime ore. Mi ero completamente dimenticato di aver invitato a cena il mio amico Beppe e sua moglie Franca. Sono già a casa mia e... mia moglie non ha mai sopportato Franca, proprio non la regge. Ho dovuto fare i salti mortali per convincerla a invitarli. E come se non bastasse, avevo detto che al dolce ci avrei pensato io.»
«Mi sa che allora non ci sia un minuto da perdere, commissario. Solo che... dove la troviamo una pasticceria aperta a quest'ora?»

Giorgia ci stava provando ma proprio non riusciva a eccitarsi. Si era convinta che l'unico modo per ricominciare con Marco era provarci e non solo a parole, ma le cose non stavano andando come lei sperava. Forse era ancora troppo presto. E dire che il povero Marco ce la stava mettendo tutta carezzandola e baciandola con una passione che qualsiasi donna vorrebbe ritrovare nel proprio uomo. Si dimenava come un ossesso e lei, dal suo canto, si sforzava di fingere un forte coinvolgimento, così come d'altronde le capitava ormai da diversi mesi. Inutilmente cercava di aiutarsi richiamando alla mente i momenti di fuoco passati assieme al bel dominicano. Quando poi si rese conto che il marito fosse ormai giunto a fine corsa

decise di dargli un contentino e iniziò a muovere i fianchi gemendo di piacere. Per Marco era il segnale che attendeva, chiuse gli occhi e si abbandonò totalmente sul corpo della sua donna. Rimase per qualche secondo fermo su di lei con il viso perso tra i suoi capelli. Poi iniziò a baciarla dolcemente e si stese al suo fianco.
«Allora, amore mio, cosa ne pensi?» fece l'uomo mentre l'abbracciava teneramente.
«Ma di che?» rispose lei contrariata, fingendo di non capire a cosa si riferisse.
«Dai, non fare la finta tonta, cosa ne pensi di...»
«Della tua prestazione, forse?»
«Prestazione! Che razza di termine, non sono mica un animale da monta. Volevo sapere se sono stato capace di farmi perdonare il mio assurdo comportamento. Tutto qua.»
«Guarda che ci vuole ben altro che una scopata!»
«Se è solo per quello, io sono pronto a ricominciare quando vuoi.»
«Ma io no! Sono troppo stanca per ricominciare, dimentichi che sono rientrata solo da tre ore.»
«Hai ragione. A proposito, lo so che avevo promesso che non te lo avrei chiesto, ma si può sapere dove ti eri cacciata e come fai a essere così abbronzata.»
«*Beauty farm*, mio caro, ne hai mai sentito parlare?»
«Certamente, sono quei posti dove ti rimettono a nuovo con massaggi, fanghi, diete speciali...»
«E non solo, anche sauna, palestra, solarium. Per questo sono abbronzata, io e mia cugina Paola ci siamo lampadate talmente tanto che neanche con un mese di mare in Sardegna avremmo ottenuto lo stesso risultato.»
«E dov'era questa *beauty farm*?»

«Adesso cominci a far troppe domande. Comunque se proprio ci tieni a saperlo, si trova vicino ad Acqui Terme. Un posto tranquillo, proprio quello che ci voleva per farmi digerire ancora una volta i tuoi assurdi comportamenti e convincermi a darti un'ultima possibilità.»
«Vedrai che non ti pentirai di avermi dato fiducia ancora una volta. Certo che potevi anche rispondere alle mie chiamate. Avrò provato a fare il tuo numero non so quante volte, ma il tuo cellulare era sempre irraggiungibile.»
«E cosa pretendevi? Che dopo avermi trattato a quel modo avessi tutta questa voglia di sentire la tua voce! Certo che hai una bella faccia tosta! Come hai potuto pensare che io volessi parlarti?»
«Anche stavolta hai ragione tu. Comunque potevi chiamarmi stamattina, così venivo a prendervi io in macchina, invece di venire in treno. Ma perché non siete andate in auto? Non è che Acqui Terme sia poi così lontana…»
«E basta con questo interrogatorio! Cosa fai, ricominci con la tua gelosia? Piuttosto cosa mangiamo stasera? Ho una fame che non ci vedo. In quel posto si mangiavano solo cibi ipocalorici, senza grassi, senza sale, senza zuccheri e con tante tante fibre. E non ti dico cosa ci facevano bere, decotti e tisane che li rifiuterebbe anche un assetato in pieno Sahara.»
«Caspita! E avete anche pagato per farvi torturare così. Comunque, mi sa che in frigo non c'è molto e, vista l'ora, non è il caso di mettersi a cucinare. Ti faccio una proposta, mi faccio una doccia veloce e poi vado a prendere due pizze e due birre alla pizzeria dietro piazza Statuto. Che ne pensi?»
«È un'ottima idea, è da una settimana che sogno la pizza. Mentre vai, porta con te quella montagna di carta che si

è accumulata in balcone e buttala nel cassonetto della raccolta differenziata. Non è che voglio fare la maestrina, ma è inutile che fai tanto l'ecologico raccogliendo separatamente la carta, se poi me la lasci per mesi sul balcone. E sbrigati a lavarti che anch'io ho voglia di fare un bel bagno.»
Giorgia osservò suo marito dirigersi nudo verso il bagno. Socchiuse gli occhi e per incanto vide la sua figura trasformarsi rapidamente, osservò i suoi muscoli gonfiarsi, la sua pelle diventare nera come l'ebano, i suoi glutei alzarsi di una decina di centimetri. Si abbandonò sul cuscino, chiuse gli occhi e allargò le braccia sul letto ritrovandosi immediatamente nella sua stanza d'albergo a Santo Domingo.

L'uomo sentì il rumore di una porta a vetri che si apriva. Arrivava proprio dal ballatoio del secondo piano, alla sinistra degli scalini su cui si era seduto. Si alzò immediatamente in piedi e salì sulla rampa successiva, quella che dava direttamente sul terzo piano. Si sporse dalla ringhiera per osservare il ballatoio del secondo piano. Vide un uomo aprire il cancelletto d'ingresso, uscire sulle scale con le mani ingombre di scatole di cartone, chiuderlo, spingendolo col piede e senza dare la mandata a chiave, per poi avviarsi lungo la prima rampa di scale. Udì il rumore del portone d'ingresso che si richiudeva e realizzò che fosse il momento di agire. Indossò i guanti in lattice e scese rapidamente le scale fino al secondo piano, spinse il cancelletto e percorse il ballatoio fino alla porta-finestra dell'appartamento della Audisio. Provò a spingerla, ma era chiusa. Allora tirò fuori dallo zainetto un temperino. Armeggiò per qualche secondo sulla serratura fino a farla scattare. Entrò silenziosamente nel salone *living* completamente al buio. Vide che solo una stanza era illuminata e, dal rumore dell'acqua corrente, capì che si trattava del bagno. La porta era socchiusa, la spinse leggermente così da poterci guardare dentro. Vide la donna nuda davanti allo specchio intenta a struccarsi, in attesa che la vasca si riempisse al punto giusto per il bagno. L'uomo infilò la mano dentro lo zainetto e ne estrasse un tondino d'acciaio lungo poco meno di mezzo metro. Spinse la porta spalancandola e si diresse deciso verso la donna. Giorgia Audisio vide la figura dell'uomo che avanzava veloce verso di lei riflessa nello specchio. Ebbe appena il tempo di voltarsi. Sentì un colpo violento sul capo che la tramortì facendole perdere l'equilibrio. Intontita dal tremendo colpo, tentò di rialzarsi, inutilmente. Il sangue le colava sull'orecchio e sulla guancia e poi sul collo. Si appoggiò al bordo della vasca per riprovare nuovamente a mettersi in piedi. Aveva la vista appannata, alzò lo sguardo verso l'uomo che l'aveva colpita. Lo vide che tirava fuori qualcosa da una borsa, qualcosa che luccicava e che aveva tutta l'aria di essere un coltello. Cercò di urlare, ma l'uomo non gliene diede il tempo. L'afferrò per la spalla sinistra e la tirò su, poi affondò la lama del pugnale all'altezza dell'ombelico. Un rigurgito di sangue uscì dalla bocca della donna che sbarrò gli occhi in una smorfia di atroce dolore. L'uomo non estrasse subito la lama, ma la rigirò all'interno delle viscere della donna in un *Harakiri* non richiesto. Dopo qualche secondo tirò fuori la lama e spinse il corpo della donna ormai senza vita dentro la vasca quasi piena. Il sangue si diluì rapidamente nell'acqua colorandola di rosso. L'uomo si bloccò a osservare il sangue che usciva dal ventre della donna e l'acqua sempre più scura che iniziava a fuoriuscire dalla vasca ormai colma. L'acqua rossa di sangue si allargava sul pavimento diffondendo sempre più il suo carico di morte, fino ad arrivare all'altezza della suola delle sue scarpe. Tornò allora improvvisamente in sé, tirò fuori dallo zainetto una busta di plastica e vi pose dentro il tondino di ferro e il coltello dopo averlo sciacquato sotto il rubinetto della vasca. Rimise tutto dentro lo zainetto e riguadagnò rapidamente l'uscita. Prima di uscire posò una cartolina sul tavolo del soggiorno. Si affacciò prudentemente sul ballatoio e, verificato che nessuno avrebbe potuto vederlo, si diresse verso le scale. Uscì in strada e si avviò verso via Garibaldi. Voltò sulla sinistra e andò quasi a sbattere contro Marco che arrivava in direzione opposta con in mano le pizze. Continuò sulla sua strada, salvo voltarsi dopo qualche metro e soffermarsi a guardare il ragazzo che faceva ritorno a casa. In pochi minuti sarebbe scoppiato un putiferio e l'uomo valutò che fosse saggio liberarsi del contenuto del suo zainetto e porre più spazio possibile fra lui e il cadavere di quella donna. Tirò fuori il sacchetto di plastica e lo gettò dentro un cassonetto stradale per la raccolta carta, posto all'angolo con via della Consolata. Si guardò intorno per verificare che nessuno l'avesse notato e si avviò in direzione di piazza Statuto, rimettendosi lo zainetto in spalla. Si avviò poi verso Porta Susa, con l'intenzione di prendere il primo tram e allontanarsi immediatamente da quel posto.

Il geometra Grasso, come ogni sera, non riusciva a prendere sonno e se ne stava appoggiato alla ringhiera del ballatoio del suo appartamento al primo piano, a fumarsi beatamente una sigaretta. Era quasi mezzanotte e alle cin-

que, come tutte le mattine, avrebbe dovuto svegliarsi per recarsi sui cantieri dell'autostrada Torino Milano. Invidiava i fortunati che al sabato mattina non lavorano e possono svegliarsi anche a mezzogiorno. Fosse almeno riuscito a prendere sonno, ma niente, l'insonnia era proprio una gran brutta bestia.
Una prima goccia d'acqua gli bagnò la mano con cui teneva la sigaretta, seguita immediatamente da un'altra sulla fronte e poi ancora una terza. Il geometra pensò alla signora del terzo piano che, come al solito, aveva steso la biancheria senza prima aver fatto fare la centrifuga alla lavabiancheria. Alzò lo sguardo verso l'alto, l'acqua non arrivava dal terzo piano bensì dal ballatoio sopra di lui e le gocce si erano ormai trasformate in un flusso continuo, prima sottile, poi sempre più copioso. Il geometra si allarmò e pensando alla rottura di un tubo si avviò verso le scale per salire al piano superiore e verificare se gli inquilini dell'appartamento fossero in casa, magari già addormentati. Fece qualche passo sul ballatoio e si fermò davanti l'appartamento della signora Audisio. L'acqua passava da sotto la porta finestra, dentro l'appartamento era tutto buio. Bussò energicamente sul vetro e la porta si aprì sotto la spinta delle sue dita. Entrò, chiedendo permesso. Non ricevette però nessuna risposta. Sembrava proprio che in casa non ci fosse nessuno. La prima cosa che gli venne in mente fu che in quell'appartamento fossero passati i ladri. Cercò l'interruttore della luce e l'accese, osservò il pavimento della sala ormai allagato e fu colpito dalle chiazze brune che l'acqua trascinava con sé. Andò diretto verso il bagno per vedere di capire cosa diavolo fosse successo. Lo spettacolo che si trovò davanti lo fece indietreggiare di un paio di passi. Il corpo della

signora Audisio giaceva nella vasca semisommerso dall'acqua. Si avvicinò alla vasca e d'istinto chiuse l'acqua. Osservò il corpo della signora e si accorse del ventre squarciato. Cercò di mantenere la calma e decise di rientrare a casa sua per chiamare un'ambulanza. Sulle scale si imbatté nel marito della Audisio che stava rientrando col suo carico di pizza e birra. Il geometra lo bloccò bruscamente.

«Si fermi, signor Genovese. È meglio che lei non salga su, la prego di rimanere con me.»

Marco lo guardò con aria interrogativa.

«Vede, è successa una tragedia, sua moglie sta... sta male...»

«Male, ma cosa dice?» disse allarmato Marco mentre posava i box delle pizze sui gradini delle scale e si precipitava verso il suo appartamento.

Il geometra gli corse dietro cercando di trattenerlo, inutilmente.

«Si fermi, la prego, non entri in casa... Sua moglie è stata... uccisa.»

Marco si sentì gelare a quelle parole e come una furia entrò dentro urlando il nome della moglie.

«Pronto, commissario, sono Avenatti, è già a letto? La disturbo?»

«No Guido, stavo finendo di cenare con degli ospiti. In realtà siamo già all'ammazzacaffè. Cosa è successo?»

«C'è stato un omicidio nei pressi di via Garibaldi.»

«Capisco... ma perché mi hai chiamato. Non è la nostra zona, se ne occuperà qualcun altro.»

«Sì, lo so benissimo, capo, che siamo fuori zona. Il fatto è che nell'appartamento in cui è stato ritrovato il cada-

vere, hanno trovato anche qualcos'altro...».
«Una cartolina di Roma?» chiese agitato il commissario cercando di controllare il tono della voce di fronte agli ospiti.
«Proprio così, credo che sia meglio che ci facciamo un salto anche noi.»
«Hai ragione. Manda qualcuno a prendermi a casa. Ci vediamo direttamente sul posto. A proposito, dov'è il posto?»
Il commissario si appuntò l'indirizzo su un fazzoletto di carta. Si avvicinò alla moglie e alla coppia di amici e spiegò loro che doveva lasciarli.
«E ti pareva che per una volta si riusciva a terminare la serata in santa pace» disse contrariata la moglie.
«Non ti preoccupare Stefano» lo rassicurò il suo amico Beppe. «Col lavoro che fai, sono cose inevitabili. Continueremo la nostra chiacchierata un'altra volta.»
«Sempre se saremo così fortunati da scegliere un giorno in cui non ammazzino nessuno» fece ironica la moglie.
«C'è poco da scherzare» le rispose Cavalli mentre indossava il cappotto e salutava i suoi amici. «È un brutta storia che si sta complicando sempre di più. Adesso vi devo proprio lasciare.»
In strada la volante lo aspettava già con i lampeggianti accesi. Il commissario salì a bordo, si mise in bocca una delle sue *Fisherman's* e, dopo averne offerta una all'agente alla guida, gli spiegò dove erano diretti.

Cavalli, con Avenatti al fianco, entrò nell'appartamento. L'acqua si era ormai ritirata lasciando il pavimento bagnato e chiazzato del rosso del sangue della povera Giorgia Audisio. Furono accompagnati da un agente nel

bagno dove la *Scientifica* era già all'opera. Si avvicinò a loro l'ispettore Gandolfi.
«Salve Gandolfi, brutta storia eh!» gli disse Avenatti salutandolo.
«Una roba pazzesca! L'assassino l'ha prima colpita alla testa e poi l'ha sventrata con una lama affilatissima. Una morte orribile. Il sangue della donna è arrivato dappertutto portato dall'acqua che è continuata a uscire dalla vasca, finché l'inquilino del piano di sotto, vedendo colare l'acqua dal ballatoio, si è allarmato ed è venuto su a vedere cosa stesse accadendo. È lui che ci ha chiamati, insieme al marito della donna.»
«Il marito? E dov'era il marito al momento dell'omicidio?» chiese Avenatti.
«Era andato a prendere delle pizze. Dice di averla lasciata mentre si apprestava a fare il bagno. È stato via venti o trenta minuti, non di più.»
«Capisco» commentò l'ispettore. «Considerando che l'acqua dal bagno ha allagato l'appartamento, arrivando addirittura fino al ballatoio, l'omicidio deve essere avvenuto subito dopo che il marito ha lasciato la donna da sola.»
«Sembrerebbe di sì» confermò Gandolfi. «I colleghi stanno cercando di rilevare le impronte, anche se con tutta quest'acqua non è una cosa semplice.»
«Mi diceva Guido del ritrovamento di una cartolina di Roma» intervenne Cavalli.
«Esatto commissario. Venga di là che gliela mostro.»
I tre si spostarono nella sala. Il commissario non poté fare a meno di notare come anche stavolta l'assassino fosse riuscito a versare tantissimo sangue. Ce n'era dappertutto.
«Ecco commissario, l'hanno trovata su quel tavolo. Non

sembra che ci siano impronte però.»
Il commissario prese la cartolina tra le mani. Un'altra veduta del Tevere con un ponte che lo attraversava. Voltò la cartolina, si trattava di ponte Sisto. La cartolina era dello stesso tipo delle altre due e come per le altre si trattava di una foto di una ventina di anni prima e, soprattutto, anche sul retro di questa cartolina era tracciata una lettera con un pennarello nero: una R maiuscola.
«Dov'è il marito?» chiese poi Cavalli.
«È a casa dell'inquilino di sotto. Era molto scosso. Vuole parlargli?»
«No, lasciatelo in pace per stasera. Fatevi dire dove possiamo rintracciarlo e convocatelo per domani pomeriggio in commissariato.»
Il commissario consegnò la cartolina ad Avenatti e tornò di nuovo nel bagno. Osservò il corpo della donna. Anche stavolta l'assassino non si era risparmiato in stranezze. Perché diavolo l'aveva prima tramortita e poi sventrata in quel modo? Non sarebbe stato molto più semplice accoltellarla subito. Lui, al posto dell'assassino, avrebbe agito così. Perché quel passaggio inutile? Avrebbe avuto senso solo se avesse avuto bisogno di tempo prima di ucciderla. Se avesse voluto parlare con la donna, o forse usarle violenza. Ma da quello che gli aveva detto l'ispettore Gandolfi, la donna non aveva subìto violenza prima di essere uccisa. Addosso non aveva segni di lotta, graffi o contusioni, a parte le ferite alla testa e lo squarcio sul ventre. E considerato che il marito era stato assente solo venti minuti o poco più, sembrava improbabile che l'assassino l'avesse prima colpita, poi avesse atteso che si riprendesse per parlarle, per poi infine ucciderla. C'era qualcosa che non lo convinceva nella dinamica, così

come anche negli altri due casi. Sembrava proprio che nel commettere i suoi omicidi l'assassino non lasciasse nulla all'improvvisazione del momento. Il commissario era sempre più convinto che non ci fosse nulla di casuale in ciò che quell'uomo faceva. Lo dimostrava anche il fatto che non lasciava alcuna traccia di sé, a parte naturalmente quelle misteriose cartoline.
Cavalli ritornò nella sala, salutò Gandolfi e lasciò l'appartamento insieme ad Avenatti.
«Allora Guido, non serve che te lo dica. Domani dici ad Agosta di convocare nuovamente la fidanzata di Latorre e i suoi amici e poi vai a Volvera a trovare la segretaria dell'avvocato Bonelli.»
«Certo commissario, dobbiamo verificare se conoscessero in qualche modo Giorgia Audisio.»
«Esatto, io mi occuperò di interrogare il marito. Verificate poi dove lavorava la donna, che ambienti frequentava, le sue amicizie. E speriamo che stavolta si cavi fuori qualcosa. La faccenda si sta facendo veramente grave. Già mi aspetto la telefonata del Questore che mi chiede cosa diavolo stia accadendo, appena metterò piede in ufficio. Senza parlare del giudice Colajanni e soprattutto della Stampa. E chi li tiene adesso quelli. Tre omicidi imputabili alla stessa persona e nessun indiziato! Cazzo, che casino!»

«Prego signor Genovese, si accomodi. Vuole che le faccio preparare un caffè?» gli chiese cordiale il commissario Cavalli.
Marco Genovese fece cenno di no con il capo. Era ancora molto scosso. Non riusciva a liberarsi dell'immagine della moglie ridotta in quello stato: il suo corpo privo di vita, immerso in quella vasca, nel suo sangue, con gli occhi sbarrati in un'espressione di terrore che non avrebbe mai più potuto dimenticare.
«Capisco che per lei è un momento terribile» gli disse il dottor Colajanni. «E Dio solo sa come vorrei non doverle infliggere questo ulteriore supplizio che è l'interrogatorio. Ma non posso fare altrimenti. Vede, noi riteniamo che la persona che ha ucciso sua moglie abbia già commesso altri due delitti, altrettanto terribili e riteniamo che possa colpire ancora. Non possiamo permetterci di perdere neanche un minuto.»
«Certo signor Giudice, lo comprendo benissimo. Sono a vostra completa disposizione.»
Il commissario Cavalli iniziò a porgergli tutte le domande del caso, venendo così a sapere che la donna era appena rientrata da una vacanza, che si erano appena rappacificati dopo un violento litigio in seguito al quale la moglie lo aveva sbattuto fuori di casa, fino ad arrivare ai particolari della sera del delitto. Raccontò di come la moglie gli avesse chiesto di andare a prendere delle pizze dopo che avevano fatto l'amore, di averla lasciata intenzionata a fare un bagno e di essere rientrato a casa dopo neanche mezz'ora.
Il dottor Colajanni gli chiese poi se avesse mai sentito

parlare di Francesco Latorre e di Claudio Bonelli. L'uomo negò di averli mai sentiti nominare e chiese un bicchiere d'acqua. Il commissario glielo fece portare e poi, vedendolo molto provato, sentito anche il parere di Colajanni, gli diede il permesso di tornare a casa.

«Rimanga però a disposizione, credo che sarò costretto a sentirla nuovamente.»

Marco Genovese ringraziò Cavalli e si avviò all'uscita, proprio mentre entrava nell'ufficio l'ispettore Agosta.

«Commissario, credo che ci sia finalmente qualcosa che potrebbe aiutarci. Nel mio ufficio c'è la signorina Giovanna, la fidanzata di Latorre. Ha appena riconosciuto Giorgia Audisio in una delle foto che le abbiamo mostrato. Dice di averla incontrata un paio di settima...»

Cavalli non gli diede il tempo di finire la frase e si precipitò nella stanza a fianco al suo ufficio, subito raggiunto da Colajanni.

«Salve signorina» disse cercando di assumere il tono più calmo di cui fosse capace. «Mi diceva l'ispettore Agosta che lei conosceva Giorgia Audisio, la donna uccisa ieri sera.»

«No, non esattamente. Io non la conoscevo affatto, però sono sicura di averla incontrata. È successo un paio di settimane fa, in una vineria in centro. Mi trovavo lì con Francesco quando lei è entrata in compagnia di un ragazzo che mi è sembrato essere più giovane di lei. Un bel ragazzo, bruno...».

«Venga alla finestra, signorina» gli disse Cavalli. «Vede quell'uomo che sta attraversando la strada. Potrebbe essere lui quel ragazzo?».

«Sì che potrebbe... anzi è proprio lui.»

«È il marito della vittima, ma continui la prego.»

«Francesco l'ha osservata attentamente, non smetteva di scrutarla dalla testa ai piedi. All'inizio ho pensato che finalmente avesse smesso di pensare alle studentesse e si fosse improvvisamente accorto del fascino delle quarantenni. Poi, all'improvviso, mi ha detto che conosceva quella donna, che si trattava della sua ex fidanzata ai tempi del liceo. La loro storia era poi finita quando lui frequentava l'università e da allora sembra che non l'avesse mai più rivista. Si è alzato e si è avvicinato al tavolo della coppia. Si sono abbracciati come si conviene in questi casi. Hanno parlato per una decina di minuti e poi ho visto che lei registrava il numero di cellulare di Francesco sul telefonino. Si sono nuovamente abbracciati ed è tornato da me.»
«Le ha detto altro di quella donna?» la incalzò il dottor Colajanni.
«Non gli ha chiesto notizie di lei?» aggiunse Cavalli.
«Assolutamente. Se avessi dovuto chiedere notizie su tutte le donne che salutava quando eravamo in giro, non mi sarebbe rimasto tempo per fare altro.»
«Le risulta che l'abbia rivista prima di essere ucciso?» chiese ancora Cavalli.
«Non saprei, non credo, me lo avrebbe detto. Lui mi raccontava tutto. Sembrava ci godesse a farmi sapere quanto fosse desiderato e corteggiato.»
Il commissario ringraziò Giovanna e, insieme al giudice, ritornò nel suo ufficio.
«Direi che questo è uno sviluppo interessante, cosa ne pensa, Cavalli?» chiese Colajanni.
«Che finalmente abbiamo qualcosa di concreto su cui muoverci» commentò soddisfatto Cavalli.

La signora Maria invitò l'ispettore Avenatti a seguirla in salotto, dove i suoi due bambini erano intenti a guardare la TV. La signora li invitò ad andare a giocare in cameretta suscitando qualche protesta da parte dei piccoli che, una volta capito che si trattava di un ordine, lasciarono a testa bassa la camera.
«Sono due angioletti, ma quando in TV c'è la *Melevisione*, non sentono ragione.»
«I bambini sono tutti uguali, bisogna avere tanta pazienza.»
«Anche lei ha dei figli, ispettore?».
«No, non sono neanche sposato. In compenso ho tanta pazienza con i figli di mia sorella.»
Si accomodarono sul divano e la signora offrì dei gianduiotti al suo ospite.
«Mi diceva al telefono che voleva parlarmi ancora della morte dell'avvocato. Credo di aver detto tutto quello che sapevo ai suoi colleghi carabinieri. Non è che non vi fidate dell'Arma?»
«Per carità, non lo dica neanche per scherzo. Ci fidiamo, eccome! Solo che ieri c'è stato un nuovo omicidio, a Torino. Ci sono elementi per credere che l'autore del delitto sia la stessa persona che ha ucciso Bonelli e precedentemente il professor Latorre.»
«Mi dica allora, cosa vuol sapere da me?»
Avenatti mostrò una foto della vittima alla signora Maria.
«Si chiamava Giorgia Audisio. Volevo solo sapere se ricorda di averla mai vista…»
«Certo che l'ho vista» lo interruppe la donna. «La signora Giorgia, come no. La conoscevo benissimo.»
Avenatti si alzò in piedi di scatto, per poi rimettersi a sedere sul bracciolo del divano.

«La conosceva benissimo? E come mai?»
«Giorgia era la fidanzata dell'avvocato, fino a cinque o sei anni fa. Prima cioè che lui conoscesse la sua ex moglie, la sposasse e andasse a vivere a Roma. La ricordo bene. Io lavoravo già con l'avvocato anche prima che lui decidesse di trasferirsi a Roma. Erano una coppia non proprio ben assortita. Lei era così piena di vita, parlava in continuazione, una radiolina vera e propria. Mentre l'avvocato è sempre stato un tipo compassato.»
«E da allora le risulta che l'avvocato l'abbia più rivista?»
«Eccome se l'ha rivista. Soprattutto negli ultimi mesi. Lei si era sposata, ma sembra che il matrimonio non andasse proprio bene. Il marito era molto più giovane di lei ed era un tipo geloso, possessivo e a quanto pare anche violento. Credo che l'avesse anche picchiata. Lei è venuta in studio a Pinerolo, si è confidata anche con me oltre che con l'avvocato. L'ultima volta che ci ha fatto visita, un paio di settimane fa, sembrava addirittura intenzionata a separarsi dal marito. Ne ha parlato a lungo con l'avvocato. Ricordo che Bonelli, salutandola sulla porta dello studio, le disse di andare a fare un bel viaggio, di farsi una vacanza, senza il marito naturalmente, e che ne avrebbero riparlato al suo ritorno a Torino. Giorgia gli diede ragione e promise che sarebbe stata la prima cosa che avrebbe fatto.»
Avenatti ringraziò la signora Maria e si congedò da lei. Salì in macchina e, per una volta, partì senza sgommare. Mise l'auricolare e chiamò Cavalli.
«Commissario, sto arrivando in ufficio. Si prepari, ci sono novità.»
«Allora fa' che tenerti pronto anche tu, sembra proprio che oggi sia la giornata giusta. Adesso ti devo lasciare,

ho davanti a me una donna, una certa Ilaria, amica della Audisio. Sembra che fossero appena tornate da una vacanza insieme e che abbia qualcosa di interessante da raccontarci sul marito della vittima.»
Avenatti riattaccò e cominciò a pensare che per il signor Genovese le cose non si stessero mettendo nel migliore dei modi

«Allora, signorina Ilaria» riprese Cavalli. «Mi stava dicendo che dieci giorni fa la signora Audisio l'ha chiamata al telefono per proporle di fare una vacanza insieme.»
«Proprio così, non me lo aspettavo affatto. Io la conosco da tre anni, da quando lavoriamo insieme nello stesso ufficio, e non so quante volte le avrò proposto inutilmente la stessa cosa. Aveva paura della reazione del marito, quell'uomo la assillava con le sue fisime. Le faceva scenate in continuazione, più di una volta l'aveva anche picchiata. Non posso dimenticare quella volta che si è presentata in ufficio con un paio di occhialoni da sole per nascondere l'occhio nero che quel cretino le aveva procurato con un manrovescio. E non è stato l'unico caso, qualche volta è finito anche in Questura, denunciato per aver aggredito dei poveracci che si erano rivolti alla povera Giorgia in modo particolarmente confidenziale.»
«Agosta, verifica subito queste denunce, fatti dare tutto il materiale che abbiamo su Marco Genovese.»
«Provvedo immediatamente, commissario... signorina, è stato un piacere» disse Agosta accomiatandosi dall'ospite.
«Gentile il suo collega, ce ne fossero ancora di uomini così... probabilmente mi sarei sposata anch'io. Io non

sono come Giorgia che è andata a rovinarsi la vita con quel pazzo.»

«Pazzo… » commentò pensieroso Cavalli. «Lei lo definisce pazzo. Posso chiederle perché?»

«E come dovrei definire un uomo che vive di fantasmi, che si crea situazioni inesistenti, che dà in escandescenze per delle cazzate e dieci minuti dopo è di nuovo mansueto come un agnellino a chiedere perdono a sua moglie.»

«A suo modo, Genovese sembrerebbe un uomo dalla doppia personalità.»

«Doppia? Anche tripla e quadrupla. La povera Giorgia non ha fatto altro che sfogarsi con me durante i nostri sette giorni a Santo Domingo. Avesse visto come era serena, allegra, sembrava tornata quella di una volta. Solo che Giorgia non aveva un carattere risoluto e mentre facevamo ritorno a Torino mi disse una cosa che non avrei voluto sentirle dire nella maniera più assoluta. Aveva deciso di dare un'ultima possibilità al marito. Io cercai in tutti i modi di dissuaderla, di ricordarle che di ultime occasioni gliene aveva già concesso a sufficienza, ma non ci fu nulla da fare. Ed è finita come è finita. Lo sapevo che sarebbe successo, ne ero certa.»

«Quindi lei pensa che l'abbia uccisa il marito?»

«E chi altrimenti? Giorgia non aveva nemici e poi perché ucciderla a quel modo. Solo quel disgraziato del marito avrebbe potuto commettere un simile delitto.»

«Signorina, io per adesso la ringrazio e non posso che essere d'accordo col mio collega Agosta, è stato un vero piacere conoscerla.»

«Piacere mio, commissario, e mi raccomando, fategliela pagare a quel maiale. Non permettetegli di farla franca, fatelo per la mia povera Giorgia.»

Il commissario l'accompagnò personalmente all'uscita, salutò ancora una volta la donna e vedendo che Avenatti stava parcheggiando l'auto, si fermò ad aspettarlo.

Avenatti mise al corrente il commissario Cavalli di quanto aveva scoperto interrogando la segretaria di Bonelli e lo stesso fece il commissario con gli interessanti sviluppi di cui era venuto a conoscenza.
«Ricapitoliamo» disse Cavalli seduto di fronte ai suoi due collaboratori. «Giorgia Audisio conosceva entrambe la due precedenti vittime del nostro assassino. Con Latorre aveva avuto una storia da ragazza, più di venti anni fa, ed è stata anche la donna di Bonelli fino a circa cinque anni fa. Dopo si è sposata con Marco Genovese, una persona dalla personalità contorta, capace di scenate di gelosia immotivate, che spesso si tramutavano in risse con presunti rivali immaginari, oltre che in botte alla moglie.»
«Esatto commissario» confermò Agosta. «Mi hanno appena informato che a carico del Genovese ci sono tre denunce per aggressione e lesioni da parte di tre uomini diversi. Non sembra invece che la Audisio abbia mai denunciato il marito.»
«Non solo, ma lo perdonava tutte le volte» continuò Cavalli. «Sembra che dopo queste violente liti tornasse a essere un marito affettuoso e devoto, come se nulla fosse successo.»
«Credo proprio che Genovese sia il più serio indiziato per i tre omicidi » intervenne Avenatti. «A questo punto mi sembra chiaro che in lui la gelosia si sia trasformata in qualcosa di ben più grave. Probabilmente l'aver visto la moglie in atteggiamenti affettuosi con Latorre e l'aver poi saputo da lei stessa che si trattava del suo vecchio fi-

danzato, deve aver fatto scattare in lui una prima scintilla. È poi venuto anche a sapere che recentemente la moglie si era incontrata con Bonelli, l'uomo a cui era stata legata prima che lui la sposasse. In Genovese la scintilla a quel punto si è trasformata in incendio.»

«E quando sua moglie lo ha cacciato di casa ed è sparita dalla circolazione, la situazione è precipitata e ha deciso di far fuori tutti e tre» concluse Agosta.

«Sembrerebbe che tutto fili» confermò il commissario. «Anche se quello che emerge dai fatti è che Genovese sia una persona iraconda, impulsiva, dai facili cambiamenti di umore. E invece il nostro assassino sembrerebbe dotato di una calma proverbiale: non lascia niente al caso. E poi ci sono le cartoline che non mi so spiegare.»

«Probabilmente Genovese ha veramente una doppia personalità» disse Avenatti. «Non sarebbe il primo caso di assassino che si trasforma in qualcosa di diverso dall'apparire di tutti i giorni. E se invece la sua fosse una mente lucida? Violenta e lucida. Potrebbe aver architettato tutto per farci pensare al *serial killer* e anche le cartoline di Roma potrebbero rientrare in questo suo piano. Avrà saputo del periodo romano di Bonelli e forse che anche Latorre si era recato da poco a Roma e magari ha voluto creare una falsa pista tanto per confonderci le idee.»

«Non so» fece perplesso il commissario. «C'è qualcosa che non mi convince. A questo punto sembrerebbe che Genovese abbia ucciso la donna e poi, per crearsi un alibi, sia andato a prendere quelle pizze. I suoi vestiti erano bagnati e macchiati di sangue, ma questo non implica che lo fossero già prima che lui tornasse a casa dalla pizzeria, anche perché non sarebbe stato prudente andare in giro conciato in quel modo.»

«Gli sarebbe bastato coprirsi con un giaccone» disse sempre più convinto Avenatti.
«Anche questo è vero. Sentite quelli della pizzeria, controllate se qualcuno lo abbia incontrato lungo il tragitto e se ricordano qualche particolare che ci possa essere utile. Fate lo stesso anche per gli altri due casi, chiedete ai vicini, a chiunque si trovasse nei paraggi delle scene del delitto, verificate se riconoscono Genovese. Facciamo ancora questi controlli e poi decideremo se arrestarlo. Non possiamo permetterci di fare passi falsi, non ho alcuna voglia di fare figure di merda col giudice Colajanni.»

Il commissario Cavalli salutò Agosta e scese dall'auto del suo vice. Prima di rientrare a casa, si diresse alla libreria all'angolo di piazza Montanari per acquistare un paio di saggi sulla gelosia e i suoi effetti a volte imprevedibili. Il libraio, alla cassa, lesse attentamente i titoli e guardò curioso il commissario, suo cliente di vecchia data.
«Che succede, commissario? Chi sarebbe il geloso, lei o sua moglie?»
«Mia moglie? Oh per carità, a Luisa puoi rinfacciare tutti i difetti di questo mondo, ma non certo di essere gelosa. E a essere sincero, un po' mi spiace anche.»
«Allora è lei il geloso! Sicuramente avrà i suoi buoni motivi per esserlo e io non li voglio conoscere. Certo che per lei non sarà difficile verificare se i suoi sospetti sono fondati. Basta che le metta alle costole un paio dei suoi uomini e nel giro di pochi giorni si toglie ogni dubbio. Comunque, fa bene a leggere questi libri, almeno scoprirà come affrontare al meglio la situazione. La gelosia è una brutta malattia, non si può mai sapere cosa potrebbe succedere.»

«Lei dice? È proprio questo che mi interessa e spero che questi libri mi possano illuminare sull'argomento. Per quanto riguarda il mio matrimonio e il comportamento di mia moglie, invece, la vorrei rassicurare. Se mia moglie non è gelosa, io lo sono ancora meno di lei. In ogni caso, si comporta come sempre e, anche se non lo facesse, non credo che avrei il tempo di accorgermene.»
«Meglio così commissario. Se poi le occorrono altri volumi sull'argomento, me lo faccia sapere che li ordiniamo.»
«Grazie mille, ma è già tanto se riuscirò a leggere questi. E poi, se devo essere sincero, io non sono così convinto che alla base di tutto ci sia la gelosia.»
«Alla base di tutto... cosa? Di che si sta occupando, commissario?»
«Credo che lo scoprirà da solo nei prossimi giorni leggendo i giornali. Adesso la saluto. Devo ancora passare in panetteria. Mia moglie non è gelosa, ma se dimentico di comprare pane e latte, diventa una furia. È l'unico compito che ho in casa; lei dice che non sono affidabile per tutto il resto. Capirà che almeno su questo si dimostri un pochino intransigente.»
Il commissario salutò il libraio e si avviò verso la panetteria a pochi metri di distanza, con gli occhi puntati sulla copertina di uno dei due libri appena acquistati.

«Allora Avenatti, ci sono novità dai carabinieri di Pinerolo?»
«Niente commissario» rispose l'ispettore porgendo il caffè appena preparato a Cavalli. «Sembra proprio che da quelle parti nessuno ricordi di aver mai visto Genovese. Lo stesso vale per il primo omicidio, abbiamo mostrato la foto di Genovese ai coinquilini di Latorre e a tutti i negozianti della zona. Nessuno lo ha riconosciuto.»
«D'altronde non è che ci sperassi molto. Se è veramente lui l'assassino avrà fatto di tutto per non farsi notare, sarà stato attentissimo a non lasciare alcuna traccia di sé sulla scena dei primi due delitti. Però per il terzo le cose devono essere andate diversamente. In quel caso era suo interesse farsi notare da qualcuno, se non altro per crearsi un alibi. A proposito, Agosta, cosa ti ha detto Genovese delle sere in cui sono stati commessi gli altri omicidi?»
«L'ho interrogato due ore fa. Su quelle sere sembra proprio non avere alibi. Vede commissario, Genovese è un programmatore elettronico e mi diceva che alla sera gli capita spesso di fermarsi fino a tardi in ufficio per lavoro. In quei giorni poi la moglie era via in vacanza e lui mi ha spiegato che non aveva alcun motivo di rientrare presto a casa. Insomma è rimasto da solo a lavorare al computer fino a tarda notte.»
«È un bel guaio, almeno per lui. E nessuno può confermare le sua parole?».
«Sembra proprio di no» confermò Agosta.
«E quindi non ha un alibi» concluse raggiante Avenatti. «A questo punto siamo a cavallo.»
«Mica tanto» obiettò il commissario. «Ma come è possi-

bile che un assassino che fa di tutto per non farsi notare sulla scena del delitto, non faccia neanche un minimo tentativo di crearsi un falso alibi. Il comportamento di quest'uomo sembrerebbe veramente enigmatico. E dell'alibi per la morte della moglie, cosa mi dite?»

«Lo ha verificato il collega Gandolfi» continuò Avenatti. «Ci ha fatto sapere che Genovese è stato notato, oltre che naturalmente dai proprietari e da alcuni clienti della pizzeria, anche da altre due persone che lo hanno incontrato mentre usciva di casa per andare a comprare le pizze. Si tratta di una coppia che abita nel palazzo di fronte a quello della Audisio e che stava rincasando. I due conoscevano di vista la vittima e il marito. Hanno detto di aver notato Genovese uscire di casa con le mani ingombre di scatoloni pieni di carta e dirigersi verso il cassonetto della raccolta differenziata.».

«Ha buttato la carta nel cassonetto? Certo che sembrerebbe abbastanza singolare come comportamento. Ha appena terminato di fare l'amore con sua moglie, dopo un periodo difficile tra i due e, mentre va a comprare le pizze, non trova di meglio da fare che buttare la carta nel cassonetto. Tra l'altro la casa era rimasta disabitata per una settimana. Mi sembra abbastanza strano che avesse tutta quella carta da buttar via.»

«Cosa c'è di strano?» chiese Agosta, per niente sorpreso dal comportamento di Genovese. «Io, la carta, la tengo in casa per settimane prima di decidermi a buttarla nel cassonetto.»

«Certo, potresti aver ragione. Però una controllata ai cassonetti della raccolta carta che si trovano nei paraggi dell'appartamento della Audisio io la darei. Chi lo sa che, insieme alla carta, non ci abbia buttato qualcos'altro. Dovrebbero venire svuotati una volta a settimana. Se siamo fortunati, troviamo ancora quello che ci ha buttato dentro Genovese.»

«Lei sta pensando» chiese Agosta, «che insieme ai cartoni si sia disfatto dell'arma del delitto?»

«Non lo so, non ne sono sicuro, ma se così fosse, avremmo finalmente qualcosa di concreto in mano per poter procedere contro di lui.»

«Provvedo subito a far svuotare i cassonetti» lo rassicurò Avenatti. «Se c'è qualcosa, la troveremo.»

«Adesso commissario, andiamo che l'attendono per la conferenza stampa» gli ricordò Agosta. «Prepari il suo profilo migliore perché credo che la sua foto la vedremo nei prossimi giorni su tutti i giornali.»

«Che palle! Ma non poteva parlarci il questore coi giornalisti! Che cacchio racconto? Che siamo ancora in mezzo alla merda? Che abbiamo solo dei deboli sospetti? Sai che roba! Quelli mi fanno a pezzi. Già li vedo i giornali di domani con i loro titoli rassicuranti: *la città in mano a un serial killer. Il commissario Cavalli non sa neanche da dove cominciare...*»

Avenatti entrò trafelato dentro la piola dove Cavalli e Agosta stavano terminando un piatto di carne all'albese. Si andò a sedere al loro tavolo e riprese fiato.

«Vedo con piacere, caro Guido, che ti sei finalmente deciso a venire a pranzare in un posto decente. Prendi anche tu la carne all'albese, è squisita, e bevi un bicchiere di Barbera, così ti riprendi. Sembri reduce dalla *Stratorino*. Che ti è successo?»

«Commissario, credo che sia meglio che la carne all'albese l'assaggi un'altra volta e credo che anche voi dovre-

ste venire subito con me in commissariato.»
«Non mi dire che c'è un altro morto?» chiese preoccupato Agosta.
«No, grazie a Dio, niente di così terribile. Tutt'altro, ci sono finalmente buone notizie.»
«E allora dammele subito, senza farci rientrare in ufficio» gli disse rassicurato Cavalli.
Avenatti mandò giù un bicchiere di Barbera e si tolse il giaccone.
«Ricorda che mi ha ordinato di far svuotare i cassonetti della raccolta carta intorno a via Garibaldi? Bene, in uno di questi, quello all'angolo con via della Consolata, abbiamo ritrovato un sacchetto contenente un tondino d'acciaio, di quelli usati per il cemento armato. E un pugnale. Entrambi gli oggetti erano insanguinati. Adesso li sta analizzando la *Scientifica* per verificare che si tratti del sangue della Audisio. Inoltre, quel cassonetto si trova proprio tra casa della Audisio e il locale dove il marito è andato a comprare le pizze. Credo che stavolta ci abbiamo azzeccato commissario.»
«Sembrerebbe proprio di sì. Aspettiamo solo il referto, anche se credo di poter scommettere che il sangue sia sicuramente della donna e che su quegli oggetti non troveranno nessun'altra traccia.»
Il commissario si alzò da tavola e si diresse al bancone dove ordinò tre caffè.
«Ce li concedi due minuti per un caffè come si deve, Avenatti, o non c'è tempo?».
L'ispettore si avvicinò sorridendo al bancone.
«Per un buon caffè il tempo c'è sempre, commissario. Tanto Genovese non scappa. Ho ordinato di tenerlo sotto stretta sorveglianza. Ho pensato che in attesa dell'esito

delle analisi non ci costasse nulla tenerlo d'occhio.»
Cavalli si complimentò con Avenatti per il suo lavoro e si versò un abbondante cucchiaino di zucchero nel caffè sotto lo sguardo ironicamente inquisitore del giovane ispettore.

La sala stampa della Questura era ormai gremita quando vi fece il suo ingresso il commissario Cavalli, affiancato dal suo vice Avenatti.
«La vede quella biondina in prima fila, commissario? Quella è la mia amica, Manuela Caliò. È una ragazza in gamba, vedrà che belle domande che le farà.»
«Spero di avere pronte delle risposte all'altezza di queste domande» gli rispose Cavalli mentre prendeva posto dietro al tavolo preparato per la conferenza stampa.
«Allora commissario Cavalli, cosa ci può dire dell'arresto di Marco Genovese?» iniziò a chiedere un giornalista seduto in fondo alla sala.
«Il signor Genovese è stato tratto in arresto stamani. Contro di lui ci sono al momento dei seri indizi che porterebbero a pensare a un suo coinvolgimento negli omicidi del professor Latorre, dell'avvocato Bonelli e naturalmente di sua moglie, la signora Audisio. Devo però aggiungere che si tratta solo di indizi, mancano ancora delle prove o delle testimonianze a suo carico che possano confermare in maniera inconfutabile le sue responsabilità nei tre delitti.»
«Perché allora lo avete arrestato?» chiese con tono perplesso Manuela Caliò.
«Vede, signorina, Genovese in passato si è reso più volte protagonista di aggressioni ai danni di persone colpevoli, ai suoi occhi, di aver importunato la moglie, la signora

Audisio. E anche nei confronti di quest'ultima si è spesso mostrato violento, sempre a causa della sua gelosia. Latorre e Bonelli sono stati legati sentimentalmente alla Audisio in passato e sembra che la donna recentemente avesse avuto modo di incontrare i due uomini. Abbiamo dei testimoni che ci hanno parlato di un ravvicinamento tra la signora Audisio e il suo ex fidanzato, Bonelli. Sembrerebbe che, sempre a detta di questi testimoni, la cosa avesse creato una situazione di grave tensione tra lei e il marito. Inoltre l'arma con cui sono stati uccisi Bonelli e la donna è stata ritrovata dentro un cassonetto della raccolta carta nei pressi dell'abitazione della signora Audisio e di suo marito.»

«Come fate a essere sicuri che sia stato proprio Genovese a buttarcela dentro? Qualcuno lo ha visto liberarsi dell'arma del delitto?»

«No, nessuno in modo diretto. Ma c'è qualcuno che lo ha visto mentre si recava a buttare dei cartoni in quei cassonetti, proprio all'ora in cui è stata uccisa la moglie. Probabilmente Genovese aveva nascosto il pugnale in mezzo alla carta.»

«Le volte scorse ci avevate parlato di misteriose cartoline illustrate» lo incalzò la bionda giornalista, amica di Avenatti. «Avete chiarito anche perché Genovese le avrebbe lasciate sulla scena dei delitti?».

«Questa è una bella domanda a cui, per il momento, non sono in grado di rispondere, almeno non in maniera certa. Riteniamo che Genovese abbia lasciato quelle cartoline solo per sviare le indagini, facendo in modo che noi pensassimo a un *serial killer*. Stiamo comunque facendo ulteriori indagini per chiarire questo aspetto al momento abbastanza misterioso.»

«E Genovese? Ha ammesso le sue responsabilità nei tre omicidi?» chiese il vicino di posto della Caliò.
«No, assolutamente. Genovese si dichiara innocente, del tutto estraneo ai fatti. Ha però ammesso di avere pestato la moglie in più di un'occasione.»
«E come si difende? Ha degli alibi almeno per i primi due omicidi?»
«Purtroppo per lui, al momento, non è riuscito a produrre alcun alibi che lo possa in qualche modo scagionare. Ha solo dichiarato che quelle sere, visto che la moglie si trovava fuori Torino, si era fermato al lavoro fino a tardi, non avendo motivo di rientrare a casa. Nessuno però era presente in ufficio insieme a lui e può testimoniare a suo favore.»
«Insomma, commissario, lei ritiene di poter dichiarare risolto il caso?» chiese ancora la signorina Caliò. «Si sente di poter rassicurare l'opinione pubblica, ormai convinta dell'esistenza di un *serial killer* che si aggira tra Torino e Pinerolo? ».
«Ci sono ottime ragioni per poterlo fare. Vorrei comunque rassicurare l'opinione pubblica. Una cosa è sicura: chi ha commesso i tre omicidi, e abbiamo buone ragioni per pensare che sia stato Genovese, non lo ha fatto scegliendo le sue vittime a caso tra la gente. In questi tre delitti c'è di sicuro un filo conduttore unico, che ha scatenato la sua furia omicida.»
«Che sarebbe quello della gelosia di Marco Genovese?» ribadì la ragazza.
«Sembrerebbe proprio di sì, al momento è l'unica ipotesi che mi sento di validare.»
Cavalli si alzò in piedi e salutò i presenti.
«Con questo è tutto» concluse mentre si metteva in bocca

l'ennesima *Fisherman's*. «Per altri particolari, sarà diramato al più presto un comunicato stampa.»

Il commissario aveva abbandonato la saletta. Manuela Caliò si avvicinò ad Avenatti.
«Allora Guido, non mi è sembrato che il tuo capo avesse un tono molto convinto mentre rispondeva alle nostre domande. Sbaglio?»
«Non sbagli affatto, Manuela. La tua sensazione è esatta.»
«Ho avuto l'impressione che Cavalli, in realtà, non abbia ancora deciso di dichiarare chiuso il caso.»
«Lui forse no, ma per quanto mi riguarda è tutto definito, non ci sono dubbi da chiarire. È stato sicuramente Genovese ad architettare tutto. Scrivilo tranquillamente nel tuo articolo, non vedo proprio alcuna possibilità di nuovi sviluppi in questa incredibile vicenda.»
«Se hai ragione tu, lo scopriremo sicuramente nei prossimi giorni. Con l'autore dei delitti in carcere, non ci dovrebbero essere altri omicidi firmati con una cartolina.»
«Proprio così, vedrai che non accadrà più nulla.»
«È anche vero, però, che se io fossi il misterioso *killer*, approfitterei della situazione per rimanermene tranquillo per un po', far calmare le acque e allentare la stretta degli investigatori intorno a me.»
«Ma tu non sei il misterioso killer. O no? Non è che stasera sei libera? Potremmo andare a cena fuori e potresti approfittare della situazione per confessare i tuoi nefandi delitti.»
«Oppure potrei cogliere al volo l'occasione per aggiungere un'altra vittima alla mia collezione.»
«Se proprio devi farlo, uccidimi prima di cena. Non sop-

porto quando mi si blocca la digestione.»
«In realtà, per il dopo cena avevo ben altri programmi, diciamo un po' meno violenti e traumatici.»
«In questo caso sono più tranquillo e confermo l'invito per stasera. Ti vengo a prendere alle otto in punto. E non portarti il *bloc notes*, non credo che rilascerò alcuna dichiarazione.»
«Stai pure tranquillo e cerca di arrivare puntuale. Con voi poliziotti non si è mai sicuri di niente.»
La ragazza lo salutò con un bacio sulla guancia e raggiunse un paio di suoi colleghi giornalisti che l'attendevano fuori dalla sala stampa. Avenatti la osservò allontanarsi e si complimentò con se stesso. Manuela era proprio una ragazza in gamba, oltre a essere molto carina. Che quella fosse veramente la volta buona?

Decimo

In officina c'era solo lui, gli altri erano andati via da più di un'ora. Appena rimasto solo, si era messo subito all'opera per completare il suo lavoro. Il tempo incalzava e non ne era rimasto più tanto. I fumi della saldatrice si alzavano veloci verso il tetto del capannone, lasciando nell'aria uno sgradevole odore di bruciato. L'uomo finì di mettere l'ultimo punto di saldatura e si levò la maschera protettiva. Osservò attentamente la sua opera. Aspettò che si raffreddasse e poi verificò che le affilate punte d'acciaio, che aveva saldato su delle sbarre di ferro, andassero esattamente a combaciare con le aperture che aveva ricavato in precedenza su un fusto metallico da duecento litri, di quelli usati per il deposito e il trasporto di oli lubrificanti. Infilò anche l'ultima sbarra con le punte dentro i fori e poi osservò compiaciuto la sua opera. Era perfetto, aveva fatto un ottimo lavoro. Tirò via le sei sbarre con le punte acuminate dal fusto e le andò a posare all'interno del vano bagagli del furgone che aveva affittato il giorno precedente. Poi tornò sui suoi passi e caricò prima il fusto metallico e poi la saldatrice. Chiuse il portellone posteriore del furgone e montò in cabina. Condotto il furgone in strada, si fermò e scese dall'abitacolo per andare a chiudere il portone del capannone e il cancello del cortile. Si rimise al volante e, dopo aver consultato attentamente lo stradario, mise in moto dirigendosi verso ponte Sassi, in direzione di Superga. Attraversò il Po e poi voltò su corso Casale avviandosi verso Moncalieri, costeggiando sempre il fiume. Superò la chiesa della Gran Madre, immersa in una luce violetta, così come accadeva da diversi anni in occasione delle feste natalizie, e proseguì lungo corso Moncalieri. All'altezza di ponte Isabella, voltò a sinistra per risalire le curve e i tornanti che portavano a strada Val Salice e da lì a strada del Macallè.

Roberto Tardini era raggiante. Aveva appena ricevuto la notizia della sua nomina come vice ambasciatore presso l'ambasciata italiana in Sud Africa. Era convinto che quello fosse il primo passo di una carriera diplomatica piena di soddisfazioni, che lo avrebbe portato, al più presto, a ricoprire importanti incarichi per il Ministero degli Esteri. Salì a bordo della sua *Lancia Kappa*, si sfilò la cravatta, si allentò il bottone del colletto della camicia e si avviò verso la sua villa in collina. In realtà era solo in affitto, ma presto ne avrebbe avuta una tutta sua, magari in Costa Azzurra, dove la moglie e i figli si erano recati in mattinata, per trascorrere il ponte dell'Immacolata. Inserì il viva-voce nel cellulare e chiamò la moglie.
«Plonto, chi è?» rispose con la sua vocina inconfondibile la piccola Maria Vittoria.
«Ciao, amore, sono papà. Cosa fai di bello?»
«Niente. Ploplio niente. Voglio tolnale a Tolino, subito.»
«Fai la brava, piccolina, fra poco parto anch'io e vi raggiungo. Adesso passami la mamma.»
«Mammaaaa!!» urlò la bambina. «È papààà!».
L'orgoglioso papà accennò a un sorriso e poi iniziò a raccontare tutto alla moglie, le parlò della notizia appena ricevuta e della necessità di preparare tutto per l'imminente trasferimento. La donna, dopo un iniziale smarrimento, si dichiarò molto contenta per lui, anche se non riuscì a nascondere del tutto la sua preoccupazione. Fino ad allora, la carriera diplomatica del marito si era svolta in

paesi europei, molto vicini a Torino, per cui non si era reso necessario il trasferimento di tutta la famiglia. Adesso però era arrivato il momento tanto temuto, il primo incarico importante, in un paese non proprio dietro l'angolo. E la situazione, da quel momento in poi, si sarebbe ripetuta sempre più sovente. Lei era comunque preparata all'idea dei continui traslochi, della perenne ricerca di nuove scuole per i figli, era pronta per il suo ruolo di rappresentanza. Presto o tardi sarebbe diventata la moglie di un ambasciatore. Ma in realtà tutto questo non la attirava particolarmente, anzi la turbava parecchio.
Tardini non poté fare a meno di rendersi conto dal tono di voce della moglie che la notizia non era giunta del tutto gradita e cercò di rincuorarla, promettendole che, almeno per il momento, sarebbe partito solamente lui e che solo dopo qualche mese avrebbero valutato il da farsi. Le sue parole rincuorarono la donna, che gli raccomandò di raggiungerli al più presto ad Antibes.

L'uomo vide nello specchietto retrovisore i fari di un automobile farsi sempre più grandi. Scese allora dal posto di guida e aprì il vano motore. Quando poi la *Lancia Kappa* fu a pochi metri da lui, alzò un braccio e lo agitò per richiedere aiuto.
Roberto Tardini rallentò, osservò l'uomo che sembrava essere rimasto in panne e, subito dopo essergli passato a fianco, andò a fermare la sua auto davanti al furgone. Scese anche lui e si avvicinò al furgone.
«Grazie per essersi fermato» gli disse l'uomo. «Il motore si è spento all'improvviso, al termine della salita e non riesco più ad avviarlo.»
«Capisco, forse è meglio che chiamiamo l'autosoccorso,

anche perché io non sono un grande esperto di motori, e credo di non poterle essere molto utile.»
«Stia tranquillo, ci penso io, a me serve solo che lei salga in cabina e giri la chiave nel cruscotto, mentre io vedo di capire cosa è successo. Le rubo solo due minuti.»
«Va bene, se è solo questo, non c'è problema. Salgo in cabina, allora.»
«Perfetto, quando glielo dico io, metta pure in moto.»
Tardini montò in cabina e attese il segnale.
«Provi adesso, metta in moto» gli disse l'uomo chino sul motore.
Tardini girò la chiave e il motore iniziò a girare subito con regolarità, senza nessuna difficoltà.
«Bene» disse l'uomo mentre chiudeva il cofano. «Dia gas adesso, lo tenga su di giri» aggiunse mentre girava intorno al cofano per portarsi sul lato passeggero.
Salì rapidamente in cabina e, aperto il cassetto porta oggetti, ne estrasse una pistola e la puntò alla tempia del povero Tardini che, alla vista dell'arma, rimase impietrito.
«Adesso ingrani la prima e andiamo a casa sua.»
Tardini obbedì e si diresse verso l'ingresso della sua villa, qualche decina di metri dopo la prima curva, andandosi a fermare di fronte al cancello.
«Avanti, apra il cancello ed entri dentro, faccia in fretta.»
Tardini estrasse il telecomando dalla tasca del giaccone e aprì il cancello. Ingranò la marcia ed entrò sul vialetto che tagliava in due il giardino.
«Vada direttamente in *garage*, scenda e lo apra.»
Tardini, con le gambe molli per la paura, scese dal furgone seguito dall'uomo con la pistola, e lo aprì. Poi rimontò sul furgone e, sempre sotto la minaccia della pistola, lo spostò al coperto. L'uomo lo seguì dentro e,

senza mai perdere di vista Tardini, che nel frattempo era sceso dalla cabina di guida, si chiuse il portone alle spalle. Poi aprì il portellone posteriore e tirò fuori il suo zainetto, da cui estrasse un paio di manette e un rotolo di nastro da pacchi. Intimò a Tardini di dargli le spalle e lo ammanettò con le mani dietro la schiena, poi gli ordinò di inginocchiarsi e lo imbavagliò usando il nastro adesivo. Tardini lo osservò mentre, dopo essere salito sul vano posteriore del furgone, si avvicinava al fusto metallico e lo disponeva, coricandolo, sul lato lungo. Tolse via il coperchio superiore e poi scese giù dal pianale.

«Adesso lei si infilerà dentro quel fusto, entrando con i piedi.»

Tardini esitò e fece per scappare verso la porta che portava direttamente all'interno della villa. L'uomo lo bloccò per un braccio e puntandogli nuovamente la pistola alla tempia lo spinse verso il fusto. Lo fece sedere sul pianale e poi, sospingendolo con la canna della pistola, lo costrinse a entrare dentro il fusto. Posizionò al suo posto il coperchio e lo bloccò col dispositivo di chiusura.

Tardini, accovacciato dentro il fusto, era ormai in preda allo sgomento. Aveva, in un primo tempo, pensato a un rapinatore, ma adesso si era fatto convinto che quell'uomo volesse addirittura rapirlo. Probabilmente lo aveva fatto entrare in quel fusto per nasconderlo durante il trasferimento al suo nascondiglio. Si accorse con sollievo che, sulle pareti erano state ricavate delle fessure, disposte su linee verticali, che sicuramente servivano a farlo respirare durante il viaggio.

Il suo rapitore, nel frattempo, salì sul pianale del furgone, afferrò il fusto dalla parte del coperchio e, puntando i piedi sulla parete interna della cabina, lo tirò su, rimettendolo in verticale. Poi prese il cavo elettrico della saldatrice e, dopo averlo srotolato, infilò la spina nella presa più vicina. Collegò il cavo di terra e montò l'elettrodo. Tardini si mise seduto alla bell'e meglio e, con l'occhio appiccicato a uno dei fori, cercò di guardare per capire cosa stesse combinando quell'uomo. Lo vide prima armeggiare con la saldatrice e, poi, avvicinarsi e posizionare le sue gambe proprio davanti all'apertura su cui teneva poggiato il suo occhio. Sentì il rumore della saldatrice sopra la sua testa. Stava saldando il coperchio. Una cosa era certa, il suo rapitore stava proprio prendendo tutte le precauzioni per evitare che lui potesse fuggire.

L'uomo bloccò il coperchio del fusto con quattro punti di saldatura e poi, mantenendo sempre la calma, sollevò la prima delle sbarre su cui aveva saldato le punte in acciaio. La avvicinò a una delle file di fori sul fusto e spinse le punte dentro, facendole ben aderire alla lamiera. Con la saldatrice bloccò rapidamente l'asta con altri punti di saldatura. Prese quindi un'altra sbarra chiodata e ripeté l'operazione.

Tardini aveva visto oscurarsi le prime due file di fori, sul lato opposto a quello su cui lui aveva poggiato la schiena. L'uomo stava tappando i fori, ma perché lo faceva? E con cosa aveva chiuso le piccole aperture? All'interno del fusto era troppo buio per poter rendersi conto di cosa si trattasse e le braccia bloccate dietro la schiena gli impedivano di toccare con mano, utilizzando il tatto. La risposta alla sua domanda gli arrivò inattesa alle spalle, quando sentì le punte di acciaio della terza sbarra affondare nella sua schiena. Provò un dolore acuto e spostò bruscamente il busto in avanti staccandolo dalla parete del fusto. Sentì

il sangue che gli colava lungo la schiena e in un attimo la paura lasciò il posto al terrore. Quell'uomo stava foderando l'interno della sua angusta prigione di chiodi acuminati e sicuramente non lo stava facendo per impedirgli di addormentarsi durante il viaggio.
L'uomo completò la sua opera saldando anche le altre tre sbarre chiodate alla parete del fusto. Scese dal furgone e andò a staccare la spina della saldatrice, riavvolgendo il cavo e posizionandolo poi sul pianale a fianco al fusto. Chiuse il portellone del furgone e aprì il garage. Si mise alla guida del mezzo. Col telecomando, lasciato da Tardini sul sedile, aprì il cancello e riprese in senso contrario la strada che aveva percorso per arrivare alla villa di Tardini. Passò a fianco all'automobile del diplomatico, abbandonata a bordo strada, e si diresse verso strada del Mainero.
Tardini cercava disperatamente di rimanere al centro del fusto, mantenendosi il più possibile distante dalle punte di acciaio, che però inevitabilmente continuavano a farsi sentire a ogni buca e a ogni brusco cambio di direzione. Le ferite sul suo corpo diventavano sempre più numerose, così come sempre più copioso era il sangue che perdeva dalle stesse. Quando capì che il furgone si era fermato definitivamente, provò inizialmente un attimo di sollievo, destinato però a spegnersi rapidamente quando realizzò che la fermata del furgone poteva coincidere con il capolinea della sua esistenza. Iniziò a piangere disperato, imprecando contro il destino che gli aveva riservato una fine tanto assurda e crudele, per mano di una persona sconosciuta, che chissà per quale motivo aveva deciso di riservargli quel delirante trattamento.
L'uomo si guardò attentamente intorno, per verificare che

non ci fosse nessuno, poi aprì il portellone posteriore e, dopo aver indossato un paio di guanti da officina, afferrò con entrambe le mani il fusto facendolo scivolare verso l'esterno. Lo inclinò e lo fece cadere sull'asfalto.
L'impatto fu tremendo, il povero Tardini sentì una delle punte conficcarsi sotto lo zigomo, mentre un'altra gli si piantava sul collo all'altezza della gola e una terza sul fianco. Aveva ormai smarrito il senso dell'orientamento, perso dentro l'oscurità della sua bara metallica. Oscurità che sempre più perdeva il colore nero per andarsi a tingere del rosso del suo sangue. Sentì che la vita gli stava ormai per sfuggire via. Un freddo terribile lo avvolse in un gelido abbraccio, lasciandogli appena il tempo di rivolgere l'ultimo pensiero ai suoi due figli che lo attendevano al mare insieme alla moglie. Il fusto iniziò a muoversi rotolando e capì che stava per iniziare la sua ultima drammatica corsa.
L'uomo lo spinse lentamente, posizionandolo al centro della strada che, da quel punto, iniziava una ripida discesa rettilinea per circa duecento metri. Appoggiò il piede destro al fusto e lo spinse bruscamente dando inizio a una macabra discesa verso il basso. Il fusto iniziò a rotolare, dapprima lentamente, poi con sempre maggiore velocità. L'uomo lo osservò allontanarsi e farsi sempre più piccolo. Lo vide sbattere violentemente contro il *guard rail* della curva che faceva cambiare direzione alla strada per poi sparire dietro alla stessa. Il rumore di una brusca frenata di un'auto, che probabilmente risaliva dalla parte opposta, lo convinse che era il momento di salire sul furgone e allontanarsi rapidamente. L'uomo si diresse nuovamente verso strada del Macallè e percorse strada Val Salice per poi dirigersi nuovamente verso strada del

Mainero, raggiungendola però dalla direzione opposta a quella seguita in precedenza. Alla fine della strada in discesa vide due auto parcheggiate e delle persone ferme a bordo strada raggruppate a capannello intorno al fusto. Spense il motore e rimase per qualche minuto seduto al posto di guida per osservare, a distanza, l'evolversi della situazione.

«Porca puttana! L'ho evitato per un soffio. È sbucato dalla curva a tutta velocità. Non so come ho fatto a non beccarlo in pieno. Potevamo ammazzarci!»
«Ma chi diavolo si diverte a fare certi scherzi! Qui siamo al livello dei sassi dal cavalcavia. Poteva scapparci il morto. Robe da pazzi!»
Una ragazza si avvicinò al fusto e lo osservò attentamente. Vide che dal coperchio iniziava a fuoriuscire del liquido scuro che la scarsa luce del lampione più vicino non permetteva di identificare. E lo stesso avveniva attraverso alcune delle aperture in cui erano state infilate le punte di acciaio. Chiamò il suo fidanzato e gli mostrò il liquido. Questo si abbassò e bagnò il dito pensando fosse olio. Si avviò verso il lampione per avere una luce migliore.
«Ma è sangue!» urlò spaventato. «Dal fusto sta uscendo sangue. Dobbiamo aprirlo subito e vedere cosa c'è dentro!»
Il ragazzo, con l'aiuto di un'altra persona, raddrizzò il fusto e poi, sempre insieme, cercarono di sollevare il coperchio, ma inutilmente.
«Hanno saldato il coperchio. Ma cosa diavolo hanno combinato? Che vorrà dire questo sangue? Io credo che sia meglio chiamare la polizia, la cosa non mi piace affatto.»

La ragazza tirò fuori il cellulare dalla sua borsetta e compose il 113, mentre una delle persone coinvolte nell' urto con il fusto richiamava l'attenzione di altri automobilisti facendoli fermare. Intorno al fusto c'erano ormai più di dieci persone e la confusione aumentava sempre più.
L'uomo ritenne che fosse il momento adatto per avvicinarsi al gruppo di curiosi sempre più numeroso. Scese dal furgone e fece qualche passo portandosi dietro il suo zainetto. Si fermò a pochi metri dal fusto, con lo sguardo fisso sui rivoli di sangue che uscendo venivano assorbiti dall'asfalto poroso. Non riusciva a distogliere lo sguardo dalle macchie di sangue sulla strada. Immaginava il corpo di Roberto Tardini ridotto in brandelli all'interno del fusto. Attraverso le pareti metalliche riusciva a vederlo immerso nel suo sangue, con il volto sfigurato, irriconoscibile. Il rumore delle sirene delle auto della polizia lo destò dal suo torpore visionario, costringendolo a prendere rapidamente una decisione sul da farsi. Presto anche gli altri avrebbero potuto osservare il macabro contenuto del fusto e lui sentì forte la tentazione di restare ancora per qualche minuto, per poter assistere alla scena della terribile scoperta. Il suono delle sirene si faceva sempre più intenso e l'uomo decise allora di allontanarsi dirigendosi verso il furgone. Con un gesto rapido aprì lo zainetto e ne estrasse una cartolina che lasciò cadere sul ciglio della strada, facendo molta attenzione che nessuno lo notasse. Aumentò il passo e, salito a bordo del furgone, si allontanò dirigendosi verso il Po.

Cavalli, chiuso nel suo ufficio, stava esaminando le foto che Avenatti gli aveva lasciato sulla scrivania, masticando una delle sue *Fisherman's*. L'uomo dentro al fusto era completamente ricoperto di sangue, il volto sfigurato, devastato dagli acuminati chiodi di cui era rivestito l'interno del fusto. Il commissario chiamò Avenatti che lo raggiunse immediatamente. Cavalli gli passò la cartolina ritrovata a una ventina di metri dal cadavere di Tardini. Ancora una foto del Tevere e ancora un ponte diverso dagli altri: il Palatino. Immancabile anche la lettera scritta a stampatello con un pennarello nero sul retro, questa volta si trattava della lettera O.
«A questo punto credo sia chiaro che Genovese non abbia commesso alcun delitto.»
«Mi sembra evidente, commissario. Abbiamo già provveduto alla sua scarcerazione con le scuse da parte nostra.»
«Bastassero le scuse! Il giudice Colajanni è furioso! Mi ha praticamente detto che sto conducendo le indagini da vero dilettante e che sta pensando di affidare il caso a qualcun altro. E noi siamo di nuovo al punto di partenza! Ti rendi conto? Quattro morti, ammazzati in modo assurdo e niente tra le mani. Guarda le foto di questo poveraccio, guarda che scempio! Ma perché questa macabra messa in scena? Cosa gira per la testa di questo folle? Come gli è venuto in mente di ucciderlo in questo modo così incredibile...»
«Come Attilio Regolo» commentò Avenatti. «Lo ha ucciso allo stesso modo di Attilio Regolo.»
«Di chi? Attilio Regolo? E già ... Attilio Regolo, quel

personaggio dell'antica Roma. Hai ragione, lo avevano rinchiuso in una botte foderata di chiodi e lo avevano scaraventato giù per una collina. Porca miseria, un romano, Attilio Regolo era un console romano. Ancora Roma… »
Cavalli si bloccò, profondamente turbato da quel particolare. Non riusciva a capacitarsi che si trattasse di una semplice coincidenza.
«Comincio a credere che la chiave di tutto sia da ricercare a Roma» gli disse Avenatti quasi leggendo nei suoi pensieri. «E sono sicuro che non potrà fare a meno di essere d'accordo con me dopo che avrà sentito quello che ha da dirci il fratello della vittima. Ho iniziato a interrogarlo e mi ha comunicato delle cose molto interessanti. Sembra che Tardini conoscesse, o meglio, avesse conosciuto in passato le altre tre vittime.»
«Cosa? Le aveva conosciute... in passato? Fallo accomodare immediatamente!»
Avenatti uscì in corridoio per rientrare dopo un paio di minuti in compagnia del fratello della vittima. Il commissario gli strinse affettuosamente la mano e lo invitò a sedersi. Dopo le consuete frasi di circostanza, lo invitò a ripetere anche a lui ciò che aveva appena raccontato al suo vice.
«Vede commissario, io ho sempre avuto un'ottima memoria e ricordo benissimo di aver già sentito i nomi delle altre tre vittime.»
L'uomo fece una pausa e poi riprese con tono deciso.
«Nell'inverno tra il 1982 e il 1983, mio fratello ed io frequentammo un corso di sci a Sestrieres. Insieme a noi erano iscritti una decina di altre persone e tra queste c'erano quei tre. Ne sono assolutamente certo.»

«Lei ricorda chiaramente quelle persone? Li ha rivisti negli anni successivi o le risulta che suo fratello li avesse frequentati anche dopo quel corso di sci?»
«No, io non li ho mai più incontrati. Mio fratello invece aveva molto legato con quelle tre persone, erano coetanei e avevano gli stessi interessi. Terminato il corso avevano continuato a frequentarsi anche a Torino e addirittura…»
«Addirittura?» fece Cavalli sollecitando l'uomo a continuare.
«Addirittura mio fratello insieme a quei tre si era recato a Roma per qualche giorno di vacanza…»
«Scusi, potrebbe ripetere… dove si erano recati?» chiese Cavalli mettendosi in piedi di scatto.
«A Roma. E precisamente nel mese di aprile successivo, per le vacanze di Pasqua. Andarono tutti e quattro con l'auto di uno dei due ragazzi, quello che stava insieme a Giorgia Audisio.»
«Latorre, quindi. A quei tempi c'era del tenero tra i due» concluse Avenatti.
«Proprio lui, Francesco Latorre. Erano partiti con la sua *Opel Kadett*, ne sono sicuro, perché erano passati da casa nostra a prendere mio fratello. Noi, in quel periodo, abitavamo su corso Moncalieri, abbastanza di strada per andare a imboccare la tangenziale. Roberto fu l'ultimo a salire in macchina, gli altri tre erano già a bordo, lo ricordo bene perché avevo accompagnato in strada mio fratello e avevo salutato i suoi compagni di viaggio.»
«Suo fratello le ha mai parlato di quella vacanza? Le ha mai raccontato qualche episodio legato alla loro permanenza a Roma?»
«No, mai, mi disse solo che era andato tutto bene, che avevano visitato i monumenti, che si erano divertiti, le

solite cose che si dicono al rientro da una gita, senza però raccontarmi altri particolari. Rimase sempre molto vago in merito a quella vacanza, credo proprio che non abbia mai raccontato nulla neanche ai miei genitori. Una cosa però ricordo bene, che ritornarono a Torino il giorno prima della data prevista.»

«Strano... in genere i ragazzi tendono piuttosto a prolungarle, le vacanze. E come giustificò il suo ritorno anticipato?»

«In nessun modo, o meglio, qualcosa in realtà la disse. Mi sembra che Latorre avesse avuto degli impegni improvvisi che lo avevano convinto a far rientro a Torino e di conseguenza anche gli altri si erano visti costretti a tornare a casa.»

«Lei era presente quando suo fratello arrivò a casa?»

«No, ero fuori con degli amici e, al mio rientro, lo ritrovai in camera che disfaceva il suo borsone.»

Cavalli ringraziò il signor Tardini per le informazioni che gli aveva fornito e invitò Avenatti ad accompagnarlo all'uscita. Il commissario si rimise a sedere e prese tra le mani la quarta cartolina di Roma, anch'essa una foto di inizio anni ottanta di un ponte sul Tevere.

Cavalli si recò nell'ufficio di Agosta e gli chiese di procurarsi subito uno stradario di Roma.

«Uno stradario di Roma? Faccio in un secondo.»

«E come fai, sei mica un mago? O tieni a portata di mano gli stradari di tutta Italia?»

«Ma no, commissario, ha mai sentito parlare di *Internet*? Basta andare su *Google* e il gioco è fatto. Che zona di Roma le interessava?»

«Il lungo Tevere, e in particolare l'ubicazione dei ponti raffigurati nelle quattro cartoline.»

«Ecco fatto commissario, siamo proprio fortunati con una sola videata li abbiamo beccati tutti e quattro, sono praticamente uno di seguito all'altro. Le stampo subito la mappa.»
Cavalli prese il foglio appena uscito dalla stampante. Osservò attentamente la mappa e la collocazione dei quattro ponti.
«Ponte regina Margherita, ponte Sant'Angelo, ponte Sisto, ponte Palatino, hai ragione tu Agosta, sembra proprio che le quattro cartoline stiano a indicare un percorso… un percorso lungo il Tevere. La chiave di tutto sta in questo tratto di Lungo Tevere e nel viaggio di quei quattro a Roma.»
Cavalli mise al corrente il suo collega su quanto raccontato dal fratello dell'ultima vittima e gli espose i suoi pensieri.
«Credo, commissario, che un'altra chiave di lettura degli omicidi sia da ricercare nelle loro modalità. Mi sembra chiaro che per l'ultima delle sue imprese il nostro assassino si sia chiaramente ispirato alla vicenda di Attilio Regolo, che, come lei ricordava, è un personaggio dell'antica Roma. Sarebbe interessante verificare che non abbia fatto lo stesso anche con le altre tre vittime, cioè che anche per i loro omicidi non abbia cercato dei suggerimenti analoghi.»
«Hai ragione Agosta! Io però non sono certo la persona adatta per chiarire questo punto e non credo che in commissariato ci sia qualcuno in grado di darci le informazioni che ci servono. L'unica è rivolgerci a un esperto… non so… a uno storico, a uno studioso di storia romana. Dai l'incarico ad Avenatti, digli di individuare qualcuno che possa aiutarci e di convocarlo al più presto in com-

missariato. Tu, invece, informati sulle condizioni del padre di Latorre, verifica se è possibile interrogarlo. In caso positivo gli comunichi che ci recheremo da lui oggi pomeriggio.»
Cavalli salutò il suo vice e gli diede appuntamento per pranzo. Come tutti i sabati, erano attesi da due piatti fumanti di polenta concia.

Avenatti addentò con voracità il suo panino al *kebab*, sotto lo sguardo sgomento di Manuela.
«Ma come fai a mangiarlo con doppia cipolla?»
«E come dovrei mangiarlo? Senza cipolla, come lo mangi tu? Non è la stessa cosa.»
«Ho capito, ma addirittura doppia. Comunque scordati di avvicinare le tue labbra alle mie per almeno ventiquattr'ore.»
La ragazza si versò un bicchiere d'acqua minerale e dopo averne bevuto la metà si dispose ad ascoltare quello che aveva da chiederle l'ispettore.
«Allora, sono tutta orecchi. Cos'è che volevi chiedermi? Non mi dire che potrei esserti utile per l'indagine sul *killer* delle cartoline!»
«Proprio così. Tu conosci tante di quelle persone che probabilmente sarai in grado di darmi una mano.»
Tirò su con la lingua un pezzo di cipolla che si era fermato all'angolo della bocca e riprese.
«Non è che per caso conosci qualcuno che sia esperto di storia romana?»
«Storia romana? Nel senso di storia dell'antica Roma?»
«Esatto, uno che conosca le biografie di personaggi vissuti in quel periodo, tipo Attilio Regolo.»
«Ho capito, per via dell'ultima vittima. E già che gli ha

fatto fare la fine di Attilio Regolo! Quindi pensate che anche negli altri casi ci potrebbero essere delle analogie?»
«Proprio così, è un'idea del mio capo. Lui si è ormai convinto che la chiave di tutto stia a Roma, in qualcosa che è avvenuto in quella città nei primi anni ottanta, di cui sono stati protagonisti in qualche modo le quattro vittime del nostro assassino.»
«Fammi pensare, in effetti qualcuno che potrebbe fare al caso vostro ci sarebbe. È un mio vecchio compagno del liceo. Lavora al Museo di Arte Antica. È un grande appassionato del periodo romano di Torino e della storia di Roma antica in generale. Parlare con lui è come navigare su *Internet*, ti può fornire in tempo reale qualsiasi informazione tu gli chieda su quel periodo storico.»
«Perfetto, è proprio la persona che cercavo, ti meriti un bacio per…»
«Pussa via, non ti avvicinare, sembri una cipolla ambulante. Se provi a baciarmi non ti do nessun nome, anche perché perderei i sensi all'istante.»
«Ma che ragazza sensibile che sei! Sono proprio fortunato, non c'è che dire. E va bene, il bacio lo tengo da parte per un'altra volta. Adesso però dimmi il nome di questa persona, così provvedo subito a convocarlo in ufficio.»
«Calma, dottor Avenatti. Prima dobbiamo parlare del compenso per i miei preziosi servigi.»
«Ma che dici? Vuoi che ti paghi l'informazione?»
«Ci mancherebbe! Non sono così meschina. Però potresti ricambiare il favore, con uno scambio equo. Io do un'informazione a te e tu dai un'informazione a me.»
«E cosa vuoi sapere di particolare?»
«Certo che come investigatore non si può dire che sei un

fulmine di guerra. Cosa pensi che io voglia sapere? Nient'altro che quello che ti verrà a raccontare il nostro esperto, altrimenti mi vedrò costretta a usare tutte le mie armi segrete per convincere il mio amico a fornirmi quelle informazioni. Vedi tu cosa preferisci fare. Sappi solo che quando voglio qualcosa non mi fermo davanti a nulla, so essere molto ma molto persuasiva.»
«Vedi di fermarti questa volta. Cos'è! Una specie di ricatto? Per piacere, lascia stare le armi segrete. Quelle, gradirei che le usassi solo con me. Non che io sia geloso, però un minimo di esclusiva non mi dispiacerebbe affatto.»
«E allora, questo nome lo vuoi o no?»
«Ma sì che lo voglio, accetto la tua proposta, però con l'accordo che tu non pubblicherai nulla che sia coperto dal segreto istruttorio, almeno finché l'indagine è in corso.»
«Mamma mia, hai proprio paura di perdere il posto. Stai tranquillo che non voglio farti licenziare, ricordati che il tuo stipendio ormai serve anche a me. Segnati il nome e il numero di telefono, prima che ci ripensi.»
Avenatti prese un tovagliolo e scrisse con cura quanto gli disse Manuela e, dopo aver pagato il conto, si accomiatò da lei. Rigorosamente senza bacio.

La *Marea*, guidata dall'ispettore Agosta, imboccò la rampa di uscita dall'autostrada, attraversò il casello passando per la porta riservata al *Telepass* e si diresse verso il centro di Loano. Arrivato all'altezza della ferrovia che costeggia il lungomare, svoltò a destra sulla statale in direzione di Borghetto Santo Spirito. Imboccata via Carducci, il commissario Cavalli iniziò a guardare con attenzione la numerazione civica alla ricerca del numero giusto. Individuato il portone, disse ad Agosta di parcheggiare. I due non si avviarono subito verso la casa del signor Latorre, ma si fermarono in un bar, per prendere un caffè.

«Speriamo solo che il padre di Latorre possa dirci qualcosa di importante e che, soprattutto, sia in condizioni di farlo.»

«Stia tranquillo commissario, i medici mi hanno assicurato che si è rimesso in sesto. Certo che lo shock è stato terribile. Se lo hanno dimesso, vorrà comunque dire che si è ripreso abbastanza bene. Credo che con lui ci sia la sorella che, dopo la morte della moglie, è venuta a vivere con lui.»

Il commissario finì il suo caffè e pagò alla cassa, dopo aver bloccato il tentativo di Agosta di precederlo per pagare. Si avviarono quindi verso la casa del signor Latorre. Cavalli respirò a pieni polmoni l'aria carica di salsedine, che una decisa brezza faceva giungere dal mare distante solo qualche decina di metri. Si guardò intorno come se, oltre che respirarla, fosse in grado anche di vederla e poi seguì Agosta che intanto aveva citofonato annunciando il loro arrivo. L'ispettore fece passare avanti il suo capo e dopo aver chiuso il portone lo seguì sulle scale. Al primo piano la porta dell'appartamento di Latorre era già aperta. Cavalli spinse la porta ed entrò dentro chiedendo permesso.

«Avanti, venite pure avanti» disse una signora sui sessant'anni, vestita in maniera elegante. «Vi aspettavamo. Sono Maria Latorre, mio fratello è di là che vi aspetta. Ha riposato fino adesso per farsi trovare in forma quando sareste arrivati.»

Cavalli e il suo vice strinsero la mano alla donna presentandosi. Quindi la seguirono in soggiorno dove li aspettava il signor Latorre.

«Io non mi sono mai sposata» disse la donna. «Ho sempre vissuto da sola. Da quando è mancata mia cognata, mi occupo di mio fratello e mi sono trasferita qui a Loano. La morte della moglie lo ha molto segnato: erano molto uniti, vivevano praticamente in perfetta simbiosi. Senza sua moglie, mio fratello si è spento. Ha perso quasi tutti i suoi interessi, l'unica cosa che ancora gli interessa è leggere i suoi libri. La morte del figlio, poi, gli ha dato un'ulteriore batosta. Il cuore non ha retto. È uscito solo da un paio di giorni dall'ospedale. Adesso va un po' meglio, ma sembra un fantasma, parla pochissimo, non ha mai appetito, sembra che abbia deciso di lasciarsi morire.»

Il commissario osservò il signor Latorre che li aspettava seduto su una poltrona vicino alla finestra; ringraziò la donna per le informazioni e poi si avvicinò all'uomo per stringergli la mano, mentre Agosta si sedeva su una sedia vicino alla porta.

«Allora commissario, siete riusciti a scoprire chi ha ucciso mio figlio? Ditemi di sì, sarebbe per me un grande sollievo sapere che il suo assassino è in carcere.»

«Mi piacerebbe molto poterglielo comunicare. Purtroppo quell'uomo è ancora in libertà. Posso solo dirle che finalmente le indagini sembrano aver imboccato la strada giusta. È per questo che abbiamo la necessità di rivolgerle qualche domanda. Ci servono delle informazioni che riteniamo possa fornirci solo lei. La disturberemo solo pochi minuti.»

«Nessun disturbo, state pure tranquilli, chiedetemi tutto quello che volete.»

Appurato che il vecchio non fosse al corrente di particolari episodi ricollegabili all'omicidio del figlio, il commissario chiese all'uomo se ricordasse qualcosa della gita a Roma che Francesco aveva effettuato nell'ottantatré, in compagnia di alcuni amici.
Dopo qualche secondo di silenzio, il signor Latorre iniziò a raccontare con voce ferma: «Ricordo bene quel viaggio a Roma. In realtà non i nomi dei suoi compagni di vacanza. Non mi interessava conoscerli e non li ho mai chiesti a mio figlio. Ricordo, invece, molto bene che mi aveva chiesto il permesso di poter andare a Roma con la sua auto. All'epoca, dopo la maturità, gli avevo regalato una *Opel Kadett*, per consentirgli di recarsi all'università senza dover perder metà del suo tempo sui mezzi pubblici. Ricordo bene questo particolare, anche perché al ritorno da Roma, io mi arrabbiai moltissimo con mio figlio.»
«Perché? Cosa era successo?»
«Vede commissario, io sono sempre stato un tipo preciso, pignolo, molto legato alle mie cose. Sono sempre stato molto geloso di tutto ciò che mi appartiene. E ho sempre chiesto a mio figlio di fare lo stesso con le sue cose, compresa la macchina che gli avevo regalato. Ho sempre tenuto le mie auto come nuove, pulite e lucide, mai un graffio, meno che mai un tamponamento. Mio figlio era completamente diverso da me, sempre con la testa fra le nuvole. Mi ero raccomandato moltissimo di avere un occhio di riguardo per la sua auto e invece…»
«E invece?» chiese Cavalli che ascoltava con attenzione il racconto di Latorre.
«Invece è tornato da quel viaggio a Roma con l'auto conciata in uno stato pietoso. Completamente sudicia, un

vero porcile. Ma questo sarebbe stato il minimo. Sul fianco destro dell'auto c'era anche una vistosa ammaccatura sullo sportello e sul parafanghi anteriore. Lo ricordo come fosse ieri, anche perché quella è stata l'unica volta nella mia vita che ho portato un'automobile dal carrozziere. Mi infuriai tantissimo con mio figlio, chiedendogli spiegazioni dei danni.»

«E lui cosa le disse? Come si giustificò?»

«Niente, non mi disse proprio niente. Non solo non mi diede spiegazioni, ma mi mandò anche al diavolo. Era nervoso, teso come una corda di violino. Litigammo furiosamente, da allora gli sottrassi la macchina e non gliela riconsegnai per quasi un anno, neanche per andare all'università.»

«Si fece un'idea del motivo di tanto nervosismo al ritorno dalla vacanza.»

«No, in realtà non mi posi il problema. Io pensavo che fosse nervoso proprio perché sapeva bene quanto ci tenessi alla cura della sua automobile.»

Agosta guardò il commissario che gli rivolse uno sguardo pieno di soddisfazione. Per i due investigatori non c'erano dubbi, il reale motivo del nervosismo del giovane Latorre non era il danno arrecato alla macchina regalatagli dal padre. Il suo nervosismo era dovuto a quanto c'era dietro a quel danno, all'evento che lo aveva causato. Era quella la traccia da seguire, quello era il punto di partenza, da lì traeva origine la follia omicida del misterioso killer delle cartoline. Era chiaro che le indagini dovessero necessariamente spostarsi nella capitale, e anche al più presto. Cavalli e il suo vice si accomiatarono da Latorre e sua sorella e si avviarono verso l'auto.

Il commissario avrebbe fatto volentieri due passi sul lun-

gomare, prima di rientrare a Torino. A lui il mare piaceva soprattutto d'inverno e, ogni volta che il lavoro glielo consentiva, non ci pensava due volte e prendeva il primo treno disponibile per andare a rilassarsi in qualche paesino della vicina Liguria. Quella volta però il commissario non sentiva affatto il bisogno di rilassarsi, non c'erano le condizioni per poter pensare ad altro che non fosse l'indagine su quei maledetti omicidi. Prese il cellulare e chiamò Avenatti, dandogli appuntamento per le 18 nel suo ufficio.
«Allora Agosta» disse il commissario mentre si allacciava la cintura di sicurezza. «Cosa ne dici? Sembra che stavolta ci siamo.»
«Sembrerebbe di sì. Se poi l'esperto di storia romana ci fornirà notizie altrettanto confortanti, potremo veramente dire di essere sulla strada giusta. A proposito, è riuscito Avenatti a trovare la persona che fa per noi?»
«Mi ha detto che ha avuto il nome di uno dei maggiori esperti di storia romana a Torino. Lo ha convocato per stasera stessa in commissariato. Staremo a sentire cosa ci racconterà di utile.»
Agosta imboccò l'autostrada e spinse deciso il piede sull'acceleratore, preparandosi all'inevitabile raccomandazione di Cavalli che, stranamente, non arrivò. Il commissario era completamente immerso nei suoi pensieri e non si era reso conto della velocità. Dal suo canto Agosta, non fece nulla per distoglierlo dai suoi pensieri e lo lasciò in preda alle sue congetture, concentrandosi solo sulla guida.

«Bentornato, commissario» gli disse Avennatti andandogli incontro. «Com'è andata la gita a Loano? Scoperto

niente d’interessante?»
«Sembrerebbe proprio di sì, vieni nel mio ufficio che ti aggiorno. È già arrivato il professor Rossello?»
«Mi ha assicurato che arriverà un po’ dopo le 18.»
«Ottimo, abbiamo tutto il tempo per fare il punto sulla situazione mentre aspettiamo che arrivi.»
Il commissario fece cenno all’ispettore di seguirlo, dopo aver dato disposizione affinché il professor Rossello fosse condotto immediatamente nel suo ufficio, appena arrivato in commissariato.
«Allora Avenatti, ti piace Roma?»
«Roma? Abbastanza, ma perché me lo chiede? Aspetti un attimo… non mi starà mica dicendo che io…»
«Esatto, caro Guido. Sei veramente un ragazzo perspicace, l’ho sempre detto io. Lunedì tu vai a Roma, informati sui voli in partenza in mattinata.»
«E cosa ci vado a fare? Se è lecito saperlo.»
«Devi semplicemente scoprire che cosa è avvenuto alle quattro vittime a Roma nell’83.»
Il commissario ragguagliò Avenatti su quello che gli aveva raccontato il padre di Latorre, sul particolare dell’automobile sinistrata e sulle sue deduzioni.
«Quindi io dovrei cercare di scoprire se quei quattro siano rimasti coinvolti in un incidente stradale durante la loro gita a Roma o qualcosa del genere. E cosa c’è di più semplice, in fondo sono passati solo ventitré anni!»
«Dai Guido, non fare tanto il prezioso, lo so benissimo che, se ti ci metti, riesci anche a rintracciare un ago nel pagliaio.»
«E va bene commissario, facciamoci questa trasferta nella capitale, ma poi, quando questa vicenda sarà finita, lei mi concede una settimana di ferie. Voglio la sua parola

adesso.»
«Ferie? Ma allora è una storia seria?»
«Che storia? Di cosa parla commissario?»
«Ma della tua amica giornalista. L'ultima volta che mi hai chiesto di andare in ferie è stato quando ti eri messo insieme a quella specie di fotomodella... com'è già che si chiamava?»
«Vanessa. E non era una fotomodella, era un'attrice... insomma, non proprio un'attrice, faceva la comparsa nella telenovela *Centovetrine*... ma era molto brava, vedrà che un giorno diventerà una star del cinema. Aveva la stoffa della grande artista.»
«Per quello che mi ricordo, di stoffa, addosso, ne aveva sempre molto poca, almeno quando usciva con te.»
«Guardi che ormai le ragazze si vestono tutte così, top e pantaloni a vita bassa, è la moda. Sono finiti i tempi dei maglioni extra large e...»
«Va bene, basta così, non cominciare con la solita storia che io sono un fossile e tutte quelle balle che tiri fuori per farmi sentire vecchio. Piuttosto alzati e fai accomodare il nostro ospite.»
Avenatti si voltò e vide sulla porta un signore che mostrava molto più dei suoi trent'anni e che aspettava che qualcuno lo invitasse ad accomodarsi. L'ispettore si alzò in piedi e lo invitò a sedersi al suo posto. Il professor Rossello si presentò e si dichiarò a completa disposizione degli investigatori.
«Mi diceva Manuela che vorreste chiedermi notizie su omicidi famosi avvenuti ai tempi dell'antica Roma o qualcosa del genere.»
«Manuela? Ma chi, la giornalista amica tua?» fece stupito Cavalli.

«Sì proprio lei, Manuela Caliò» disse imbarazzato Avenatti.
«E come diavolo faceva a sapere che noi stavamo cercando un esperto di storia romana?» chiese il commissario, fissando Avenatti in un modo che la diceva lunga su quanto fosse scocciato.
«Posso spiegarle tutto commissario. Vede… Manuela ha assicurato che non scriverà nulla su questa storia, almeno finché… »
«Almeno finché io sarò in vita, perché altrimenti credo che tu farai bene a rimanerci a Roma. Che questa sia l'ultima volta che si ripete una storia del genere, Avenatti. Adesso ci manca solo che tu vada in televisione, in uno di quei programmi demenziali del pomeriggio, e racconti tutto quello che noi facciamo durante le nostre allegre giornate in commissariato, possibilmente in collegamento televisivo con i nostri uffici.»
«Dai commissario, non esageri, Manuela è una persona fidata, anche il professore può garantire per lei.»
«È vero, la conosco da quando siamo bambini, è una ragazza seria, con la testa sulle spalle. Vedrà che si atterrà a quanto richiestole dall'ispettore. Piuttosto, vediamo di andare al sodo, cosa volevate sapere da me?»
«Ha ragione professore, sarà meglio che i nostri panni sporchi ce li laviamo in privato. L'ho convocata a causa del misterioso *killer* delle cartoline. Ne ha sentito sicuramente parlare… »
«No, mi spiace, non ne so niente. Io so solo che un tipo è stato ucciso rotolando lungo una strada in collina, dentro un fusto rivestito internamente di chiodi acuminati. Almeno questo è quello che mi ha raccontato Manuela.»
«Visto che ho ragione io» fece Avenatti con orgoglio.

«Quella ragazza è muta come un pesce.»
«Questo lo vedremo» continuò Cavalli. «Purtroppo, quello è solo l'ultimo degli omicidi commessi da uno psicopatico. In precedenza ha già ucciso altre tre volte. Lei sarà d'accordo con me nel notare, nell'ultimo dei suoi delitti, una strana somiglianza con le modalità dell'uccisione di Attilio Regolo.»
«Sicuramente! Attilio Regolo fu ucciso dai cartaginesi allo stesso modo, chiuso dentro una botte piena di chiodi, fatta rotolare giù da un'altura.»
«Che altro ci può dire su quell'avvenimento?»
«Che Attilio Regolo fu catturato dai cartaginesi e inviato a Roma come ambasciatore di pace, per cercare di convincere i suoi concittadini a cessare le ostilità con Cartagine, dietro solenne giuramento che sarebbe poi rientrato in Africa. Il prigioniero accettò, ma quando giunse a Roma, invece di perorare la causa cartaginese, incitò i romani a non deporre le armi e ad attaccare Cartagine che si trovava ormai in gravi difficoltà, stremata dalla lunga guerra. Poi tornò a Cartagine come promesso e lì fu messo a morte per non aver mantenuto la parola, dopo essere stato sottoposto ad atroci torture. Tra l'altro gli furono strappate le palpebre. Una cosa orribile.»
«Lei ha detto che era stato inviato come ambasciatore di pace. È molto interessante... anche la nostra vittima era un diplomatico, che lavorava nelle ambasciate italiane all'estero.»
«Potrebbe trattarsi di una coincidenza» disse Avenatti.
«Potrebbe, ma veniamo agli altri tre delitti. Il primo a essere ucciso è stato un certo Francesco Latorre, che di mestiere faceva il docente universitario. Insegnava Filosofia all'Università.»

«E come è stato ucciso?» chiese Rossello.
«Gli hanno aperto le vene dei polsi e delle caviglie. Le dice niente questo originale modo di far fuori una persona.»
«Seneca!» disse prontamente Rossello. «Il filosofo Seneca morì allo stesso modo. Come racconta Tacito negli *Annales*, Seneca, coinvolto nella congiura dei Pisoni contro Nerone, ricevette dallo stesso Nerone l'ordine di uccidersi; scelse la morte del saggio stoico, facendosi aprire le vene del braccio. Seneca, poiché il suo corpo vecchio ed indebolito offriva una lenta uscita al sangue, si fece poi recidere anche le vene delle gambe e delle ginocchia.»
«Seneca era un filosofo, così come il nostro Latorre, facendo naturalmente le debite proporzioni. Lo vedi Avenatti che c'è veramente un collegamento. Comincio a convincermi che il nostro assassino sia un appassionato di storia romana o almeno della storia di personaggi morti in modo particolarmente violento.»
«Sembrerebbe di sì, commissario. In effetti in questi due casi ci sono delle inquietanti analogie. Ma mi dica degli altri due omicidi.»
«La seconda vittima era un avvocato, il dottor Bonelli di Pinerolo. Aveva vissuto per qualche anno a Roma e poi, dopo aver divorziato, aveva lasciato la capitale per tornare nella sua città natale. Lo hanno prima pugnalato al cuore e poi decapitato.»
«Mi faccia pensare» disse concentrato Rossello. «Ha detto che era andato via da Roma… Credo proprio che per questo omicidio il nostro assassino possa essersi ispirato alla tragica fine di Pompeo, il rivale di Cesare. Rifugiatosi ad Alessandria, in fuga da Roma e da Cesare, fu pugnalato alle spalle a tradimento. Gli tagliarono la testa

e il suo corpo fu gettato in mare.»
«Bonelli, come Pompeo, era in fuga da Roma, sebbene per motivi chiaramente diversi, comunque accomunato dalla stessa fine violenta. Pugnalati e decapitati. La cosa si fa sempre più interessante. Veniamo allora alla terza vittima in ordine cronologico. Si tratta di una donna, una certa Giorgia Audisio. Era stata legata in due diversi periodi della sua vita alle prime due vittime. L'assassino è entrato in casa sua e l'ha prima tramortita con un colpo alla testa e poi sventrata con un pugnale. Mi dica che anche stavolta c'è un caso analogo nell'antica Roma e abbiamo fatto tombola.»
«E glielo dico sì, che ci fu un omicidio molto simile circa duemila anni fa. Si tratta di Agrippina, la madre di Nerone, che ebbe dal suo primo matrimonio. Fu legata a diversi uomini, tra cui l'imperatore Claudio. Morì, uccisa per ordine dello stesso Nerone, in seguito a dei dissidi che allontanarono drammaticamente madre e figlio. Racconta sempre il buon Tacito che, ferita e colpita con una mazza, Agrippina porse il ventre ai suoi assassini, gridando: "*Colpite al ventre che lo ha generato!*". Anche stavolta credo proprio che le modalità dei due omicidi si assomiglino in maniera impressionante.»
«Sicuramente. Per quanto riguarda invece il motivo che ha spinto l'assassino a ucciderla a quel modo, l'unica ragione plausibile sembrerebbe quella che Giorgia Audisio fosse stata legata sentimentalmente a più uomini, così come Agrippina.»
«Sì, da quello che mi avete raccontato, sembrerebbe non ci siano altre analogie a parte quella. Mi dicevate anche di alcune cartoline di Roma, trovate vicino ai cadaveri.»
«Esatto» confermò il commissario, mentre faceva cenno

ad Avenatti di mostrarle al professor Rossello. «Sono le foto di quattro scorci del lungo Tevere. Su ognuna di queste è riportata una lettera. Messe di seguito formano la parola ZERO».

Rossello prese le quattro cartoline e le dispose una di seguito all'altra. Prima osservò le foto e poi le girò per osservare le quattro lettere.

«Credo che vi siate già accorti che i quattro ponti raffigurati si susseguono lungo il corso del Tevere nell'ordine in cui sono state ritrovate le quattro cartoline.»

«Ce ne siamo accorti anche noi. Sembrerebbe l'indicazione di un percorso. Mentre la parola ZERO, sembra quasi una firma o... una minaccia. Non saprei bene cosa pensare, potrebbe voler indicare l'intenzione dell'assassino di azzerare qualcosa o qualcuno.»

«Sì, anche se però basterebbe disporre la prima cartolina in quest'altro modo per ottenere una N e non una Z. La parola diventerebbe così NERO e non ZERO.»

«NERO? Potrebbe essere, ma anche in questo caso il messaggio resta oscuro. Nero che? Nero come il buio delle tenebre in cui ha mandato le sue vittime. Se proprio voleva firmare i suoi omicidi con un colore, il nostro uomo avrebbe dovuto usare il rosso, con tutto il sangue che ha versato.»

«E chi ha parlato di colori? Non dimentichiamo che quest'uomo è un appassionato della storia romana e dei personaggi che l'hanno resa famosa con comportamenti fuori dal normale. Sicuramente una delle persone che si è distinta in quanto a originalità di comportamento fu l'imperatore Nerone, il cui nome latino altro non era che... Nero.»

Cavalli si appoggiò alla spalliera della sedia e osservò

l'espressione sorpresa di Avenatti. Poi si alzò e ringraziò Rossello, chiedendogli di rimanere a disposizione. Il professore abbandonò l'ufficio del commissario lasciando un'unica certezza ai due investigatori: non solo Avenatti sarebbe partito per Roma lunedì mattina, ma lo avrebbe fatto col primo volo disponibile.

Dodicesimo

Ritirata la sua carta d'imbarco, Avenatti si diresse verso il cancello indicatogli dall'addetta al *check in*. Non essendo ancora iniziate le operazioni di imbarco, l'ispettore comperò un quotidiano e andò a sedersi su una poltroncina non distante. Aprì il giornale direttamente sulle pagine dello sport e si accinse a leggere le ultime notizie sul calciomercato di metà stagione. La notizia bomba era il passaggio di Ronaldo dal Real Madrid al Milan. Stava per leggere cosa avesse spinto il campione brasiliano a quella scelta dolorosa, quando sentì una mano poggiarsi sulla sua spalla. Alzò gli occhi e si trovò di fronte il viso sorridente di Manuela Caliò. Avenatti si alzò di colpo lasciando cadere il giornale, non sapendo se assumere un atteggiamento di gioia o di stupore.

«E tu, cosa ci fai qui?» chiese agitato l'ispettore.

«Prendo l'aereo per Roma, come tutte le persone qui presenti. Che altro dovrei fare secondo te?»

«Domanda stupida e risposta scontata. Ma perché vai a Roma? Non ne sapevo niente.»

«Vado per lavoro! Dimentichi forse che io sono una giornalista. Il dovere mi chiama e io corro. Cosa ci trovi di strano? Il giornalismo è una missione.»

«Non so perché, ma qualcosa mi dice che tu mi stia seguendo per via della mia indagine su...»

«Ma va, quanto sei megalomane! Mica c'è solo il tuo caso di interessante. Vado a Roma per realizzare delle interviste. Sto scrivendo un pezzo sul mondo del cinema, sulle modalità di carriera di alcune presunte *star* del mondo dello spettacolo italiano. Non è che posso occuparmi solo di cronaca nera. Sono agli inizi e mi devo sbat-

tere se voglio fare qualcosa di importante nella mia vita.»
«E guarda caso, queste interviste le vai a fare proprio il giorno in cui io vado a Roma per le indagini sul *killer* delle cartoline!»
«Ma guarda un po'! Veramente un'incredibile coincidenza, tu che vai a Roma proprio quando ci vado io.»
«No, mia cara, sei tu che vai a Roma quando ci vado io, non cercare di cambiare le carte in tavola. La storia delle interviste vedi di raccontarla a qualcun altro, non certo a me.»
«Fai un po' come credi. Sei libero di pensare quello che ti pare, ci mancherebbe. Comunque i fatti parlano da soli.»
«Una cosa è sicura, che, oltre ai fatti, c'è qualcun altro che parla, e anche un po' troppo. Chi ti ha detto che partivo proprio stamattina? Dimmi la verità e vedi di smetterla con la commedia.»
«E va bene, è stato Agosta. Ti ho cercato ieri sera in commissariato, ma non c'eri. Gli ho detto che ti avrei cercato stamattina e quel brav'uomo mi ha avvisato che non ti avrei trovato perché dovevi recarti a Roma per lavoro. Non è che poi ci volesse chissà che intuito per capire cosa ci andavi a fare nella capitale. Non so perché, ma una vocina mi ha detto che fosse giunto il momento adatto per realizzare le mie famose interviste.»
Avenatti si rimise a sedere, imitato dalla Caliò. Cercò di mantenere la calma.
«Allora Manuela, facciamo un patto, arrivati a Roma, ognuno per la sua strada. Io non ti voglio tra i piedi.»
«Ma che tipo che sei! Ma come ho fatto a innamorarmi di te! Invece di essere felice di passare qualche giorno con me, mi tratti male. Certo che non ti starò tra i piedi,

ma alla sera, almeno, potremmo cenare insieme, nello stesso albergo… per esempio. O hai paura di passare la notte insieme a me.»

«D'accordo, ci vedremo la sera in albergo, ma guai a te se fai domande sul mio lavoro. L'indagine è ormai giunta a un punto cruciale e tu capisci che…»

«Ah sì, e a che punto sono le indagini?»

«E no, ti ho appena detto che non mi devi fare domande!»

«Mamma mia, come sei permaloso! Almeno qualche ragionamento a voce alta potrai farlo, magari prima di addormentarti.»

«Visto che hai deciso di pernottare nel mio stesso albergo, spero che, prima di addormentarci, ci mettiamo a fare qualcosa di più interessante che ragionare a voce alta.»

«Questo lo vedremo, dipende da come ti comporterai, caro il mio ispettore Avenatti.»

«Adesso andiamo, hanno iniziato a imbarcare i passeggeri, che posto ti hanno assegnato?»

«Che domanda stupida, quello a fianco al tuo, l'ho chiesto apposta alla signorina del *check in*.»

«E già, proprio una domanda stupida. Meno male che ti trovi qui per una fortunata coincidenza!»

Manuela prese sottobraccio l'ispettore e si diresse verso il cancello d'imbarco fischiettando il motivo di *Grazie Roma* di Venditti. Lo sguardo che le rivolse Avenatti la convinse però a desistere subito e ad assumere l'espressione più seria e contrita di cui fosse capace. L'ispettore se ne avvide e si rese conto di avere un po' esagerato. Le cinse le spalle col suo braccio e la strinse a sé, riportando immediatamente il sorriso sul volto di Manuela che ricambiò prontamente l'abbraccio. Era stata firmata una tregua, ma non certo un armistizio, per quello i tempi non erano ancora maturi, anche se la ragazza confidava pienamente nelle sue doti ammaliatrici per conseguire i due obiettivi che si era prefissata, l'esclusiva sulla soluzione del caso del *killer* delle cartoline e l'esclusiva nel cuore di Guido, anche se non sapeva ancora in che ordine volesse conseguirli.

L'agente Filippone accostò l'auto davanti al comando dei vigili urbani di Roma e indicò l'ingresso dell'edificio all'ispettore Avenatti. Guido ringraziò il collega della Questura romana, che aveva avuto l'incarico di accompagnarlo nei suoi spostamenti in città, e gli diede appuntamento verso mezzogiorno. Entrò nell'edificio e si fece indicare il responsabile dell'archivio. Fu ricevuto subito da un sottufficiale che lo invitò a seguirlo nel suo ufficio. Il vigile ascoltò attentamente il racconto dell'ispettore e lo rassicurò dicendogli che se l'auto da lui indicata fosse rimasta effettivamente coinvolta in un incidente stradale, per il quale era stato redatto un verbale, non sarebbe stato un problema rintracciarlo in archivio per esaminarlo. L'uomo si allontanò dal suo ufficio invitando Avenatti ad aspettarlo. L'ispettore approfittò dell'attesa per telefonare a Manuela.
«Allora, come vanno le tue interviste? Cosa hai scoperto sulle misteriose carriere artistiche delle nostre attrici?»
«Lascia perdere, sono da un produttore in attesa che si degni di ricevermi, ho già fatto quasi un'ora di anticamera. E tu che cosa hai scoperto?»
«Non capisco di cosa stai parlando. Cosa avrei dovuto scoprire?»
«Che simpaticone! Tanto stasera vedrai come ti faccio cantare.»

«Questo lo vedremo, intanto mi sono preoccupato di farmi dare il nome di un ristorantino caratteristico dove andare a cenare.»

«Non mi dire che hai pensato alla classica trattoria di Trastevere che fa tanto *core de Roma*.»

«Certamente, dove volevi che ti portassi? A mangiare il *sushi*, quello lo fanno anche a Torino, stasera si mangia romanesco.»

«Ma non mi dire?! Spaghetti all'amatriciana, coda alla vaccinara e magari anche trippa e pajata.»

«Vedo che conosci già il menù di stasera, mi hai rovinato la sorpresa!»

«Sai che sorpresa! Ci manca solo che da bere ordini il *vino de li castelli* e siamo a posto, il festival dell'ovvio è servito.»

«Abbi pazienza, mangio panini tutti i giorni, almeno in trasferta non mi voglio far mancare nulla.»

«E va bene, vada per la pajata, ma sappi che, appena rientriamo a Torino, racconto tutto a Cavalli. Vedrai come se la prenderà, visto che non vuoi mai andare a mangiare con lui in piola.»

«Per carità, non mi fare uno scherzo del genere che mi rovini per l'eternità, io in quella piola per piemontesi nostalgici non ci voglio mettere piede. E vedi di non cominciare di nuovo con i tuoi ricatti per estorcermi notizie sugli omicidi, tanto, con me, non attacca.»

«Omicidi? Ma non hai appena detto che non capivi di cosa stessi parlando. Allora sei qui per gli omicidi del pazzo sanguinario, lo ammetti. Io mi chiedo come hai fatto a diventare ispettore di polizia! Hai mica fatto un concorso riservato?»

«Vedi di andare a fare le tue interviste e non scherzare

sulle cose serie. Adesso ti devo lasciare che è tornato il collega della polizia municipale.»
«Polizia municipale? Bene, qualcosa inizi a raccontarla, stasera poi mi dici anche il resto.»
Avenatti riattaccò mandandola a stendere in cuor suo e chiese al vigile cosa avesse scoperto.
«Purtroppo nessuna buona notizia. Che quell'automobile sia rimasta coinvolta in un incidente stradale nell'aprile del 1983 non è verificabile. I dati di quella macchina non risultano registrati in nessun verbale di quel periodo. Questo non vuol dire che quei ragazzi non siano rimasti coinvolti in un tamponamento o qualcosa del genere. Può essere che abbiano risolto tutto con una constatazione amichevole o, ancor peggio, che non si siano fermati dopo l'incidente.»
«Nel primo caso, dovrebbe risultare qualcosa all'agenzia in cui era assicurata l'autovettura. Ma se c'è stata una constatazione amichevole, vuol dire che l'episodio non è così importante per la nostra indagine. Nel secondo caso invece le cose cambiano: se non si sono fermati dopo l'incidente è perché la cosa potrebbe aver avuto dei risvolti tragici. Probabilmente sono fuggiti per evitare guai e questo potrebbe voler dire che nell'incidente rimasero coinvolte altre persone e che probabilmente tra queste ci furono dei feriti o, peggio ancora, delle vittime.»
«Se così fosse, credo di poterle essere ancora utile. Venga con me, andiamo in archivio a esaminare i verbali degli incidenti con vittime o feriti avvenuti nella settimana di Pasqua del 1983. Se è proprio come pensa, qualcosa dovrà venire fuori per forza.»

«Allora, questi sono i verbali di due incidenti stradali av-

venuti a Roma in quei giorni di aprile, in cui si sono registrate delle vittime.»
Avenatti prese il primo dei due verbali e iniziò a esaminarlo. Si trattava di una coppia, marito e moglie, che con la loro moto erano rimasti coinvolti in un incidente scivolando sull'asfalto bagnato. I due non indossavano il casco. Nella caduta la donna era morta sul colpo, battendo violentemente la testa, mentre l'uomo privo di conoscenza era stato ricoverato al Policlinico. Il secondo incidente, avvenuto due giorni dopo, aveva visto coinvolte due auto in uno scontro frontale. Una delle due auto aveva invaso a forte velocità la corsia opposta provocando l'inevitabile scontro. Tre degli occupanti erano morti, mentre le altre persone erano sopravvissute, sebbene con gravissime ferite. Avenatti rilesse le dinamiche dei due incidenti. Riconsegnò il secondo verbale al vigile e riesaminò ancora il primo.
«Nel secondo caso, credo che possiamo escludere del tutto il coinvolgimento dei quattro ragazzi» fece Avenatti.
«Sì, la dinamica dei fatti è abbastanza chiara.»
«E non solo, il fatto è avvenuto il giorno dopo il loro ritorno a Torino. L'incidente della moto è invece avvenuto la sera prima del loro rientro. In realtà, anche in questo caso la ricostruzione dell'incidente sembrerebbe escludere il coinvolgimento della nostra auto. Sembra che l'uomo abbia perso il controllo della moto a causa dell'asfalto bagnato. È però anche vero che non ci sono testimoni oculari del fatto. Da quello che risulta dal verbale sembra che i primi soccorritori si ritrovarono improvvisamente i due corpi sull'asfalto davanti alla loro auto, ma non seppero dire null'altro. Almeno questo è quello che c'è riportato qui sopra.»

«Credo che l'unica cosa da fare sia verificare se il marito si fosse poi salvato o avesse perso anch'egli la vita. Nel secondo caso, credo che la sua indagine non abbia sbocchi in quella direzione. Se invece quell'uomo è sopravvissuto non le resta che rintracciarlo e farsi raccontare da lui come sono andati i fatti.»
«Credo che possa essere una pista interessante, anche se mi sento di escludere che quell'uomo abbia mai accusato qualcuno dell'incidente, altrimenti si sarebbero svolte sicuramente delle indagini, degli accertamenti, dietro precisa denuncia. Chiunque al suo posto avrebbe denunciato eventuali responsabilità di altre persone alla Polizia, anche perché la moglie aveva perso la vita. Per scrupolo voglio comunque verificare subito e vediamo dove si arriva.»
Avenatti chiese una fotocopia del verbale dell'incidente e intanto chiamò l'ispettore Galfo della Questura di Roma. Gli raccontò brevemente cosa aveva scoperto e gli chiese di verificare se nel 1983 un certo Fabio Rosoni avesse mai sporto denuncia verso ignoti per la morte di una donna di nome Laura Gentile.
Poi chiese al vigile di mettersi in contatto con l'ufficio anagrafe del Comune per vedere di verificare se Rosoni fosse ancora in vita e, in caso affermativo, se fosse ancora domiciliato a Roma.
Il vigile telefonò immediatamente all'ufficio anagrafe, mentre Avenatti uscì in cortile per fumarsi una sigaretta. Non sapeva se essere contento per la possibile traccia. In realtà non era più di tanto convinto che le sue deduzioni fossero valide. Dopo le brutte figure rimediate fino ad allora con la stampa e l'opinione pubblica, l'idea di rimanere nuovamente con un pugno di mosche in mano lo preoccupava. Era però l'unica pista da battere. Cavalli si

aspettava molto da lui e non aveva alcuna intenzione di deluderlo.
Gettò il mozzicone per terra, lo schiacciò col piede e fece per tornare all'interno del comando dei Vigili, ma fu preceduto dal solerte sottufficiale che lo aveva raggiunto in cortile.
«Ecco qua le informazioni che le servivano. Fabio Rosoni risulta essere vivo e vegeto e, in quanto al suo domicilio, sembra che risieda insieme alla madre nell'alloggio di quest'ultima, nel quartiere Prati.»
Avenatti prese il *post it* che gli porgeva il vigile, lesse attentamente l'indirizzo e si mise il foglietto in tasca. Ringraziò l'uomo per il suo prezioso aiuto e si avviò verso l'uscita. In strada lo aspettava già l'agente Filippone, appoggiato al cofano della sua *FIAT Brava,* che aprì lo sportello del lato passeggeri invitando Avenatti ad accomodarsi per poi andarsi a sedere al posto di guida.
«Allora ispettore, qual è la nostra prossima tappa?»
«Tu hai già mangiato? Spero di no perché io ho una fame nera e vorrei andare a pranzare.»
«Ispettore, non mi sarei mai permesso di mangiare senza di lei. Se vuole, l'accompagno in una trattoria qua vicino che...»
«No, abbiamo poco tempo. E poi ho già pensato di andare stasera in trattoria. Non voglio appesantirmi, altrimenti non mi gusto la cena. A me va bene anche un panino o un trancio di pizza.»
«Allora mi permetterei di suggerirle un ambulante che si mette sempre di fronte alla trattoria dove volevo portarla. Prepara dei panini con la porchetta unici al mondo.»
«Ma la porchetta è di Ariccia?»
«È di Ariccia dotto', stia tranquillo, porchetta d'Ariccia

DOC.»
«E allora vada per la porchetta, è giusto quello che ci vuole per non appesantirsi troppo: un bel panino con la porchetta.»

Avenatti aveva appena finito il terzo panino con la porchetta e stava mandando giù l'ultimo boccone con un bel sorso di birra fresca, imitato dall'agente Filippone che appariva soddisfatto per aver risolto brillantemente la questione della pausa pranzo.
«Cazzarola, ma quanto son buoni 'sti panini! E meno male che mi volevo tenere leggero. Andiamocene via da qua prima che gliela finisca la porchetta.»
«Sono contento che le sia piaciuta. Mi dica adesso dove siamo diretti, così vedo di organizzare il percorso passando da qualche bar che faccia un caffè degno di questo nome.»
Avenatti si dichiarò pienamente d'accordo sul caffè e gli consegnò l'indirizzo di Fabio Rosoni e di sua madre. Filippone lesse velocemente e dichiarò che non potevano essere più fortunati, invitando l'ispettore a prepararsi a gustare un caffè indimenticabile.
Durante il breve tragitto l'ispettore telefonò nuovamente a Galfo per sapere se avesse verificato quanto gli aveva chiesto; il collega non poté fare a meno di confermare quanto Avenatti si aspettava. Rosoni non si era mai rivolto alla Polizia per denunciare la responsabilità di altre persone nell'incidente in cui era rimasto coinvolto. L'unica cosa da fare era sentire dalla sua viva voce cosa avesse da raccontargli su quel triste episodio.

Anche il caffè si era rivelato ottimo, come prospettato

dall'agente Filippone; adesso Avenatti si sentiva proprio nelle condizioni migliori per riprendere il suo lavoro.
I due poliziotti suonarono al citofono della famiglia Rosoni e si presentarono. Dopo un attimo di smarrimento, la voce di donna che aveva risposto li invitò a salire al primo piano. Una signora di circa ottant'anni li aspettava sulla soglia dell'appartamento e li fece accomodare in salotto. La signora appariva preoccupata. Avenatti se ne accorse e la invitò a tranquillizzarsi, dicendole che non era successo niente di cui aver paura, ma che volevano solo parlare con suo figlio per fargli alcune domande sull'incidente in moto in cui era rimasto coinvolto più di vent'anni prima. La donna si dichiarò sorpresa dalla loro richiesta e chiese il permesso di potersi sedere. Avenatti, imbarazzato, si scusò ancora per lo scompiglio che le avevano procurato presentandosi in casa sua senza preavviso. La donna si accomodò su un divano e invitò i due poliziotti a fare altrettanto.
«Vede, ispettore, credo di non poterla aiutare. Mio figlio risulta domiciliato a casa mia, ma in realtà da un paio di anni non vive più qui. Si è trasferito a Cassino, dove abita a casa di un mio nipote. Lavora nella sua officina, fa il saldatore, anche se in realtà Fabio non ha svolto sempre questo lavoro.»
«Capisco signora, le sarei grato se mi potesse fornire l'indirizzo di suo nipote, così da poter contattare suo figlio.»
«Ci mancherebbe, nessun problema, anche se credo che sia inutile.»
«Inutile? E perché ritiene che sia inutile? Noi vogliamo solo dei chiarimenti su come avvenne quel tragico incidente in cui perse la vita la signora...»
«Laura, la moglie di mio figlio, la povera Laura. Le di-

cevo che sarebbe un viaggio inutile andare da mio figlio, per il semplice motivo che non ricorda assolutamente nulla di quell'incidente.»

Avenatti si sedette sul bracciolo del divano mostrando particolare attenzione alle parole dell'anziana donna.

«Vede, ispettore, dopo l'incidente in cui perse la vita Laura, mio figlio fu ricoverato al Policlinico, in stato di coma. Nessuno dei due portava il casco, o meglio nessuno… dei tre.»

«Tre? Rimase coinvolta una terza persona in quell'incidente.»

«Sì e no. In realtà non si trattava proprio di una persona. Laura era incinta di cinque mesi quando morì in quella tragica maniera e insieme a lei perse la vita anche suo figlio, il mio nipotino. Fabio invece rimase in coma per diversi mesi. Poi un giorno, finalmente, si risvegliò, ma non tornò mai più quello di prima. Rimase per molto tempo in uno stato confusionale. Dell'incidente non ha mai ricordato assolutamente nulla, non ha potuto quindi spiegare cosa fosse successo e come avesse fatto a perdere il controllo della moto. Non riusciva a darsi pace, lui andava in moto da sempre. Era un motociclista esperto, mai un incidente, di nessun tipo, proprio non riusciva a capacitarsi di aver procurato la morte di sua moglie e di suo figlio. È rimasto per diversi anni in una casa di cura a Colleferro, un paese poco fuori Roma, in un profondo stato di depressione, mostrando spesso intenzioni suicide. Di notte poi era inquieto, non riusciva a dormire sonni tranquilli, si risvegliava spesso in preda agli incubi più neri. Tre o quattro anni fa poi iniziò a dare segni di improvviso miglioramento. Sembrava più sereno e i medici decisero di dimetterlo. Venne a vivere qui a casa mia.

Dopo qualche anno decise di tornare a lavorare, iniziò a frequentare un corso di formazione professionale e prese la qualifica di saldatore. Trovò lavoro in una piccola fabbrica metalmeccanica che però chiuse poco dopo per problemi finanziari e così mio figlio, rimasto disoccupato, decise di trasferirsi da suo cugino, che gestisce un'officina a Cassino. Mio nipote vive da solo, non ha famiglia e si è offerto di ospitare mio figlio in casa sua. Abbiamo preferito che per qualche tempo ancora non vivesse da solo. Prende ancora degli psicofarmaci e il rischio della depressione è sempre dietro l'angolo.»
Avenatti si appuntò l'indirizzo del nipote di Cassino e il nome della Casa di Cura di Colleferro dove aveva risieduto Rosoni per qualche anno.
«Ancora una paio di domande signora Rosoni. Mi diceva di sua nuora, che morì in quell'incidente, ricorda qualche particolare su quella tragica serata.»
«Certo, ricordo tutto. Rivivo quelle ore che precedettero la tragedia quasi ogni giorno. Quella sera Fabio e Laura erano venuti a cena qui a casa mia. Mi avevano detto che dovevano darmi una notizia importante. Vedete, mia nuora aveva già perduto due bambini, entrambi aborti spontanei al terzo mese. Io ne avevo fatto una malattia, sapevo quanto ci tenessero ad avere un figlio e la cosa mi aveva fatto soffrire molto. Così avevano deciso di non dirmi nulla della nuova gravidanza e di rivelarmi tutto solo quando la situazione sarebbe stata sicura. Mia nuora era ormai entrata nel quinto mese, iniziava a non poter tenere nascosto il pancione e, visto che ormai sembrava scongiurato ogni pericolo di aborto, avevano deciso di raccontarmi tutto. Era stata una bellissima serata, era giovedì santo. Erano talmente felici che avevano deciso di

comunicare la notizia agli amici e ai parenti. La loro idea era di inviare una cartolina con una frase carina con cui annunciare il lieto evento.»

«Una cartolina? Che genere di cartolina?»

«Una normalissima cartolina illustrata di Roma. Alcune le avevamo già preparate quella sera del giovedì. Avrei dovuto spedirle io stessa l'indomani mattina. Purtroppo... purtroppo quelle cartoline non le ho mai spedite. Ricordo di averle strappate quasi tutte in preda a una crisi di sconforto dopo qualche giorno dall'incidente.»

La signora Rosoni si interruppe in preda alla commozione. Qualche lacrima iniziò a rigarle il volto, segnato dalle rughe del tempo, rese ancora più profonde dal grande dolore che doveva aver rappresentato per lei la morte di sua nuora e gli anni di convalescenza del figlio.

«Mi spiace molto signora Rosoni» le disse affettuoso Avenatti. «Se vuole torno domattina e continuiamo la conversazione. Così lei si rasserena...»

«Non si preoccupi ispettore, queste non sono le prime lacrime per quella disgrazia e sicuramente non saranno le ultime. Posso benissimo continuare il mio racconto, stia tranquillo. Grazie comunque per la sua gentilezza. Allora, le dicevo che passammo il pomeriggio insieme. Verso le nove di sera, era iniziato a piovere e mio figlio aveva preferito aspettare che smettesse per tornare a casa. Erano venuti in moto e non si fidava di andare sotto la pioggia con Laura in quelle condizioni. Lui è sempre stato molto prudente. Mancava poco a mezzanotte quando smise di piovere e mio figlio e la moglie mi salutarono per tornarsene a casa, nel quartiere Testaccio... non so se è pratico di Roma, ispettore.»

«Non molto, ma poi mi farò spiegare bene dal collega.

Stia tranquilla e continui pure il suo racconto.»
«Erano ormai a pochi metri da casa loro, su via Marmorata, quando a causa dell'asfalto bagnato Fabio perse il controllo della motocicletta. Caddero violentemente sull'asfalto battendo la testa. Per Laura non ci fu niente da fare, mio figlio invece... si salvò, se così si può dire. In realtà quella notte morì anche lui con sua moglie e suo figlio. Non si è mai ripreso completamente e mai si riprenderà. Lo aveste visto in che condizioni ha vissuto per anni in quella casa di cura, senza mai dire una parola, con lo sguardo fisso nel vuoto: una pena infinita, caro ispettore. Anch'io sono rimasta molto scossa da quella tragedia. L'indomani mi feci accompagnare sul luogo dell'incidente, a pochi metri da casa loro. Sull'asfalto c'era ancora una grande macchia rossa, era il sangue di mia nuora, della povera Laura.»
«Suo figlio era... era molto legato a sua moglie?»
«Moltissimo, si conoscevano dai tempi del liceo. Dopo la maturità, Fabio aveva iniziato a lavorare come impiegato alle Poste, mentre mia nuora aveva proseguito gli studi. In realtà era come se gli studi li avesse proseguiti anche Fabio. Le stava sempre vicino per aiutarla a preparare gli esami, le faceva ripetere gli appunti presi a lezione. Gli diceva che ne sapeva più di lei e che aveva fatto male a non iscriversi all'università. Il giorno della laurea avevamo anche fatto una bellissima festa e l'anno dopo si erano sposati. Dopo quattro anni avvenne l'incidente.»
«Posso chiederle in cosa si laureò sua nuora, che lavoro faceva?»
«Certamente. Si era laureata in Archeologia, era un'appassionata di storia antica e di quella di Roma in partico-

lare. Pensi che aveva ottenuto centodieci e lode. La sua tesi era stata pubblicata e apprezzata moltissimo da tutti i docenti di Facoltà e non solo. Aveva analizzato l'architettura imperiale ai tempi dell'imperatore Nerone.»

Avenatti sentì una scossa percorrergli la schiena. Chiese alla signora Rosoni di ripetere le ultime parole, quasi non fosse sicuro di averle sentite veramente.

«Sì, Nerone e la sua epoca. Secondo mia nuora quello era un periodo storico fondamentale per Roma. La figura di Nerone, a suo avviso, era stata sempre sminuita riducendola a quella di un pazzo incendiario e invece, secondo lei, andava fortemente rivalutata, soprattutto per ciò che riguardava l'aspetto architettonico. Pensi che era talmente appassionata alla vita di Nerone e alle sue opere che quella sera, dopo avermi comunicato la notizia del bambino, mi mostrò compiaciuta la pancia che ormai non poteva più nascondere e, accarezzandola dolcemente, mi disse che lì dentro c'era il suo piccolo Nerone. Mio figlio scoppiò a ridere nel vedere la mia faccia preoccupata e mi rassicurò dicendo che non era loro intenzione chiamarlo in quel modo, ma che quello era solo il nomignolo con cui chiamavano scherzosamente il piccolo nascituro.»

«Insomma, sua nuora era una studiosa di storia romana e del periodo dell'imperatore Nerone in particolare?»

«Proprio così, era una vera esperta. E un esperto lo era anche mio figlio, a furia di sentirsi raccontare tutte quelle vicende, la vita di tutti quei personaggi, la storia dei monumenti della nostra città. Laura insegnava Storia dell'arte, proprio nel liceo che aveva frequentato insieme a Fabio, una grande soddisfazione per la mia povera nuora. Mio figlio avrebbe potuto sostituirla più che degnamente nel suo ruolo di insegnante. Perché la cosa le interessa

così tanto? Cosa c'entra la laurea di mia nuora con quell'incidente? E soprattutto come mai questo interesse per questa vecchia storia?»
«Vede signora, dopo tanti anni, sono emersi dei fatti che farebbero pensare che in realtà in quell'incidente la responsabilità non fosse da addebitare a suo figlio, ma che la caduta della moto fosse stata causata da un'automobile.»
«E ci sono voluti tutti questi anni per scoprirlo! Come mai questa storia non è venuta fuori prima?»
«Le vicenda è un po' più complessa di quanto le ho accennato adesso. È per questo che ho assoluto bisogno di parlare con suo figlio. Credo che adesso possiamo togliere il disturbo. Lei è stata veramente gentile e disponibile. Prima però volevo chiederle ancora un'ultima informazione. Lei diceva che, dopo la tragica fine di sua nuora, strappò le cartoline che avreste dovuto mandare a parenti e amici per comunicare la prossima nascita di suo nipote. Ricorda se le strappò tutte quelle cartoline?»
«Tutte? No... non le strappai tutte. Ne rimasero una decina che ho riposto in un cassetto della credenza. Da allora non le ho mai più tirate fuori.»
«Capisco... le chiederei di vedere queste cartoline... se per lei non è un disturbo.»
«Nessun disturbo, si figuri, sono passati ormai così tanti anni. Gliele vado subito a prendere.»
La donna si avviò verso la cucina, tornando dopo un paio di minuti con aria affranta.
«Mi spiace molto, ispettore, ma non riesco a trovarle. Ero proprio sicura che fossero nel cassetto ma... a quanto pare la memoria comincia a farmi dei brutti scherzi. Forse le ho buttate via... anche se proprio non mi sembra di

averlo mai fatto.»
«Non è che potrebbe averle prese suo figlio?»
«Fabio? Non saprei proprio… non potrei giurare che non l'abbia fatto, anche se non vedo cosa avrebbe potuto farci con quelle vecchie cartoline.»
«Non importa» la tranquillizzò Avenatti. «La mia era solo una curiosità… niente di veramente importante. Adesso la lasciamo tranquilla, grazie mille per la sua disponibilità. Le auguro una buona serata.»
«Altrettanto ispettore, l'accompagno alla porta.»
Appena uscito in strada, Avenatti si fermò sul marciapiede fissando con lo sguardo una moto con a bordo una coppia di ragazzi che, appena sfrecciata davanti a lui, si allontanava velocemente verso il fondo della strada. Ripensò alle parole dell'anziana donna, alle cartoline sparite nel nulla e non poté fare a meno di provare una profonda pena per quella donna. Aveva dovuto superare dei momenti terribilmente dolorosi, ma tutto questo non sarebbe stato nulla al confronto di ciò che l'aspettava, se quello che iniziava a essere qualcosa in più di un semplice sospetto avesse preso la piega che temeva.

Avenatti chiese a Filippone di mostrargli sulla mappa di Roma l'ubicazione di via Marmorata. L'agente spiegò la cartina stradale sul cofano dell'auto e indicò col dito la strada che da ponte Sublicio conduce a largo Gelsomini. Poi, sempre sollecitato dall'ispettore, gli indicò dove si trovavano in quel momento. Filippone gli mostrò via degli Scipioni, quasi ad angolo con lungo Tevere Michelangelo. Avenatti tracciò col dito l'ipotetico percorso che Rosoni e sua moglie avrebbero dovuto seguire in moto per tornare a casa loro al Testaccio. Fece scorrere il suo indice seguendo il lungo Tevere Vaticano, Gianicolense, Raffaello e così via fino a ponte Sublicio. Tornò indietro col dito e ripeté il percorso. Prestò attenzione particolare ai numerosi ponti che attraversavano il Tevere lungo quel percorso e non poté fare a meno di notare che il primo ponte lungo il percorso era proprio ponte Regina Margherita. Successivamente si incontravano ponte Sant'Angelo, ponte Sisto e ponte Palatino, immediatamente prima di ponte Sublicio, che portava a imboccare via Marmorata. Chiese a Filippone di accompagnarlo in albergo, prese il cellulare e chiamò immediatamente Cavalli per aggiornarlo su quanto aveva scoperto. Il commissario ascoltò attentamente il racconto del suo vice.

«Allora commissario, cosa mi dice? Sono o non sono notizie interessanti?»

«Comincio a pensare che qualcosa finalmente si muova nel verso giusto. Il particolare di Nerone è poi particolarmente inquietante. Mi sembra inutile dirtelo, ma domani andrai a Cassino a cercare questo Fabio Rosoni.»

«Grazie del suggerimento, capo, da solo non ci sarei mai arrivato.»

«Non fare lo spiritoso, c'è poco da scherzare. Naturalmente vedi di non andarci da solo, se il nostro uomo fosse veramente Rosoni o qualcuno legato a quell'uomo, potresti trovarti in una situazione pericolosa.»

«Tranquillo capo, verrà con me il collega Filippone e, non per fare facile umorismo, ma il nome, o meglio il cognome, è tutto un programma: è grande come noi due messi insieme. E se vado a pranzo ancora un paio di volte insieme a lui mi sa che anch'io raddoppierò il mio peso.»

«Mi raccomando, Avenatti, la tua non è una vacanza premio, vedi di non dimenticarlo. Piuttosto segnati questo

nome: Gloria Di Narni.»
«Fatto, ma chi sarebbe questa Di Narni.»
«Il suo nome ce lo ha fornito il fratello di Tardini, l'ultima vittima. Mi ha telefonato stamattina dicendomi di essersi ricordato che, dopo la gita a Roma, suo fratello ha ricevuto per qualche mese delle lettere da una ragazza che aveva conosciuto in quell'occasione e con cui aveva avuto una brevissima storia. Ha ritrovato quelle lettere dentro uno scatolone nella cantina dei suoi genitori. All'epoca, come risulta dalle lettere, risiedeva in via Sardegna, a Roma. Vedi un po' di rintracciarla e verifica se per caso ricorda qualcosa su quei giorni che potrebbe tornarci utile. Potrebbe anche darsi che Tardini le avesse spiegato il motivo dell'improvviso rientro a Torino.»
«Va bene commissario, andrò a trovare anche questa donna. Adesso la saluto, vado a farmi una doccia in albergo. A domani capo.»

Avenatti fece per riempire nuovamente di vino il bicchiere vuoto di Manuela. La ragazza lo bloccò garbatamente e indicò con il dito la bottiglia di acqua minerale.
«Per stasera di vino ne ho bevuto fin troppo. La carbonara era un po' salata e mi ha messo una gran sete, ma non posso certo andare a vino per tutta la cena. Non sono abituata, ho paura di perdere i miei freni inibitori e di comportarmi come non vorrei.»
«Peccato, a me non sarebbe proprio dispiaciuto vederti all'opera senza freni inibitori.»
«Guarda che, per quello per cui tu vorresti vedermi all'opera, io, di freni inibitori, non ne ho affatto. Volevo solo evitare di combinare qualche pasticcio qui nel ristorante, non vorrei mettere in difficoltà un giovane ispettore

di polizia, iniziando a cantare e ballando la *lap dance*.»
«Forse hai ragione tu, sarebbe un po' imbarazzante. Spero che il locale ti piaccia, me lo ha consigliato il collega Filippone, un vero esperto del mondo enogastronomico della capitale. Mi ha assicurato che sarebbe venuto anche lui a cena qui...»
«E allora, ispettore» lo interruppe Filippone, mettendogli la sua manona sulla spalla. «Avevo ragione a consigliarle questo locale?»
«Oh, carissimo Filippone, sei arrivato anche tu. Accomodati al nostro tavolo e ordina quello che vuoi, sei mio ospite.»
«La ringrazio, ispettore, non credo però che le convenga, potrebbe pentirsene amaramente. In ogni caso, devo proprio rifiutare l'invito perché sono insieme a degli amici, ci siamo seduti a un tavolo dell'altra sala. La ringrazio comunque. E poi non credo che le farei un gran favore a sedermi al suo tavolo, lei è già in ottima compagnia e io risulterei sicuramente di troppo.»
«Ma cosa dici! Piuttosto scusami, non ti ho presentato la signorina Manuela Caliò, è arrivata insieme a me da Torino.»
«Onoratissimo, signorina. Lei un'amica dell'ispettore? Non si fida a mandarlo da solo in giro per Roma? E fa bene, qui le tentazioni sono tante, anche se credo che lei non tema concorrenza.»
«Grazie per il complimento!» rispose Manuela. «Io però non sono qui in vacanza. Sono qui per lavoro. Sono una...»
«Collega» la interruppe Avenatti. «È una collega della Questura di Torino, della Buoncostume in particolare. È qui a Roma per indagare sui legami tra il mondo del ci-

nema e alcuni personaggi torinesi legati al mondo della droga e della prostituzione.»
«Ho capito, quelle storie di sesso, coca e attricette. E cosa ha scoperto di interessante?»
«Provi a indovinare» gli disse la ragazza divertita per quell'inaspettato arruolamento tra le forze dell'ordine. «Ho sentito storie da far accapponar la pelle. Pensi che ci sono delle ragazze che pur di far carriera nel mondo dello spettacolo sarebbero disposte a tutto, senza parlare di quello che ho scoperto su alcuni produttori senza scrupoli.»
«Onestamente, non mi sembrano grandi novità. A meno che non sia venuta a conoscenza di nomi di persone importanti, insomma di qualcosa che possa fare molto rumore.»
«E ci mancherebbe! Quando verranno fuori i nomi di cui sono venuta a conoscenza, scoppierà un tale pandemonio! Per esempio sembra certo che per ottenere la parte di… »
«Basta così Manuela» la interruppe Avenatti. «Non credo che sia il caso che tu racconti certe cose. Se lo venisse a sapere il tuo capo finiresti nei guai.»
«È vero, cara collega» fece convinto Filippone. «Non tutti sono riservati come me e l'ispettore. E ormai siamo continuamente controllati. Meglio non parlare troppo. Adesso vi lascio e raggiungo i miei amici. Ispettore, la passo a prendere in albergo domattina alle nove. Sia puntuale, mi raccomando, per arrivare a Cassino ci vogliono quasi due ore.»
«Lo sarò, non ne dubiti. A domani.»
L'agente strinse la mano a Manuela e si allontanò.
«Ma come ti salta in mente di inventarti certe cose. Magari Filippone ci credeva pure ai tuoi falsi pettegolezzi e

li andava a raccontare a mezza Roma.»
«Sei tu che hai tirato fuori la storia dell'agente della Buoncostume, io mi sono solo adeguata. Non credevo ti vergognassi a far sapere in giro che stiamo insieme.»
«No che non mi vergogno, ma pensa se il mio capo venisse a sapere che tu sei qui con me. Come minimo mi fa radiare dalla Polizia. Io che conduco le indagini in compagnia di una giornalista. E non solo, le offro pure la cena a spese dello Stato e la tengo al corrente degli ultimi sviluppi.»
«Ecco, appunto, allora cosa mi dici degli ultimi sviluppi? Come mai domani mattina vai a Cassino?»
«Ma figurati se posso dirti perché vado a Cassino. Ci vado per via delle indagini, punto e basta.»
«Quindi hai scoperto qualcosa di interessante, forse hai già individuato qualche serio indiziato. E chi sarebbe questa persona?»
«Ma quale persona, quale indiziato? La vuoi smettere, non ti posso dire proprio nulla.»
«E allora dimmi solo se hai scoperto qualcosa sul movente, su cosa ha determinato questa catena di omicidi.»
«Ma sei terribile! Niente, non ho scoperto proprio niente. Solo ipotesi che domani provvederò a vagliare, spero in maniera definitiva.»
«Interessante, quindi domani avremo il nome dell'assassino. E a che ora torni da Cassino?»
«Ma che nome? Non lo so a che ora torno, ti telefono poi quando sarò a Roma e...»
«E mi racconti tutto, va bene, sono d'accordo, meglio che le notizie siano prima verificate in maniera certa. È sicuramente più saggio. Mi racconterai tutto domani, adesso mangia la trippa che si raffredda.»

Avenatti guardò la ragazza sconsolato, maledicendo in cuor suo il giorno in cui le aveva chiesto il numero di cellulare. Manuela infilzò con la forchetta un pezzo di trippa al pomodoro, la fece roteare in aria più volte e la infilò nella bocca di un sempre più attonito Avenatti.

L'infermiera accompagnò subito l'ispettore all'ambulatorio dove il dottor Luigi Franzò stava effettuando le sue consuete visite mattutine. Franzò era il medico che aveva seguito Fabio Rosoni durante gli anni di permanenza alla casa di cura per malattie psichiatriche di Colleferro.
«Mi diceva l'infermiera che voleva parlarmi di un nostro ex paziente, il signor Fabio Rosoni. È così ispettore?»
«Confermo tutto, dottore. Le prometto che le ruberò solo pochi minuti, giusto il tempo per rivolgerle qualche domanda sul periodo di degenza del signor Rosoni in questa casa di cura e poi la lascio tornare alle sue visite.»
«Ma si figuri, non ci sono problemi. Perché mi chiede di Rosoni? Non mi dica che ha fatto qualcosa di male, non credo che sia il tipo capace di commettere alcunché di illegale. È una persona veramente a modo.»
«È solo per via dell'incidente in cui è morta sua moglie. Abbiamo scoperto qualcosa che potrebbe chiarire come realmente andarono le cose quella sera di ventitré anni fa e volevamo confrontarci con Rosoni. Prima però volevo sincerarmi con lei sulle condizioni di salute.»
«Capisco, anche se non credo che quel pover'uomo riuscirà a esservi utile. Le confermo che sembra essere tornato a una vita normale, ma per quanto mi risulta non ha mai parlato di quell'incidente, lui mi ha detto di non ricordare nulla. Non posso confermare che sia vero ma, in ogni caso, se anche ricordasse qualcosa, sembra proprio che non ne voglia parlare.»
«Quindi al momento delle dimissioni, le condizioni di Rosoni si potevano definire buone, insomma si era ripreso?»

«Sicuramente! La cosa ha quasi del miracoloso. Pensi che, fino a qualche mese prima, io stesso non avrei scommesso un solo centesimo sulla sua guarigione. È rimasto presso di noi per quasi vent'anni, a parte i periodi in cui la madre lo teneva con sé in casa sua, ma sempre sotto l'assistenza di un infermiere. E in tutti quegli anni non ha mai pronunziato una sola parola.»
«Neanche una parola! E come passava le sue giornate il signor Rosoni?»
«Seduto su un divano o su una panchina in giardino, con lo sguardo fisso nel vuoto. Non leggeva, non guardava la TV. A parte mangiare a pranzo e a cena, non svolgeva alcuna attività. Dormiva tanto, anche perché gli venivano somministrati degli psicofarmaci antidepressivi molto potenti. Eravamo costretti a farlo perché aveva manifestato l'intenzione di suicidarsi più di una volta. Una mattina si era addirittura buttato giù dal primo piano, ma se la cavò con qualche osso rotto.»
«Quindi non vi ha mai riferito niente del suo incidente, di come si erano svolti i fatti?»
«Rosoni non ricordava nulla di quell'episodio. In realtà qualche parola l'aveva anche detta prima che si riprendesse, ma in sogno. Durante il sonno doveva essere vittima di terribili incubi. A volte urlava parole come *rosso* oppure *sangue*, poi si svegliava agitatissimo, ma non ricordava nulla di quegli incubi o forse si rifiutava di parlarne.»
«Mi diceva che però a un certo punto si è ripreso, cosa è successo in particolare.»
«Anche su questo aspetto non siamo riusciti a trovare una spiegazione logica e tantomeno scientifica. L'unica cosa certa è che Rosoni si trovava in giardino, era un pome-

riggio di luglio. Era seduto sulla solita panchina. Quando l'infermiera è andata a chiamarlo per portarlo in camera per il riposino pomeridiano, lui ha iniziato a parlare dicendole che non voleva riposare, che era stufo di dormire e che voleva tornare a casa, da sua madre. Poco ci mancò che l'infermiera si mettesse a urlare per la sorpresa. Non ci seppe dire, o non ci volle spiegare, cosa gli era accaduto, cosa aveva determinato quell'improvviso miglioramento delle sue condizioni. Fatto sta che da quel momento in poi Rosoni è cambiato, ha di nuovo iniziato a interessarsi a ciò che gli accadeva intorno, ascoltava molta musica e leggeva tantissimo. Quando poi le sue condizioni lo hanno permesso, lo abbiamo dimesso ed è tornato a Roma da sua madre.»

«E quando è successo questo episodio miracoloso?»

«Tre anni e mezzo fa. Nel settembre del 2003 è poi tornato definitivamente a casa. L'ho rivisto ancora per delle visite di controllo, l'ultima volta proprio circa tre mesi fa. Tra l'altro adesso non vive più a Roma, ma a Cassino, presso un cugino. Una bravissima persona, pensi che oltre ad avergli offerto un lavoro presso la sua officina, lo ospita a casa sua. È molto meglio che non stia solo. Non ha più manifestato alcuna intenzione autolesionista, ma non si può mai sapere.»

«Sì, di questo ne siamo al corrente, ce lo ha detto la madre. È proprio a Cassino che sto andando, per parlare con Rosoni. Ho approfittato del fatto che la clinica fosse di strada per chiedere prima qualche informazione sulle sue condizioni di salute. Allora non mi resta che salutarla dottore, non voglio farle perdere altro tempo prezioso. Mi è stato di grande aiuto, non si disturbi ad accompagnarmi all'uscita, trovo la strada da solo.»

Il dottor Franzò gli strinse la mano e lo accompagnò alla porta del suo ambulatorio.
«Un'ultima cosa, dottore. Lei mi diceva che Rosoni, nell'ultimo periodo della sua permanenza in casa di cura, si comportava normalmente. Ricorda se ci fosse qualcosa a cui lui dedicava maggior attenzione.»
«Gliel'ho detto, ascoltava molta musica e soprattutto leggeva libri su libri.»
«E che genere di libri? Sempre che se lo ricordi.»
«Certo che lo ricordo. Erano soprattutto saggi, monografie, ma anche romanzi. Tutte opere che trattavano di storia antica. Storia romana per essere precisi. Vite di imperatori, l'evoluzione dell'impero romano e cose di questo genere. Erano tutti libri della sua povera moglie, che si faceva portare dalla madre.»
Avenatti si congedò definitivamente dal medico e si avviò verso il cortile dove lo aspettava Filippone per andare a Cassino.

L'officina del cugino di Rosoni si trovava all'uscita del paese, sulla statale che conduce a Caianello. Non fu difficile per Filippone rintracciarla. Mancava qualche minuto alle 11,00 quando l'auto si fermò proprio davanti al cancello. L'agente disse ad Avenatti che sarebbe passato a prenderlo a mezzogiorno e chiese se poteva approfittare di quell'oretta a disposizione per andare a comprare delle mozzarelle di bufala in un caseificio vicino a Caianello. L'ispettore acconsentì alla sua richiesta dietro solenne promessa che non se le sarebbe mangiate tutte prima di mezzogiorno. Durante il tragitto da Colleferro a Cassino, il suo autista non aveva fatto altro che tessere le lodi di queste famose mozzarelle e la cosa aveva suscitato la sua

curiosità oltre ad avergli stuzzicato l'appetito.
Avenatti entrò nel capannone e si avvicinò a un uomo intento a preparare dei pezzi al tornio. L'uomo non si accorse di lui finché non se lo trovò al fianco. Si levò le cuffie antirumore e spense il tornio. Avenatti gli chiese di poter parlare col proprietario, ma l'uomo gli rispose che era uscito per delle commissioni e che sarebbe rientrato a momenti. L'ispettore chiese allora dove poteva trovare Fabio Rosoni.
«Fabio?» chiese sorpreso il tornitore. «Ma il signor Rosoni non lavora più qui.»
«Come sarebbe a dire che non lavora più qui! La madre del signor Rosoni mi ha detto che lo avremmo trovato qui, dal cugino.»
«Strano che la madre non ne sia al corrente, anzi, a dire il vero io ero convinto che Fabio fosse tornato a Roma dalla madre.»
«Si spieghi meglio, quando sarebbe dovuto tornare a Roma?»
«Un paio di mesi fa, quando ha lasciato il suo lavoro qui in officina. Un vero peccato, Fabio è un grande saldatore e un ottimo lavoratore. Ha due mani d'oro, sarebbe capace di trasformare una lamiera in un'opera d'arte. Purtroppo però non so dirle altro. Io so solo che un lunedì mattina non si è più presentato in officina e io non ho neanche chiesto al capo dove fosse finito. Ho dato per scontato che fosse tornato a Roma, ma se adesso lei mi dice che... Ma lei chi è, scusi? Perché cerca Fabio?»
Avenatti si presentò e spiegò il motivo della sua visita.
«Quindi è per via dell'incidente. Povero Fabio. Lui non ne ha mai parlato. Mi ha raccontato qualcosa il capo, suo cugino. Una gran brutta storia... Ma guardi... Ecco che

arriva il capo, il signor Gatti. È meglio che parli con lui. Sicuramente saprà esserle molto più utile di me.»
L'uomo mise in moto il tornio, inforcò nuovamente cuffie e occhiali protettivi e si rimise al lavoro. Avenatti si fece incontro alla persona che gli era stata indicata.
«Signor Antonio Gatti? Sono l'ispettore Avenatti, della Polizia di Torino. Avrei bisogno di parlarle.»
«La polizia di Torino? O Dio, è mica successo qualcosa a mio cugino Fabio?» gli chiese preoccupato l'uomo diventato pallido in volto.
«Non credo, ma perché me lo chiede? Cosa sarebbe dovuto accadere a suo cugino?» fece Avenatti, stupito dalla domanda di Gatti, anche perché lui non aveva ancora nominato Fabio Rosoni.
«Ma no, niente» disse rasserenato Gatti. «Solo che lei ha detto che è della Polizia di Torino e ho pensato subito a mio cugino».
«In effetti, io sono venuto a trovarla proprio per parlare di suo cugino. Mi stupisce però che lei abbia subito pensato a suo cugino per via del fatto che io arrivi da Torino. Mi potrebbe spiegare come mai.»
«È semplice, ispettore, Fabio si è trasferito a Torino da due mesi circa e, visto quello che ha passato, ho temuto gli fosse accaduto qualcosa di brutto.»
Avenatti si sentì prendere da una vampa di calore, si levò il giaccone e chiese a Gatti se potevano continuare il loro colloquio seduti in ufficio. L'uomo lo invitò a seguirlo in un gabbiotto prefabbricato, lo fece sedere e si mise a preparargli un caffè.
«Mi diceva che voleva parlarmi di mio cugino. Lo conosce forse?»
«No, non di persona. So però molte cose di lui e del suo

tragico passato. Ho parlato con sua zia giusto ieri pomeriggio, anzi la saluta.»

«Grazie, lei è molto gentile. Allora, cosa vuol sapere di Fabio. Penso che lei sappia già che quasi un anno fa si è trasferito a casa mia e che mi dava una mano in officina.»

«Sì, so tutto; in realtà io credevo di trovarlo ancora qui da lei, sua zia non mi aveva detto che il signor Rosoni si fosse trasferito a Torino.»

«Povera zia, ha ragione. Lei non ne sa niente. È stata un'idea di Fabio. Un paio di mesi fa ha deciso di lasciare Cassino, lasciare Roma, dare insomma un taglio al suo passato. Mi disse che voleva ricominciare la sua vita da qualche parte che non le ricordasse il suo passato, l'incidente, sua moglie e quanto le era accaduto. Aveva bisogno di stare lontano da tutti per un po' di tempo, voleva essere certo di poter portare avanti la sua vita da solo, senza l'aiuto di nessuno, solo con le sue forze e soprattutto con la sua testa. Io all'inizio mi sono dichiarato contrario alla sua iniziativa, anche perché avevo promesso a mia zia che gli sarei rimasto sempre a fianco. Ero preoccupato che le cose potessero andargli male e che potesse ritornare in quello stato penoso in cui si è trovato per quasi vent'anni. Lui però ha insistito, mi ha assicurato che non ci sarebbero stati problemi. Mi disse che voleva andare il più lontano possibile dal suo passato, che si sarebbe recato a Torino. Disse che in quella città, con tutte le industrie e officine meccaniche che ci sono, non avrebbe avuto alcuna difficoltà a trovare un lavoro come saldatore. Gli diedi allora il nome di un mio amico, un paesano che ha una piccola ditta di carpenteria metallica lì e gli augurai buona fortuna. Prima di andar via mi fece giurare di non dire a nessuno dove stesse andando, perché sarebbe stato molto meglio per lui se nessuno fosse riuscito a rintracciarlo per un po'. Da allora mi ha chiamato due o tre volte al telefono. Mi ha detto che tutto andava bene, che lavorava da quel mio amico e che sarebbe tornato a trovarci appena possibile.»

«Senta, signor Gatti, adesso non posso spiegarle il perché, ma ho assolutamente bisogno di parlare con suo cugino Fabio. Dove posso rintracciarlo a Torino?»

«Io non so dove abita, posso però darle l'indirizzo e il numero di telefono di quel mio amico che lo ha assunto nella sua officina.»

Gatti sfogliò la sua agenda e, trovato quello che cercava, la porse all'ispettore perché si appuntasse i dati.

«Ancora una domanda, signor Gatti. Lei ricorda se suo cugino abbia mai parlato di qualcosa di particolare da fare a Torino?»

«Non mi sembra proprio. Di Torino non mi aveva mai parlato… se non di notte mentre dormiva.»

«Di notte, in sonno? Può essere più preciso.»

«Sì, certo. Fabio era soggetto a incubi continui e spesso parlava nel sonno. Diceva cose strane, ripeteva spesso la parola *sangue* e poi, sì… spesso ripeteva la parola *Torino* e dopo aggiungeva dei numeri, sempre gli stessi. Quando poi mi disse di voler andare a vivere a Torino, pensai che probabilmente ci pensava da tempo e che per questo ripeteva quella parola in sonno.»

«Ripeteva la parola Torino seguita da dei numeri… non ricorda quali o quanti numeri.»

«Lei mi chiede troppo, saranno stati cinque o sei numeri e poi alla fine pronunziava una lettera, quella la ricordo bene, dopo aver ripetuto quei numeri pronunziava la lettera effe.»

«Torino, dei numeri e poi la effe, sembrerebbe quasi la targa di una macchina.»
«La targa di un'auto? Sì, potrebbe essere, ispettore. Anzi, adesso che lei dice questo, mi viene in mente un particolare sulla targa di un'automobile.»
«Un particolare? Mi dica di cosa si tratta, potrebbe essere qualcosa di importante.»
«Io non so, dicendole queste cose, se sto facendo del bene a mio cugino, anche perché non conosco la ragione per cui lo cerchiate. Ma io ci tengo molto a Fabio e a mia zia e comincio a essere preoccupato per lui.»
«Raccontandomi tutti i particolari che le vengono in mente sul periodo che suo cugino ha passato qui con lei, sicuramente non gli fa alcun male, anzi credo che potrebbe evitare che gli succeda qualcosa di irreparabile.»
Il signor Gatti si fece estremamente serio e riprese a raccontare.
«Vede, ispettore, le dicevo che la targa mi ha fatto ricordare un particolare. Un paio di settimane prima di partire, Fabio mi chiese come poteva fare a rintracciare il proprietario di un'auto, conoscendo la targa. Io gli chiesi perché volesse saperlo e lui mi rispose che mentre veniva al lavoro aveva visto un uomo che, facendo manovra in auto, aveva tamponato una macchina parcheggiata, danneggiandola vistosamente e poi si era allontanato come se niente fosse. Fabio aveva preso il numero di targa di quell'auto e lo aveva scritto su un foglietto. Mi disse che aveva intenzione di rintracciare il proprietario di quell'auto per invitarlo a farsi vivo per rimediare al danno, altrimenti avrebbe fornito il suo numero di targa ai Vigili Urbani.»
«E così voleva sapere come poteva fare a risalire al pro-

prietario conoscendo il numero di targa?»
«Esattamente. Io gli dissi che al suo posto sarei andato a fare una ricerca al Pubblico Registro Automobilistico, anche se ci sarei andato un po' cauto, con tutte le complicazioni che ci sono adesso per via della Privacy. Lui ci rimase male, sembrava ci tenesse molto a quella sua strana idea. Allora gli dissi che poteva chiedere a un mio amico che lavora all'ACI, qui a Cassino, che poteva andare da lui a mio nome e sicuramente lo avrebbe aiutato. Lui mi ringraziò in un modo che a me sembrò un tantino esagerato, ma al momento non gli diedi peso. Adesso però... non saprei che pensare, non vorrei che invece...»
«Che invece volesse conoscere il nome del proprietario della macchina con la targa di Torino, quella che lui ripeteva nel sonno.»
«Ispettore, mi dica che sto sbagliando... lei crede che quell'auto fosse coinvolta nel suo incidente di più di vent'anni fa, nella tragedia che gli ha segnato la vita e che volesse...»
«Sì, credo proprio che volesse notizie della targa dell'automobile dei suoi incubi. Che poi quell'auto fosse coinvolta nell'incidente, questo non posso ancora dirlo con certezza, ma è molto probabile.»
Gatti sollevò la cornetta del suo telefono e compose un numero.
«Chiamo il mio amico dell'ACI, così verifichiamo che cosa gli ha effettivamente chiesto.»
Gatti parlò per cinque minuti al telefono e poi riattaccò con aria mesta.
«Ispettore, lei ci ha proprio azzeccato. Fabio gli ha chiesto notizie di una targa di un'auto immatricolata a Torino venticinque anni fa. In particolare gli ha chiesto se riu-

sciva a dirgli a chi fosse intestata l'auto nell'aprile del 1983. Lei è proprio fortunato, ispettore, il mio amico è riuscito a risalire sul computer alla ricerca effettuata su richiesta di Fabio e... questi sono il numero di targa esatto e il nome del proprietario.»
Gatti porse all'ispettore il foglietto su cui aveva appuntato le informazioni ricevute. Avenatti lesse la targa e poi non fece altro che confermare definitivamente la sua ipotesi leggendo il nome dell'intestatario dell'auto: Francesco Latorre.

Filippone aveva inserito lampeggiante e sirena e volava letteralmente sulla corsia dell'autostrada diretto a Roma. Avenatti gli aveva chiesto di tornare a Roma nel più breve tempo possibile e lui aveva deciso di accontentarlo. Per distrarsi e non pensare alla lancetta del tachimetro, ormai come bloccata sul fondo scala, decise di chiamare il suo capo e metterlo al corrente di quanto aveva scoperto.
«È tutto chiaro adesso» concluse Cavalli all'altro capo del telefono. «Fabio Rosoni è riuscito a scoprire chi fosse il proprietario dell'auto che causò l'incidente, facendo in qualche modo cadere la moto su cui viaggiavano lui e sua moglie. È poi venuto a Torino e lo ha ucciso per vendicare la morte della moglie incinta. Ma probabilmente, prima di ucciderlo, lo ha costretto a farsi raccontare come fossero andati i fatti quella maledetta sera di ventitré anni fa e così è venuto a sapere che sulla macchina c'erano altre tre persone che, come il guidatore, non erano intervenute in soccorso dei due feriti. Anzi, molto probabilmente, approfittando del fatto che nessun altro avesse assistito all'accaduto, ebbero tutti la brillante idea di allontanarsi rapidamente dal luogo dell'incidente lasciando

Rosoni e sua moglie sull'asfalto. Quindi si sarà fatto dire i nomi dei suoi tre compagni, li ha rintracciati e poi li ha uccisi in quelle maniere assurde, ispirandosi a delitti celebri compiuti nel mondo dell'antica Roma. Come se volesse onorare in questo modo il ricordo della moglie morta che, come mi dicevi, era un studiosa dell'epoca romana. Un'appassionata del periodo dell'imperatore Nerone... o Nero, se vogliamo chiamarlo alla latina, proprio come quel pazzo si è voluto firmare.»

«Esatto, commissario, inoltre le cartoline con cui ha firmato i suoi delitti, ritraggono dei punti sul lungo Tevere, da cui, quella sera, passò insieme a sua moglie nell'ultimo viaggio verso casa loro. E proprio quelle cartoline sarebbero dovute servire alla coppia per comunicare al mondo la loro gioia per la nascita del loro bambino. Anche le cartoline, a mio avviso, sono chiaramente un tentativo folle di voler perpetrare in qualche modo il ricordo della moglie. Quell'uomo ha perso completamente la ragione, commissario. Per quello che ho potuto concludere io, Rosoni è rimasto per anni in uno stato di semincoscenza, privo di memoria, in una condizione quasi vegetativa. Poi deve essergli accaduto qualcosa che ha come sbloccato un meccanismo rimasto inceppato per quasi vent'anni e la sua mente è tornata a lavorare, a elaborare pensieri, ricordi, progetti. Purtroppo i ricordi che sono affiorati prepotenti nella sua mente sono stati soprattutto quelli della dinamica dell'incidente. Prima di perdere i sensi era riuscito a leggere la targa e quel numero era rimasto lì, nel suo cervello, perso in chissà quali meandri. E a un tratto quel numero si ricompone davanti ai suoi occhi, rivede la targa come se fossero passati solo pochi secondi dall'incidente, come se quei vent'anni di distanza fossero stati spazzati via da quell'improvviso *flash* nella sua memoria. Rivede l'auto che si allontana e, soprattutto, rivede sua moglie priva di sensi, stesa in mezzo al suo sangue che tinge di rosso l'asfalto.»

«Ed è lo stesso rosso di cui ha voluto tingere le scene dei suoi delitti. Sembra quasi che abbia deciso di far morire i responsabili della morte della moglie immersi nel loro stesso sangue. È andato a cercare, tra i libri della donna, dei racconti di personaggi romani morti nelle maniere più sanguinarie e ha deciso di ripetere quelle scene aggiornandole ai nostri tempi.»

Cavalli rimase qualche secondo in silenzio, imitato dallo stesso Avenatti.

«Guido, devo dire che hai fatto un ottimo lavoro e soprattutto lo hai fatto in tempi brevissimi. Probabilmente, il nostro uomo potrebbe essere ancora a Torino, anche se ne dubito fortemente. Ormai ha terminato la sua opera e non ha motivo di restare ancora qui rischiando di farsi scoprire, però non abbiamo altre alternative. Vado subito in strada del Francese, all'officina dove sembra che lavorasse e speriamo che qualcuno ci dia informazioni utili per rintracciarlo. Per quanto ti riguarda, se ritieni che il tuo compito a Roma sia concluso, vedi di rientrare quanto prima.»

«Certo commissario, appena rientro in Centrale, mi informo sull'orario dei voli per Torino, così parto prima possibile!»

«Ecco qua ispettore, due biglietti per Torino sul volo delle 17,50, uno per lei e uno per la sua collega Manuela Caliò. A proposito, ma dov'è adesso? Non mi dica che è ancora in giro a caccia di pettegolezzi piccanti per la sua

indagine?»
«Credo proprio di sì, Filippone. Grazie mille per i biglietti, ti chiedo solo un ultimo passaggio in auto. Se potessi accompagnarmi in albergo, mi faresti in grosso piacere.»
«Certo ispettore, ci metteremo un minuto…»
«No… grazie, facciamo pure con calma. Non so come dirtelo… grazie a te, oggi ho finalmente capito perché il mio capo s'incazzi tanto quando schiaccio un po' di più l'acceleratore.»
«Come desidera, però poi non si lamenti se perderà l'aereo. E delle mozzarelle, cosa ne faccio, le porta a Torino?»
«Ah già, le mozzarelle! Che Torino! Dammele qua, che ci penso io a eliminare ogni prova della tua piccola deviazione sul percorso stabilito. Ho una fame che non ci vedo più.»
Filippone procurò piatti e posate di plastica e si sacrificò insieme ad Avenatti nell'ingrato ruolo di distruttore di prove.

Avenatti entrò nella sua camera di albergo. Dal bagno arrivava forte il rumore dell'acqua nella doccia. Manuela era già rientrata in albergo, meglio così, non avrebbero corso il rischio di perdere l'aereo. Si recò in bagno e aprì di colpo la porta a vetro della doccia.
«Ma sei scemo! A momenti mi fai venire un colpo. Mamma che spavento! Quando sei arrivato?»
«Adesso, proprio in questo momento. Sono contento che sei pronta, così andiamo subito all'aeroporto e torniamo a Torino.»
«Di già, allora hai finito il tuo lavoro! Che peccato, co-

minciavo ad ambientarmi in questa bella città.»
«E allora restaci, se vuoi. Io devo partire, devo dare una mano a Cavalli ad arrestare il nostro *serial killer*.»
«Cosa? Quindi lo avete scoperto. L'assassino ha un nome e... quale sarebbe?»
«Figurati se te lo dico, lo leggerai domani sui maggiori giornali nazionali mentre tu continui la tua inchiesta qui a Roma.»
«Ma quale inchiesta! Io parto con te, immediatamente! Ecco, sono già pronta.»
Manuela uscì dalla doccia e fece per prendere l'accappatoio. Avenatti la bloccò per il braccio e la trasse a sé.
«Non c'è poi tutta questa fretta, l'aereo parte tra quasi tre ore, c'è tutto il tempo per prendercela con calma.»
Avenatti baciò la ragazza che ricambiò il bacio con altrettanto ardore.
«Guarda, ti sei bagnato tutto. Togliti subito questa roba di dosso.»
Avenatti si spogliò, sollevò la ragazza, che si avvinghiò con le gambe attorno ai suoi fianchi. La portò in camera, adagiandola delicatamente sul letto. Iniziò a baciarla con sempre maggior passione. Manuela chiuse gli occhi offrendo il suo corpo all'azione sempre più appassionata dell'ispettore, ma li riaprì prontamente quando si rese conto che la passione sembrava essersi già spenta. Lo guardò interrogativa negli occhi.
«E allora? Tutto qua quello che sai fare? Che fai, ti fermi sul più bello?»
«Porca miseria» disse tra i denti Avenatti. «Mi sono scordato della Di Narni. Cavalli si era raccomandato di sentire anche lei.»
«E chi è la Di Narni?»

Avenatti spiegò che si trattava di una ragazza conosciuta da Tardini, l'ultima vittima di Rosoni, nel corso di quella maledetta vacanza a Roma e con cui il diplomatico aveva avuto un *flirt*.
«In realtà ormai i fatti sono abbastanza chiari, probabilmente quella donna non ci darà nessuna informazione in più, ma visto che ci siamo, vale la pena di sentire anche lei. In Questura avevano verificato il suo domicilio e sembra che abiti ancora all'indirizzo di venti anni fa. Via Sardegna non è lontana da qui. Se chiamiamo un taxi, facciamo in tempo a passare da lei e poi andare all'aeroporto.»
«E mi porti con te? Fantastico! Finalmente mi fai partecipare alle indagini in prima persona. Era ora che ti decidessi.»
«Non ti fare strane idee. Tu vieni con me e non apri assolutamente bocca. E, se possibile, vedi anche di tapparti le orecchie.»
«Sulla prima richiesta vedrò di accontentarti. Sulla seconda, la mia risposta è più che determinata: te lo puoi scordare. Io le orecchie le terrò ben aperte. Anzi, se vuoi essere così gentile da iniziare a raccontarmi cosa hai scoperto di così interessante, te ne sarei grata. Così inizio già a pensare all'articolo.»
Avenatti la guardò scuotendo il capo e iniziò a rivestirsi. Quella ragazza era proprio incorreggibile, ma forse era proprio per quello che lo intrigava così tanto.

Don Paolo fischiò la fine dell'incontro e invitò i ragazzini a coprirsi con felpe e giacconi e a far ritorno alle loro case. Il sole era tramontato da più di mezz'ora e ormai la visibilità sul polveroso campetto dell'oratorio era ridotta al minimo, col rischio che i piccoli calciatori si potessero fare male. Il frate si fece consegnare il pallone e accompagnò i suoi ragazzi in strada, dando loro appuntamento all'indomani pomeriggio.
Si avviò verso la sagrestia per mettere via il pallone. Appena entrato, fu richiamato da un confratello che gli indicò un signore che lo aspettava seduto nell'ufficio parrocchiale. Don Paolo si presentò e invitò l'ospite inaspettato a dirgli in cosa potesse aiutarlo. L'uomo gli disse di essere appena arrivato a Villar Focchiardo per motivi di lavoro e che aveva urgente bisogno di parlare con lui. Aveva chiesto informazioni in paese e più di una persona gli aveva parlato di lui in maniera entusiastica. Così aveva deciso di fare la sua conoscenza e possibilmente anche confessarsi. Don Paolo lo invitò a seguirlo fuori dal convento. Tutte le sere faceva una breve passeggiata per le stradine intorno all'antica costruzione, approfittando spesso dell'occasione per ascoltare ciò che avevano da raccontargli i suoi parrocchiani in confessione.
Nelle campagne intorno, ormai avvolte quasi totalmente dal buio, regnava un silenzio surreale, condizione ideale per chi avesse intenzione di mettersi in pace con la propria coscienza e con Dio.
Il frate invitò l'uomo a parlare senza problemi e si dispose a prestargli la massima attenzione.
«Vede, don Paolo, io ho bisogno di parlarle di me, del

fuoco che mi sta consumando, degli abissi in cui sono precipitato e da cui non credo riuscirò mai più a tirarmi fuori. Io sono un uomo solo apparentemente in vita, in realtà io… sono già morto. Sono morto dieci, cento, mille volte. E continuo a morire, senza però riuscire a farlo veramente.»

«Credo che sarebbe meglio che lei mi racconti tutto con calma» gli disse il frate con tono amichevole e il più possibile affettuoso. « Perché dice di essere morto? Cosa la turba a tal punto da farla disaffezionare alla vita e a tutte le belle cose che il buon Dio ci offre nella sua Misericordia?»

L'uomo rallentò il passo, volse lo sguardo verso le montagne avvolte da nubi rosate e iniziò il suo racconto.

«Io credo, don Paolo, che anche lei al mio posto si sentirebbe come morto, ne sono sicuro. Anche lei, se avesse passato quello che ho passato io, non avrebbe altri desideri che annientare la sua esistenza. Ormai questo mio desiderio di farla finita con la vita e con tutte le penose angosce che si porta dietro, va avanti da più di venti anni, da quando ho perso mia moglie in un tragico incidente stradale.»

«Mi spiace moltissimo, capisco che per lei sia stato un colpo molto duro. E so anche che non sempre il tempo aiuta a dimenticare.»

«Assolutamente, anzi, nel mio caso ha avuto l'effetto opposto: più il tempo passa e più il ricordo di quella tragica sera diventa forte, nitido. Rivivo ogni sera gli ultimi momenti di vita di mia moglie e di mio figlio.»

«Suo figlio?»

«Sì, mia moglie era incinta di cinque mesi quando morì. Quella sera in un istante ho perso tutto, ho perso il mio passato e il mio futuro, non mi è rimasto niente, se non l'inutile obbligo di portare avanti un'esistenza priva di significato. Mi chiedo continuamente perché Dio mi abbia permesso di rimanere in vita. Per far cosa poi? Per perseguire quale obiettivo? Queste domande mi hanno tormentato per anni, mi hanno lacerato l'anima.»

«Capisco il suo dramma, ma vede, io sono convinto che il buon Dio abbia per noi dei progetti particolari anche quando sembra che in realtà si sia dimenticato della nostra persona e non si accorga delle tragedie che ci possono capitare. Se il Signore le ha salvato la vita, sicuramente avrà avuto le sue ragioni. È nostro dovere impegnarci per riuscire a capire quali sono queste ragioni. E solo dopo averle trovate la nostra vita potrà nuovamente riacquistare un senso per essere vissuta. Io credo che lei sia venuto a cercarmi perché l'aiuti a ridare un significato alla sua esistenza e farò di tutto per aiutarla.»

«La ringrazio, don Paolo, lei ha proprio ragione, io sono venuto da lei perché mi aiuti a risolvere definitivamente questa mia situazione. In realtà, già da qualche tempo credo di aver trovato una risposta alle mie domande e di aver intuito cosa Dio volesse da me, costringendomi a restare su questa terra. E ho anche iniziato un cammino nell'unica direzione possibile. Ci ho messo più di vent'anni, ma alla fine ci sono arrivato e in effetti mi sento meglio; da qualche tempo sono cambiato, ho di nuovo avuto degli scopi da raggiungere, dei progetti da completare.»

«Benissimo, lo vede che le cose stanno proprio come le dicevo. E le cose andranno sempre meglio, glielo assicuro. Perché non mi racconta di quell'incidente, probabilmente parlarne potrebbe essere utile. Forse lei si ritiene responsabile della morte di sua moglie e questo non

l'aiuta a trovare la serenità.»
«No, padre, io non mi sento affatto responsabile, io sono assolutamente certo di non avere colpe in quel maledetto incidente. L'unica mia colpa è aver aspettato tanto tempo prima di decidermi a reagire e soprattutto ad agire.»
L'uomo si bloccò per qualche secondo e poi riprese con tono grave.
«Quella sera io e mia moglie stavamo rientrando a casa in moto. Eravamo andati da mia madre a comunicarle che sarebbe presto diventata nonna. Eravamo a pochi metri da casa nostra quando… quando un auto che procedeva a forte velocità ci superò e dopo pochi metri girò improvvisamente a destra tagliandoci la strada. Io provai a frenare, ma non c'era lo spazio necessario per bloccare la moto. L'urto fu inevitabile, io e mia moglie fummo sbalzati in avanti. Battei violentemente la testa. Mi alzai sulle braccia cercando di vedere cosa fosse accaduto a mia moglie. Mi guardai intorno. Vidi l'auto che ci aveva tagliato la strada ferma a qualche decina di metri di distanza, proprio sotto un lampione. Nessuno scese dall'auto, anzi l'auto si rimise in moto e si allontanò rapidamente. Io feci in tempo a leggere la targa, a fissare nella mente il modello prima che sparisse nell'oscurità. Cercai mia moglie, la vidi stesa a pochi metri, era immobile col viso riverso sull'asfalto, immerso in una pozza di sangue. Provai a tirarmi su per raggiungerla e soccorrerla, però non riuscii nemmeno a mettermi in piedi. Persi i sensi senza poter dare il minimo aiuto a mia moglie. Rimasi in coma per mesi e quando mi risvegliai non ricordavo nulla. Mi raccontarono cosa mi fosse successo e non riuscivo a capacitarmi che mi fosse capitata una tragedia del genere: mi dissero che avevo perso il controllo della moto sul-

l'asfalto bagnato e che nella caduta mia moglie aveva battuto il capo morendo all'istante... e con lei era morto anche nostro figlio. La notizia fu per me una mazzata terribile, caddi in uno stato di prostrazione, di depressione profonda. Fui ricoverato in una casa di cura dove rimasi per quasi vent'anni, alternando tentativi di suicidio con momenti di apparente serenità. Non parlavo con nessuno, non mi interessavo di niente, vegetavo in preda agli incubi più neri. I miei sogni erano sempre di un unico colore, il rosso... il rosso del sangue di mia moglie. Non succedeva niente in quei maledetti incubi, solo sangue che colava da ogni parte, sempre più copioso. E a un certo punto il sangue sembrava farsi da parte, sembrava che in quel maledetto sfondo rosso si aprisse uno squarcio, come un sipario che si ritirava per mostrare il contenuto del palco nascosto agli occhi degli spettatori. Ogni volta che il sipario sembrava aprirsi del tutto, ecco che mi svegliavo, come se mi rifiutassi di assistere allo spettacolo che sarebbe stato rappresentato, come se io conoscessi già quelle scene e non mi interessasse rivederle. E così è stato per tutte le notti, tutte le volte che prendevo sonno... per giorni, per mesi, per anni. Finché un pomeriggio d'estate di tre anni fa accadde qualcosa che cambiò nuovamente la mia vita. Ero nel giardino della casa di cura, c'era una bellissima luce, io ero seduto su una panchina vicino al cancello che dava sulla strada. Mi ero appisolato e come sempre ero in preda ai miei incubi, quando il rumore di un'auto entrò inaspettato nel mio sogno. Il rumore mi destò e aprii gli occhi cercando di vedere cosa lo avesse provocato. I miei occhi però si comportarono in una maniera assurda, quello che vidi era un'auto che si allontanava immersa nell'oscurità, un'auto di cui si distingueva chiaramente la targa illuminata dalla luce di un lampione. Era una targa di Torino, di cui si leggevano chiaramente numeri e lettere. Mi alzai bruscamente in piedi e nei miei occhi l'oscurità lasciò improvvisamente il posto alla luce di quel pomeriggio d'estate. Ripetei meccanicamente la targa di quell'auto, due, tre, dieci volte. Improvvisamente ricordavo tutto, la macchina che ci tagliava la strada, la caduta, mia moglie sull'asfalto immersa nel sangue, quella maledetta auto che si allontanava. Rimasi ancora un paio di mesi in casa di cura e poi i medici, tenuto conto dei miei evidenti miglioramenti, decisero di dimettermi. Dopo qualche tempo decisi di riprendere a lavorare per tornare a condurre un'esistenza... diciamo... normale. In realtà però quello che mi interessava non era ricrearmi una vita, ma portare a termine la missione per cui ero stato risparmiato quella sera di ventitré anni fa: ritrovare il responsabile della morte di mia moglie e di mio figlio e fargli pagare tutto il male che mi aveva fatto. Negli ultimi anni non ho fatto altro che pensare a come rintracciare quella persona, a come muovermi, a cosa avrei fatto quando lo avrei ritrovato. Finalmente un paio di mesi fa mi sono sentito pronto, ho deciso di agire e ho dato inizio alla mia ricerca.»

«Alla sua ricerca? Ed è riuscito a trovare… la persona che cercava?»

«Certamente. Non è stato poi così difficile.»

«E cosa ha fatto, l'ha denunciata alla polizia, lo ha fatto arrestare?»

«E perché mai? Per farlo giudicare secondo la giustizia degli uomini! No, quella persona andava giudicata secondo un altro metro di giustizia e io ero l'unico che poteva decidere quale fosse la punizione adatta, io e nessun

altro.»
«Non mi dica che l'ha... insomma che ha fatto qualcosa di...»
«Grave? Qualcosa di irreparabile forse? Non saprei, questo deve dirmelo lei. A mio giudizio ho fatto l'unica cosa che mi sembrava proporzionata a tutto il male che lui mi aveva fatto.»
«L'ha ucciso? Lei ha ucciso quell'uomo?» gli chiese il frate alzando improvvisamente il tono della voce.
L'uomo fissò il frate dritto negli occhi, con uno sguardo freddo, inespressivo, che non lasciava trasparire la minima emozione. Il frate gli chiese nuovamente cosa avesse fatto a quell'uomo, stavolta cercando di mantenersi il più calmo possibile. L'uomo volse lo sguardo verso il bosco che costeggiava la stradina che stavano percorrendo.
«Certo che l'ho ucciso» ammise l'uomo. «Ma vede, don Paolo, le cose hanno preso una piega in parte inaspettata. Il fatto è che quell'uomo, poco prima di morire, mi confessò che quella sera non era solo in macchina, ma che con lui c'erano altre persone. Cosa che avevo comunque messo in conto.»
«Altre persone?» fece il frate spaventato. «Che ne è stato di queste persone? Non avrà ucciso anche loro?»
L'uomo non gli rispose, si limitò a guardarlo negli occhi. Il suo sguardo valeva più di mille risposte.

Manuela chiuse lo sportello posteriore del taxi e si avvicinò al finestrino dell'autista. Lo invitò ad aspettarli dicendo che avrebbero fatto ritorno nel giro di venti o trenta minuti e che poi avrebbe dovuto accompagnarli di corsa

all'aeroporto. Il tassista la rassicurò dicendo che in trent'anni di onorata carriera nessuno dei suoi clienti aveva mai perso l'aereo. Manuela lo ringraziò e raggiunse Avenatti, che intanto aveva individuato sul citofono il cognome che stava cercando. Pigiò il pulsante e spiegò alla persona che gli aveva risposto che aveva bisogno di parlare con la signora Di Narni. Il portone si aprì e l'ispettore invitò Manuela a entrare e a seguirlo al secondo piano.
Sul pianerottolo li aspettava un uomo che si presentò come il marito della signora Di Narni. Avenatti a sua volta si qualificò come ispettore di Polizia e gli presentò Manuela. Vedendo che era rimasto perplesso nel sentire pronunziare la parola Polizia, lo rassicurò immediatamente dicendo che non c'era nulla di cui preoccuparsi e spiegò che voleva solo scambiare due parole con la moglie per verificare alcune notizie relative a una persona conosciuta dalla donna più di vent'anni prima. L'uomo invitò i due a entrare in casa e andò a chiamarla. La signora Di Narni non si fece attendere. Era una donna molto bella, fisico statuario, sguardo magnetico, che non dimostrava affatto i suoi quarantatre anni. Avenatti indugiò nello stringerle la mano, balbettando le sue generalità, arricchendole di tutti i titoli onorifici che gli venivano in mente.
«La ringrazio per avermi concesso cinque minuti del suo preziosissimo tempo» si scusò Avenatti. «Devo solo farle un paio di domande su una persona che lei ha conosciuto nel 1983.»
«Stia tranquillo, commissario, non mi disturba affatto. Mi stavo preparando per la palestra. Sa com'è, inizio ad avere una certa età e devo darmi da fare se voglio mantenermi in forma.»
«In realtà io sono solo un ispettore e non un commissario.

Non so poi quale sia la sua età, ma le assicuro che lei non ha alcun bisogno di tenersi in forma.»
«Grazie ispettore, è veramente molto galante e soprattutto un pochino bugiardo.»
«E già!» fece Manuela interrompendo bruscamente l'idillio. «Il nostro ispettore è un gran bugiardo. Se lo lasci dire da me che lo conosco da anni.»
Avenatti la fulminò con lo sguardo e poi si rivolse nuovamente alla Di Narni.
«Lei ricorda di aver conosciuto, appunto nell'83, un certo Roberto Tardini? Un ragazzo di Torino che si trovava qui a Roma per le vacanze di Pasqua, insieme a dei suoi amici.»
«Roberto Tardini? Sì, certo che lo ricordo, lo conobbi in discoteca, proprio nel mese di aprile di quell'anno. Era appena arrivato a Roma. Un ragazzo molto carino e simpatico. Entrammo subito in confidenza e ci vedemmo anche nei giorni successivi. Insomma stavamo insieme. Perché lo vuole sapere?»
«Perché Tardini è stato ucciso a Torino qualche giorno fa. Non so se è al corrente dell'omicidio di quell'uomo rinchiuso dentro un fusto metallico pieno di chiodi acuminati. Ne hanno parlato giornali e televisioni.»
«O mio Dio!» esclamò spaventata la donna portandosi le mani sul viso. «Ho visto un servizio sul telegiornale, ma, onestamente, non avevo fatto caso al nome, non mi ero resa conto che si trattasse di lui. Che fine terribile, povero Roberto!»
La Di Narni, ancora scossa, si sedette su una poltrona, imitata dai suoi ospiti che si accomodarono sul divano di fronte.
«Volevo sapere da lei se ricorda qualcosa di particolare

su quella sua vacanza romana, perché… perché potrebbe esserci utile per risalire al suo assassino. Non mi chieda come mai, perché non potrei dirle nient'altro.»
«Ma è successo ventitré anni fa, non vedo come… Comunque, se secondo lei può essere importante, cercherò di raccontarle quello che ricordo.»
La donna si abbandonò sullo schienale della poltrona e si concentrò cercando di tornare con la mente a quelle giornate di così tanti anni indietro.
«Se non mi sbaglio, Roberto e i suoi amici arrivarono qui la mattina del lunedì prima di Pasqua e la sera ci conoscemmo. Come le dicevo prima, l'incontro avvenne in discoteca. Le due sere successive ci siamo visti ancora, ho fatto un po' da guida turistica a lui e ai suoi amici, due ragazzi e una ragazza, quest'ultima credo che stesse insieme a uno degli altri due.»
«Esatto, ricorda benissimo. Mi diceva delle due sere successive, quindi martedì e mercoledì. Cosa mi sa dire invece del giovedì sera. Ricorda se accadde qualcosa di particolare quella sera?»
La donna esitò un attimo e poi riprese sicura.
«Sono certa di non aver passato quella serata insieme a Roberto e i suoi amici. Per essere precisi ricordo di essere rimasta tutta la giornata da sola con Roberto, in giro per Roma, e poi, alla sera, lui si ritrovò con i suoi amici, mentre io andai a casa di mia nonna, insieme alla mia famiglia. Lo ricordo bene, perché mia nonna quel giorno compiva settant'anni.»
Avenatti non riuscì a nascondere un smorfia di delusione e invitò la donna a continuare il suo racconto.
«L'indomani poi, il venerdì, Roberto mi telefonò verso metà mattinata e mi comunicò che stava facendo ritorno

a Torino con i suoi amici. Ci rimasi male, anche perché mi aveva detto che sarebbe rimasto ancora qualche giorno.»

«E lui come giustificò quella partenza improvvisa?» chiese Avenatti.

«Mi disse che uno dei suoi amici, il proprietario dell'auto per la precisione, doveva necessariamente far ritorno a casa per gravi motivi familiari e che lui e gli altri non se la sentivano di continuare la vacanza da soli. Non la ritenevano una cosa molto carina nei confronti del loro amico.»

«Capisco. Ha poi rivisto ancora Roberto Tardini?»

«Sì, siamo rimasti insieme per quasi un anno, se così si può dire. In realtà ci saremo visti due o tre volte, quando io sono andata a Torino a trovarlo. Lui invece non è mai voluto venire a Roma. Ogni volta che fissavamo una data, lui accampava le scuse più assurde per annullare l'appuntamento: un esame all'università, la partita di campionato, la zia malata e così via. Alla fine mi sono convinta che forse non gli interessassi più di tanto e decisi di mollarlo, senza dargli spiegazioni. E a dire il vero, credo che la cosa non lo turbò affatto. Da allora non l'ho mai più visto né sentito e, se non me lo avesse detto lei, ispettore, non mi sarei mai resa conto che fosse proprio lui il poveraccio ucciso in quel modo terribile. Ma chi è stato? E perché pensa che il suo omicidio sia legato alla sua vacanza a Roma?»

«Purtroppo signora non posso dirle di più» le disse Avenatti assumendo un tono altamente professionale. «Anche perché le indagini sono ancora in corso e stiamo valutando tutte le piste. Posso solo confermarle che le sue informazioni mi sono state sicuramente molto utili. Devo

dirle che la sua testimonianza sarà fondamentale per la soluzione del caso e per questo le chiedo il permesso di poterla disturbare prossimamente qualora lo sviluppo delle indagini lo rendesse necessario».
"Lo so io come vorresti disturbare la signora Di Narni" pensò Manuela "caro il mio ispettore Avenatti".
La ragazza si alzò dal divano e prese per mano l'ispettore tirandolo su.
«Adesso dobbiamo andare, tesoro, altrimenti perderemo l'aereo.»
Avenatti si liberò indispettito della presa della ragazza e porse la mano alla signora Di Narni, che nel frattempo si era alzata anche lei per accompagnarli alla porta.
«La ringrazio ancora per la sua gentilezza. Le lascio il mio biglietto da visita e la pregherei di chiamarmi, in qualsiasi momento del giorno e della notte, qualora le venissero in mente dei particolari che potrebbero aiutarci nella soluzione del caso. Non esiti a farlo, possibilmente sul cellulare, così mi rintraccia sicuramente. Purtroppo, col lavoro che faccio, non sono quasi mai in ufficio, lei mi capisce…»
«Ci conti, ispettore, la chiamerò senz'altro…» gli rispose la donna che, vedendo suo marito arrivare dalla cucina per salutare gli ospiti, cambiò tono e aggiunse: «Naturalmente, qualora mi venissero in mente altri particolari interessanti per la sua indagine».
Avenatti e Manuela fecero di corsa le scale e si precipitarono verso il taxi che partì immediatamente alla volta di Fiumicino.
«*Non esiti a chiamarmi*!» gli fece il verso Manuela. «*Possibilmente sul cellulare*…. e quella smorfiosa poi… *ci conti ispettore*... Ma che spudorata! Col marito nella

stanza a fianco poi. Poveraccio quel tipo, chissà che corna che si ritrova!»
«Ma come ti permetti di parlare in questo modo di quella donna. Non è colpa sua se è bellissima, gentile e affascinante. Piuttosto, vedi di sforzarti per diventare quanto più simile a lei.»
«Ma non ci penso lontanamente, io non sarò mai una civetta smorfiosa. Se non ti vado bene, sei ancora in tempo a ripensarci. Torino è abbastanza grande per poterci vivere tutt'e due senza necessariamente incontrarci.»
«Lo sapevo che sei fondamentalmente gelosa» le disse Avenatti, sorridendo compiaciuto. «E adesso ne ho anche le prove. E se proprio vuoi saperlo, non mi dispiace affatto.»
Avenatti l'abbracciò e la baciò con tale trasporto che il povero tassista, dopo aver atteso qualche istante, fermo nel parcheggio dei taxi, dovette interromperli per avvisarli che erano già arrivati all'aeroporto.

L'ispettore Agosta aveva dato disposizioni ai suoi uomini per bloccare tutte le possibili vie di fuga a Rosoni. Il cortile del capannone era ormai circondato e non c'era alcuna possibilità di allontanarsi senza essere notati. Cavalli chiese al suo vice se erano tutti ai loro posti e, ricevuto l'*ok* da Agosta, diede ordine all'agente al volante della sua auto di mettersi in movimento. L'auto del commissario, seguita da altre due volanti, fece il suo ingresso a sirene spiegate all'interno del piazzale, andandosi a fermare davanti al grande portone d'ingresso del capannone. Gli agenti fecero irruzione all'interno, tra gli sguardi increduli degli operai impegnati alle loro postazioni, i quali non se lo fecero ripetere due volte e rimasero fermi così come era stato loro intimato. Il commissario domandò a gran voce chi fosse il signor Grella, il proprietario dell'azienda. L'uomo si fece avanti e si presentò, intimorito dall'imbarazzante situazione che si era creata. Il commissario gli chiese, mantenendo stavolta il tono di voce più basso possibile, di indicargli Fabio Rosoni.

«Rosoni? Cercate il signor Rosoni? E come mai, cosa ha combinato?»

«Abbia pazienza, signor Grella, le domande, per il momento, vorrei farle io. Lei si limiti a rispondere a quello che le chiedo. Le fornirò tutte le spiegazioni al momento opportuno.»

«Mi spiace, il signor Rosoni non è in officina. È da qualche giorno che non lo vedo. L'ultima volta è stato venerdì scorso. Mi ha chiamato ieri mattina al telefono, dicendomi che non stava molto bene, che aveva l'influenza e che sarebbe rientrato al lavoro la prossima settimana.»

Cavalli chiamò Agosta sul *walkie talkie* e dopo avergli ordinato di far rientrare gli uomini perché l'operazione era annullata, gli chiese di raggiungerlo dentro il capannone. Poi diede disposizioni di perquisire i locali alla ricerca di qualcosa che potesse confermare che Rosoni fosse veramente implicato negli omicidi.

Si avvicinò al signor Grella e gli chiese di spostarsi in un posto tranquillo per poter scambiare due chiacchiere. L'uomo si dichiarò disponibile a dare qualsiasi informazione gli venisse richiesta e invitò il commissario a seguirlo in una saletta, utilizzata abitualmente per ricevere clienti e fornitori.

«Dica pure commissario» fece Grella allargando le braccia in un gesto di completa disponibilità. «Cosa vuole sapere su Rosoni?»

«Tutto, mi deve raccontare tutto ciò che sa su quell'uomo, tutto quello che lo riguarda dal momento in cui ha messo piede qui dentro fino a venerdì scorso.»
«Sicuramente, vedrò di esserle utile per quanto mi è possibile. Allora… Rosoni ha iniziato a lavorare qui un paio di mesi fa. Arrivava da Roma, dove credo che vivesse. Mi raccontò di essere stato mandato da me da un mio compaesano di Cassino, un carissimo amico, presso cui aveva lavorato negli ultimi tempi. Mi disse che cercava un lavoro come saldatore e mi chiese di metterlo alla prova. Io lo rassicurai, dicendogli che non ce n'era alcun bisogno, visto che lo mandava il mio amico: per me quella era più che una garanzia. E devo dire di non essermi affatto pentito di averlo assunto. Sempre puntuale al lavoro, preciso nel rispettare le consegne, una mano degna di un chirurgo. Credo di non aver mai conosciuto una persona così abile nelle saldature, un vero mago. In questi due mesi ha lavorato tantissimo e… parlato pochissimo. Si fermava quasi sempre in officina per lo straordinario ed era sempre l'ultimo ad andar via. Pensi che una sera della scorsa settimana eravamo rimasti solo io e lui in officina e lui mi ha chiesto il permesso di fermarsi per finire dei lavori. Io gli dissi che non mi sembrava il caso, lui però ha tanto insistito che alla fine gli ho lasciato le chiavi del capannone chiedendogli di chiudere tutto prima di andare a casa.»
«E quando è successo questo fatto?»
«Mercoledì sera, se non sbaglio. Sì era proprio mercoledì sera. Lo ricordo bene perché al mattino dopo, il giovedì, Rosoni si presentò al lavoro con un furgone.»
«Un furgone? Che tipo di furgone?»
«Un *Ford Transit* bianco. Lui non aveva l'automobile,

veniva al lavoro in autobus. Mi disse che aveva affittato quel furgone per qualche giorno, perché gli serviva per trasportare qualcosa, credo dei mobili o qualcosa del genere. Aveva preso un appartamento in affitto e io ho pensato che volesse arredarlo.»

«Le ha mai chiesto di poter usare qualcuno dei suoi utensili fuori dall'officina? Magari dicendo che gli servivano per qualche lavoretto a casa.»

«Proprio così, ma come fa a saperlo? Una volta, un paio di settimane fa, mi chiese la sega a disco, se non ricordo male, e giovedì scorso prese in prestito la saldatrice e il trapano portatile. Tra l'altro il trapano non me lo ha ancora riportato, oggi serviva a uno dei ragazzi e non lo abbiamo trovato.»

«Non è che ricorda la targa del furgone? Per noi sarebbe veramente un'informazione importante.»

«Proprio no e perché mai avrei dovuto leggere quella targa. Provi a chiedere a qualcuno dei ragazzi, chissà che non ci abbiano fatto caso loro.»

«Lo faremo, dica ai suoi dipendenti di aver pazienza, stasera dovranno fermarsi un po' di più in officina e senza straordinario. Un paio dei miei uomini si occuperanno di interrogarli. Se magari lei potesse essere così gentile di avvisarli in modo che non si allarmino.»

«Certo commissario, ci penso io. Avrei voglia di chiederle perché state cercando Rosoni e che cosa ha combinato quell'uomo, ma qualcosa mi dice che lei non mi risponderebbe.»

«E ha proprio ragione. Mi diceva che aveva preso un appartamento in affitto. Conosce l'indirizzo?»

«E come no! Se ha un attimo di pazienza glielo do, ce l'ho segnato qui sul librone della contabilità.»

Grella sfogliò il documento sotto gli occhi vigili del commissario e poi lo invitò a leggere lui stesso l'indirizzo.
«Non è molto lontano da qui» commentò il commissario. «Ci facciamo subito un salto. Che lei sappia, Rosoni aveva un cellulare? Le ha insomma lasciato un recapito telefonico o una *e mail*?».
«No, niente del genere. Credo che non avesse affatto il cellulare, diceva che non gli serviva, che non aveva amici e che nessuno aveva bisogno di telefonargli. Era un tipo solitario, gliel'ho già detto. Se devo essere sincero, non posso certo dire che fosse del tutto a posto. Per quanto mi riguarda però si è sempre comportato in maniera più che corretta.»
Cavalli si congedò dal signor Grella e si diresse verso Agosta che lo aspettava a fianco alla porta della saletta.
«Commissario!» lo chiamò ancora Grella. «Mi raccomando, quando rintraccia Rosoni, si faccia dare indietro il trapano per favore. La ringrazio.»
Il commissario fissò l'uomo che aveva abbozzato un mezzo sorriso, nella convinzione di aver appena detto qualcosa di spiritoso. Cercò di ricambiare il sorriso, ma riuscì solo a scuotere la testa pensieroso. Poi si avvicinò ad Agosta, lo mise al corrente di quanto gli aveva appena raccontato Grella e gli chiese di accompagnarlo con un paio di uomini a casa di Rosoni, in strada Lanzo.

Impiegarono pochi minuti ad arrivare. Si trattava di una palazzina a tre piani. Sul citofono non c'era il nome di Fabio Rosoni e così il commissario si decise a pigiare il tasto che doveva corrispondere a uno dei due appartamenti al primo piano. Il portone si aprì e i poliziotti salirono rapidamente le prime due rampe di scale. Bussarono alla porta che riportava sulla targhetta lo stesso cognome del citofono e venne ad aprire un signore sui sessant'anni, che non poté fare a meno di restare senza parole, quando si trovò dinnanzi quello schieramento di forze dell'Ordine. Alzò istintivamente le braccia e si dichiarò innocente. Stava per chiedere di poter contattare il suo avvocato, quando il commissario gli chiese se si trattava di Fabio Rosoni. L'uomo abbassò allora le braccia lentamente, con aria sollevata.

«Io non sono Fabio Rosoni… fortunatamente.»

«Lei conosce il signor Rosoni?» chiese Agosta. «Dovrebbe essere un suo coinquilino.»

«Certo che lo conosco, gli ho affittato l'appartamentino a fianco al mio, è rimasto qui per poco più di un mese, non lo vedo ormai da una ventina di giorni. Se volete, vi dico pure il giorno esatto in cui se n'è andato. Dovrei avere una copia della ricevuta del pagamento dell'affitto.»

L'uomo entrò in casa portando con sé il foglietto che porse all'ispettore Agosta.

«Se non sbaglio, commissario, è il giorno prima dell'omicidio del professor Latorre.»

«Non sbagli affatto Agosta. È proprio così.»

«Omicidio?» fece allarmato il padrone di casa. «Ho affittato l'alloggio a un assassino? Io però sono in regola, avevo fatto anche la comunicazione in Questura per la legge antimafia. Cosa ne sapevo io che si trattava di un assassino.»

«Stia tranquillo, nessuno vuole arrestarla per aver ospitato il signor Rosoni. Piuttosto, sa dove si è trasferito?»

«A Roma, credo. Almeno lui mi disse che sarebbe tornato a Roma, perché non aveva più motivo di restare a Torino.

Questo è tutto quello che so. Non è che poi sono stato a insistere più di tanto. Lui mi ha pagato l'affitto e per me era sufficiente così. Se volete vi apro l'alloggio. Da quando lui lo ha liberato non c'è entrato nessuno.»
Cavalli e Agosta entrarono nell'appartamento vuoto. Era un appartamento ammobiliato ed apparentemente non c'era niente che potesse attirare la loro attenzione. Cavalli disse ad Agosta di chiamare la *Scientifica* per setacciare le due stanze, far rilevare le impronte digitali e confrontarle con quelle ritrovate sui luoghi dei quattro omicidi.
«Dubito di trovare qualcosa di interessante» commentò poi Cavalli. «Quell'uomo è sempre stato attentissimo a non lasciare tracce di alcun tipo, ma tutto può essere.»
Poi si allontanò dicendo ad Agosta di raggiungerlo in auto appena terminata la telefonata.

«Adesso caro Agosta torniamo in commissariato » disse Cavalli al suo vice che stava sedendosi al posto di guida. «Ci mettiamo a riguardare tutte le foto scattate dalla S*cientifica* per i quattro omicidi e in particolare alcune di quelle scattate sulla scena del quarto omicidio, quelle fatte col telefonino da quel tipo che è stato tra i primi a fermarsi dopo aver evitato d'un soffio lo scontro col fusto che gli rotolava contro. Non vorrei ricordare male, ma in un paio di quelle foto si vede sullo sfondo un furgone bianco parcheggiato, con i fari accesi. Se fosse proprio come ricordo, facciamo subito ingrandire quelle foto, voglio vedere se si riesce a leggere la targa. Se siamo fortunati poi, tra le persone che si vedono nelle foto potrebbe esserci il nostro Rosoni. Io sono convinto che il principale motivo che ha spinto quel folle a uccidere a quel modo le sue vittime fosse proprio il suo desiderio di veder scorrere il loro sangue e credo che nell'occasione dell'ultimo omicidio abbia fatto di tutto per non perdersi quello spettacolo, così come aveva fatto nei tre casi precedenti.»

Cavalli appoggiò la nuca al poggiatesta e chiuse gli occhi per rilassarsi e fare ordine nel suo cervello che cominciava a dare segni di *overdose* da informazioni. Oramai era tutto chiaro. Conoscevano l'omicida e il movente. Restava solo da rintracciare quell'uomo che sembrava sparito nel nulla. Da quando aveva lasciato l'appartamento in affitto aveva, comunque, continuato a lavorare in officina e quindi era rimasto a Torino. Nessuno lo vedeva però dal venerdì precedente e tutto lasciava supporre che avesse ormai lasciato la città, anche perché era chiaro che, purtroppo, avesse concluso la sua opera, uccidendo il quarto occupante dell'auto che aveva causato la morte della moglie. Cavalli si era fatto convinto che inizialmente lo scopo di Rosoni fosse stato quello di rintracciare il proprietario dell'auto pirata e ucciderlo simulando il suicidio. Aveva così lasciato la casa in affitto il mattino del primo dei quattro omicidi, con l'intento di lasciare Torino subito dopo il delitto. Poi però la sua prima vittima, forse nel tentativo di alleggerire la sua posizione coinvolgendo altre persone, aveva raccontato di non essere stato solo in macchina e aveva fatto i nomi delle persone con cui si trovava a Roma in quella tragica sera di ventitré anni prima. A quel punto l'assassino, che probabilmente aveva in qualche modo preventivato l'implicazione di altre persone nell'incidente, aveva modificato i suoi piani e aveva deciso di far fare la stessa fine anche agli altri tre. Non era più partito e aveva cercato una nuova sistemazione in città. Forse una pensione o un albergo, anche perché Latorre era stato ucciso di sera e non c'erano altre alternative per trovare una sistemazione veloce. E questo posto non poteva essere distante dal luogo del primo omicidio. Rosoni non aveva un'auto e non gli sembrava plausibile che un omicida, che ha appena fatto fuori una persona, se ne andasse in giro per Torino, magari in *pullman*, con la polizia alle calcagna. Mise al corrente Agosta delle sue congetture e gli chiese di passare al vaglio tutti gli alberghi e le pensioni presenti tra Porta Nuova e Mirafiori.

L'aereo era atterrato all'aeroporto di Caselle in perfetto orario. L'ispettore Avenatti aveva ritirato la sua auto al parcheggio multipiano proprio di fronte al settore "arrivi" e in meno di mezz'ora era arrivato sotto casa di Manuela.
«Allora, ci vediamo domani sera?» chiese la ragazza. «Sono state due bellissime giornate e io... io stavo pensando che forse potremmo provare a fare in modo che questi momenti possano ripetersi... tutte le sere. Cosa ne pensi?»
«Se questa è una proposta per andare a vivere assieme, allora la mia risposta è che... insomma... forse... i tempi non sono ancora maturi... sai, io ho bisogno della mia libertà... questo è un passo troppo importante.»
Manuela si rabbuiò, profondamente delusa. Fece per aprire lo sportello. Guido la bloccò: prima le sorrise teneramente e poi scoppiò in una sonora risata.
«Ma quanto sei scema! Non lo hai capito che stavo scherzando? Certo che accetto la proposta di vivere insieme a te. È un'idea fantastica, è la cosa più bella che poteva capitarmi. Ma come hai fatto a dubitare che io...»
«Se proprio lo vuoi sapere, io non dubitavo affatto » lo interruppe Manuela. «Lo sapevo benissimo che stavi scherzando. Solo che volevo che tu dicessi chiaramente certe cose e come vedi sono riuscita a fartele dire, caro il mio ispettore.»
Avenatti scosse la testa sconsolato e tirò fuori dal taschino della giacca il cellulare per chiamare il commissario Cavalli e sentire se c'erano sviluppi sulle indagini e nuove disposizioni per lui. Osservò il display e vide una chiamata senza risposta.

«Qualcuno ha cercato di chiamarmi mentre eravamo in aereo.»
«Sarà mica stato Cavalli? Forse voleva dirti che avevano rintracciato Rosoni» ipotizzò Manuela.
«No, non si tratta di Cavalli, è un numero col prefisso di Roma e non mi sembra il numero della Questura.»
«Allora sarà sicuramente la tua nuova fiamma, la signora Di Narni. Si vede che l'hai talmente colpita che non riesce più a stare senza di te. Ma cosa fai alle donne?»
«Ma non dire scemenze! Probabilmente voleva dirmi qualcosa su quella vicenda di vent'anni fa. Provo a chiamarla subito.»
Avenatti riconobbe subito la voce all'altro capo del telefono. Era il marito della Di Narni che confermò la chiamata da parte della moglie.
«Mia moglie voleva comunicarle qualcosa che le era sfuggito quando lei è passato da noi. Solo che io non ne sono al corrente e non posso neanche passarle mia moglie. È in palestra e arriverà tra mezz'oretta.»
«Non potrei cercarla sul cellulare? Se fosse così gentile da darmi il suo numero...»
«Credo che non sia possibile. Non porta mai il cellulare in palestra, anche perché non le serve. Lo ha lasciato a casa. Ma non si preoccupi, appena arriva le dirò di chiamarla subito.»
L'ispettore ringraziò il marito della Di Narni, riattaccò e senza distogliere lo sguardo per un solo secondo dal cellulare, compose il numero di Cavalli.
«Salve commissario, io sono a Torino e sono a sua disposizione. Ci sono novità?»
«Ce ne sono sì di novità, Guido. Fabio Rosoni è sparito dalla circolazione e sono emersi alcuni fatti che aggra-

vano sempre più la sua posizione. Insomma credo proprio che il nostro uomo sia lui. Su questo non ho più dubbi. Vedi di passare in commissariato adesso, così facciamo il punto della situazione insieme ad Agosta.»
«Sarò da voi tra dieci minuti, commissario, il tempo di finire una commissione e arrivo.»
Manuela lo guardò prima sbalordita e subito dopo inviperita.
«E così io sarei una commissione? Ma guarda un po' il nostro ispettore. Adesso si vergogna di me. Nessuno mi ha mai definito una "commissione".»
«Se cominciamo in questo modo la nostra convivenza credo che non andremo molto lontano» fece serafico Avenatti. «Cosa volevi? Che dicessi a Cavalli della nostra bella vacanza romana? O che gli dicessi che non potevo andare subito in commissariato perché devo prima dare il bacio della buona notte alla mia fidanzata.»
«Fidanzata? Adesso andiamoci piano con questi paroloni. Io non mi sento a mio agio nel ruolo di commissione, ma nemmeno troppo in quello di fidanzata.»
«Io mi arrendo, se per stare insieme a te bisogna leggerti nel pensiero, vedi di trovarti un *medium* come fidan... come compagno. Scusami, stavo di nuovo pronunziando quella terribile parola. Adesso ti devo proprio lasciare. A domani.»
Avenatti fece per baciare Manuela, ma lei aprì rapidamente la portiera, prese il suo bagaglio dal sedile posteriore e si allontanò verso il portone di casa. Dopo qualche passo si fermò, si voltò lanciandogli uno sguardo malizioso e poi si diresse decisa verso casa.

Agosta era intento a preparare il caffè quando Avenatti

fece il suo ingresso in commissariato.
«Grazie Agosta, un caffè è proprio quello che mi ci voleva. È stata una giornata infernale, sono stanco morto. Spero solo che ne abbiamo per poco perché vorrei proprio andare a dormire.»
«Dormire? Non so se il capo abbia previsto questo inutile particolare nel suo piano di lavoro. È meglio che il caffè te lo faccia doppio.»
Cavalli stava esaminando i primi ingrandimenti della scena del quarto omicidio quando i due vice entrarono nel suo ufficio. Fece appena un cenno di saluto e li invitò a prendere posto. Poi aggiornò Avenatti su quanto successo nell'officina di strada del Francese e sugli inutili tentativi di rintracciare Fabio Rosoni.
«Sembra che il nostro uomo abbia preso a noleggio un furgone bianco, un *Ford Transit.* Stiamo verificando presso tutti gli autonoleggi di Torino, ma fino ad adesso sembra che nessuno di questi ne abbia noleggiato uno la settimana scorsa.»
Avenatti prese le foto sulla scrivania di Cavalli e le osservò attentamente.
«Ma quello che si vede in questa foto non è un furgone bianco? Chi ha fatto queste foto?»
«Le ha scattate col cellulare uno dei testimoni della tragica morte di Tardini. Ho fatto ingrandire le foto e adesso si riesce a leggere chiaramente la targa. Agosta, per piacere, provvedi a diramare targa e modello del furgone a tutte le pattuglie e verifica a quale autonoleggio appartenga questo furgone.»
Agosta si segnò il numero di targa e si spostò nel suo ufficio.
Chiese poi ad Avenatti: «Hai altre novità oltre quelle che

mi hai raccontato per telefono qualche ora fa?».
«Sì commissario, qualcosa c'è. Ricorda che mi aveva dato il nome di quella ragazza che Tardini aveva conosciuto in occasione della loro vacanza a Roma?»
«Certo, la signora Di Narni. In effetti mi sembrava che non me ne avessi parlato. Credevo che non avessi scoperto nulla di importante parlando con lei.»
«In realtà quando ci siamo sentiti non l'avevo ancora rintracciata. Non dovrei dirlo, ma me ne ero proprio dimenticato. L'ho interrogata poco prima di partire da Roma. Mi ha confermato la sua storia con Tardini e il particolare della partenza precipitosa per Torino, la mattina del venerdì. Non mi ha, invece, saputo dire nulla della sera di giovedì. Quella sera non si sono visti, lei aveva un impegno in famiglia e si erano dati appuntamento per l'indomani. Invece si sono poi rivisti dopo qualche tempo a Torino, dove lei veniva spesso a trovarlo. Lui, invece, si è sempre rifiutato di andare a Roma da lei. Anche questo particolare non fa altro che confermare che Tardini e i suoi amici avessero vissuto, la sera di giovedì, una brutta avventura, qualcosa di così tragico da spingerlo a evitare di recarsi a Roma per un po' di tempo.»
«E quell'evento tragico credo proprio sia l'incidente in cui perse la vita la moglie di Fabio Rosoni. Ormai non ci sono dubbi. Quell'uomo ha ucciso quei quattro per vendetta, li ha rintracciati ed eliminati in quelle assurde maniere spinto dal desiderio di farsi giustizia da solo.»
Il commissario si alzò dalla scrivania e gettò il bicchierino vuoto del caffè nel cestino dell'immondizia.
«Quello che invece proprio non riesco a immaginare è cosa stia facendo adesso. Ora che la sua "missione di morte" si è compiuta, lui si sentirà appagato. Qui a Torino

non ha più niente da fare. Probabilmente ha lasciato la città. Forse è tornato a Roma oppure è fuggito chissà dove.»

Si riavvicinò alla scrivania e prese le foto in mano.

«Rosoni è di certo una delle persone che si vedono in queste foto. Il furgone è lì, parcheggiato a pochi metri. È probabile che lui sia sceso per verificare che la sua strategia omicida avesse avuto buon fine e per appagare, ancora una volta, la sua sete di sangue con lo spettacolo della morte di Tardini, così tragicamente progettata nei minimi particolari. Domani tu farai esaminare queste foto a tutti i nostri testimoni e vedi se riconoscono qualche volto noto.»

«Certo commissario, me ne occupo io…»

Avenatti fu interrotto dal trillo del suo cellulare.

«Mi scusi commissario, deve essere la signora Di Narni. Mi aveva chiamato prima, quando mi trovavo in volo e avevo il cellulare staccato. Credo abbia qualcos'altro da raccontarci.»

Il commissario si appoggiò alla scrivania e prestò attenzione alle parole di Avenatti.

«Buonasera signora, mi scusi per prima, ma ero in aereo e avevo spento il cellulare… nessun disturbo, ci mancherebbe, le ho detto io di chiamare quando voleva… sì, certo che ricordo che quel giovedì ha passato tutto il giorno insieme a Roberto Tardini… e chi doveva arrivare quella mattina di giovedì?… Lei è proprio sicura di quello che mi sta dicendo? Non è che dopo tanti anni magari si sta confondendo e… ed è sicura anche del nome di questa persona?… Io credo proprio di doverla ringraziare signora Di Narni… a presto.»

Cavalli guardò l'ispettore in maniera interrogativa e lo

sollecitò a metterlo subito al corrente di quanto gli aveva detto la Di Narni.
«Sembra che la mattina di quel maledetto giovedì santo di ventitré anni fa i quattro amici siano stati raggiunti a Roma da una quinta persona. Alla Di Narni lo aveva detto lo stesso Tardini con cui aveva passato quella mattinata. Le disse che gli altri tre amici si erano recati alla stazione in macchina per andarlo a prendere. Sembra che questa quinta persona non fosse potuta partire con loro per via di un esame all'università e li avesse raggiunti appena possibile.»
Cavalli si passò la mano tra i capelli e poi la batté violentemente sulla scrivania.
«Porca puttana! Questo vuol dire che quella sera, in quella maledetta automobile potevano essere in cinque e non in quattro come pensavamo e quindi…»
«Quindi il nostro killer non ha terminato la sua opera. Quell'uomo potrebbe essere ancora in città per preparare il suo quinto omicidio.»
«Dobbiamo rintracciare subito questa persona. La Di Narni ti ha detto anche il suo nome?»
«Proprio così, ricordava il suo nome di battesimo perché era lo stesso di Tardini: Roberto. Naturalmente non conosceva il cognome.»
«Speriamo che basti il nome. Da qualche parte dovremmo avere l'elenco dei ragazzi iscritti al corso di sci che i quattro frequentarono nell'inverno dell'83, vediamo un po' se tra gli altri loro compagni ci fosse qualcuno di nome Roberto. E in caso negativo, ci procuriamo i nomi dei compagni di scuola del liceo di tutti e quattro. E anche degli amici con cui si vedevano all'epoca, dei cugini, se ne avevano. E dobbiamo farlo subito, potrebbe essere

questione di attimi.»
«Credo non ce ne sia bisogno, commissario» fece Avenatti mentre esaminava l'elenco degli iscritti al corso di sci. «Forse stavolta la fortuna ci dà una mano. Guardi qui: Roberto Cottini… e qui ce n'è un altro, porca miseria: Roberto Ardillo.»
«Se siamo fortunati li troviamo subito sull'elenco telefonico» disse euforico Cavalli mentre afferrava il grosso volume iniziando a sfogliarlo.
«Ecco qua, abbiamo un Cottini Roberto. Chiamalo subito e speriamo bene. Se si tratta di lui e si trova in casa, digli di non uscire per nessun motivo. Poi vai a prenderlo con un paio di uomini e lo porti qua. Se non si tratta di lui, continua a chiamare tutti i Cottini in elenco e chiedi se lo conoscono. Io intanto vedo di trovare anche numero e indirizzo di Roberto Ardillo.»
Sull'elenco telefonico Cavalli trovò solo un paio di Ardillo che chiamò immediatamente e che dichiararono di non avere parenti con quel nome. Il commissario chiamò la Centrale e chiese di verificare se in città o provincia ci fosse qualcuno con quel cognome e di mandargli eventualmente l'indirizzo.
Intanto Avenatti aveva appena concluso la sua telefonata.
«Siamo stati fortunati, era proprio il Roberto Cottini di quel corso di sci. Solo che lui non è mai andato a Roma con le quattro vittime. Anzi ha dichiarato di non ricordare affatto quei nomi. Quindi la persona che rischia di essere uccisa da un momento all'altro è Ardillo Roberto.»
Agosta entrò nell'ufficio del commissario con l'espressione raggiante.
«Capo, hanno chiamato dalla Centrale. A Torino c'è solo un'altra famiglia che di cognome fa Ardillo e abita in

corso Francia, dalle parti di piazza Bernini.»
Cavalli prese il cappotto dall'attaccapanni e si precipitò fuori dal commissariato seguito dai suoi vice.

I signori Ardillo stavano per mettersi a tavola per la cena quando sentirono il campanello della porta suonare con insistenza. Il marito si alzò scocciato da tavola e si avviò verso la porta d'ingresso, mentre la moglie mise via la zuppiera di minestrone, in attesa di verificare di chi si trattasse. Era sicuramente un'ora inconsueta per le visite. La donna pensò che, come al solito, l'anziana vicina non ricordasse quale pillola dovesse prendere prima di cena. Anche la signora Ardillo prendeva tutte le sere le stesse pillole, così la visita serale della vicina per chiedere quale medicina dovesse prendere era ormai diventata una consuetudine. Stavolta però non era certo la voce della sua vicina quella che sentiva all'ingresso, anche perché si trattava chiaramente di una voce maschile. La signora Ardillo decise di raggiungere allora il marito, temendo che si trattasse di qualche scocciatore, tipo venditori di elettrodomestici o di abbonamenti a riviste di vario tipo. Il povero signor Ardillo era una persona molto accondiscendente e sembrava che tutti se ne accorgessero dalla sola espressione del suo viso. Fatto sta che negli ultimi tempi si erano ritrovati in casa batterie di pentole, quadri in argento, frullatori supertecnologici simili ad astronavi spaziali, tutti pagati in comode e interminabili rate mensili. La signora Ardillo non riusciva più a capire a quale compagnia telefonica fossero abbonati, visto che, ogni settimana, suo marito si lasciava convincere a cambiare gestore, allettato dalle vantaggiosissime condizioni per navigare senza limiti su *Internet*. Che cosa fosse poi *In-*

ternet e soprattutto a che servisse, i coniugi Ardillo, entrambi ottantenni, non lo avevano ancora scoperto, ma si sa che le efficienti addette ai *call center* non riescono a rendersi conto dell'età dell'interlocutore e in ogni caso lo ritengono superfluo.
Il commissario Cavalli stava spiegando a un perplesso signor Ardillo i motivi della loro visita senza preavviso. La signora si avvicinò al marito chiedendogli chi fossero quelle persone.
«Dicono di essere della Polizia. Vogliono parlare con tuo figlio.»
«Con nostro figlio, vorrai dire. Roberto è anche figlio tuo, non cercare di fare il furbo.»
«Lasciamo stare questo argomento. Comunque, io me l'aspettavo che sarebbe finita così, prima o poi doveva succedere. Ma gli sta bene a quella testa calda di tuo figlio!»
«Ma che testa calda! Cosa dici? Roberto è una persona buonissima, solo che si fa prendere un po' troppo dall'entusiasmo, è un passionario, si fa trascinare dagli eventi. Quando c'è da impegnarsi per una giusta causa, lui è sempre in prima fila. Pensi che voleva fare l'avvocato...»
«Sì, l'avvocato delle cause perse voleva fare tuo figlio. La deve smettere di occuparsi di politica e deve pensare a fare il suo mestiere.»
Cavalli ascoltava disorientato il battibecco tra i due anziani coniugi, non riuscendo a interromperli. Agosta si rese conto della situazione imbarazzante e si mise in mezzo ai due zittendoli bruscamente.
«Ci deve essere un equivoco» disse l'ispettore. «Noi non siamo venuti ad arrestare vostro figlio. Per quanto ci riguarda non ha commesso nessun reato. Anche se, a sen-

tire la maniera in cui ne parlate, comincio ad avere qualche dubbio.»
«Meno male!» fece sollevata la signora Ardillo. «Meglio così. Il fatto è che da quando si è messo in mezzo a quei comitati *No Tav*, io non sto più tranquilla. Non so cosa gli importi di questa benedetta ferrovia ad alta velocità. È sempre a manifestare, a occupare i cantieri. Un paio di volte si è preso anche qualche spintone dalla polizia, niente di grave, però poteva anche farsi male.»
«Stia tranquilla» disse Cavalli. «Non mi risulta che ci siano stati scontri tra polizia e i *No Tav* in questi giorni. Noi, comunque, avevamo bisogno di parlare con lui per un altro motivo. Lui vive qui con voi?»
«Figuriamoci, sono più di vent'anni che ha lasciato casa nostra, precisamente dall'83.»
«Dal 1983? Ho capito bene, signora. Vostro figlio è andato via da casa vostra proprio in quell'anno.»
«Esatto. Naturalmente ci viene spesso a trovare, ci mancherebbe, è un bravissimo ragazzo, anche se mio marito non la pensa proprio così.»
«Vorrei vedere come avrebbe reagito il commissario al posto mio!» disse il marito cercando di motivare le sue ragioni. «Tutta colpa di quel maledetto viaggio a Roma, io di questo ne sono sicuro.»
Cavalli scambiò uno sguardo d'intesa con i suoi due vice. I signori Ardillo sembravano al corrente di quanto accaduto a loro figlio a Roma in quella primavera.
«Un viaggio a Roma?» chiese interessato Avenatti. «E cosa accadde a vostro figlio in quel viaggio? Perché dice che è tutta colpa di quel viaggio?»
«È quello che vorrei sapere anch'io. Fatto sta che da quella città Roberto è tornato profondamente cambiato.

Era un'altra persona.»
«Ma cosa vuoi che sia successo!» lo interruppe la moglie. «Lo sai benissimo che dobbiamo dire grazie al Papa, a quel sant'uomo di Papa Woytila. Mio figlio andò in visita a San Pietro la sera del giovedì santo di quell'anno e qualcosa avvenne in lui. Io sono sicura che è merito del Santo Padre».
«Merito? Al limite è tutta colpa sua. Insomma, commissario, deve sapere che mio figlio era iscritto al secondo anno di Giurisprudenza. In regola con gli esami e tutti con trenta e lode. Un bravissimo studente. Non ci voleva molto a capire che sarebbe diventato un ottimo avvocato. Anche perché è sempre stato dotato di grandi qualità dialettiche, un grande oratore, uno che può improvvisarti un discorso su due piedi e tenere tutti inchiodati ad ascoltarlo. E invece, dopo quel viaggio…»
«Dopo quello, proprio niente» si intromise la moglie. «Mi sembra che anche adesso nostro figlio faccia dei bellissimi discorsi e tenga inchiodate centinaia di persone ad ascoltarlo. Peccato che tu non sia mai voluto venire in chiesa. Deve sapere che mio marito è ateo, lui non crede in Dio, lui ha fatto le lotte di classe quando era in FIAT, insomma è un comunista. Sa come sono i comunisti, commissario, si vergognano di farsi vedere in chiesa.»
«In chiesa?» chiese Cavalli sempre più confuso dalle parole dei due vecchietti. «Cosa c'entra la chiesa con vostro figlio?»
«C'entra, commissario, eccome se c'entra!» disse rassegnato il signor Ardillo. «Perchè un paio di mesi dopo quel maledetto viaggio a Roma, mio figlio decise di lasciare l'università e prendere i voti, di farsi frate. Disse che voleva fare il missionario e andò via di casa senza darci

spiegazioni.»
«Il missionario?» fece sollevato il commissario. «Quindi sta in missione. Ma non avevate detto che è un attivista *No Tav*!».
«Infatti non è più in missione» spiegò la donna. «Roberto, un paio di anni fa, si è ammalato di epatite ed è stato costretto a rientrare in Italia. Adesso sta in un convento, vicino a Torino. All'inizio ero felicissima, ma adesso, da quando si è messo in testa di fare la guerra allo Stato, mi fa rimpiangere i tempi in cui lo sapevo a fare del bene in Africa».
«Mi diceva che si trova in un convento vicino a Torino. Mi sa dire dove di preciso?»
«Certo, si trova in Val di Susa, è un convento francescano a Villar Focchiardo….»
La signora si interruppe e poi riprese .
«Lo sa che è proprio strano commissario!»
«Cosa le sembra strano, signora?»
«Qualche giorno fa ho dato la stessa notizia a un'altra persona che aveva bisogno di parlare con lui. Nessuno ci ha mai chiesto notizie di lui per anni e adesso nel giro di pochi giorni…»
«Un'altra persona?» chiese allarmato Cavalli. «Ci sapete dire di chi si trattava?»
«Un suo vecchio amico, una persona di fuori. Era di passaggio a Torino e aveva piacere di salutarlo. Gli abbiamo detto dove poteva trovarlo. Chissà se è riuscito a rintracciarlo: poverino, non era molto pratico della zona e abbiamo dovuto spiegargli per filo e per segno come arrivare al convento.»
«O mio Dio!» si lasciò scappare allarmato Agosta. «Per filo e per segno? Speriamo solo che non abbia ancora tro-

vato il convento!».
I coniugi Ardillo guardarono interrogativi l'ispettore Agosta e fecero per chiedergli spiegazioni, ma furono preceduti da Cavalli che li ringraziò per le informazioni e si congedò bruscamente da loro, imitato prontamente dai suoi due colleghi. I due vecchietti li osservarono scendere di corsa le scale e si scambiarono uno sguardo perplesso. Si chiusero poi la porta alle spalle e tornarono al loro minestrone, ormai freddo.

Per la prima volta da quando conosceva Avenatti, il commissario Cavalli non ebbe da ridire sul suo modo di guidare. Non era certo il momento adatto per fargli la paternale e raccomandargli una guida prudente. Era una di quelle situazioni in cui il tempo diventava il fattore determinante. L'auto dei tre poliziotti, seguita da una seconda volante, aveva superato ormai Avigliana e si avviava di gran carriera verso il paese valsusino in cui si trovava il convento. Agosta stava provando per l'ennesima volta a contattare telefonicamente il convento, ma come in tutti i precedenti tentativi, la linea risultava occupata.
«Ma con chi cacchio stanno a parlare 'sti frati?» fece scocciato. «Non hanno niente di meglio da fare che stare incollati al telefono!».
«Probabilmente lo hanno staccato per non farsi disturbare» provò a spiegare Cavalli. «Che ne so… forse sono raccolti in preghiera e non vogliono essere interrotti.»
«Sarà come dice lei commissario» commentò Avenatti. «A me però sembra un brutto segno. Non so perché, ma mi sembra di essere in terribile ritardo.»
«E allora accelera, porca miseria, falla volare questa mac-

china!» urlò il commissario. «Non posso crederci, quell'uomo si stava preparando per il suo ennesimo delitto e noi non lo avevamo messo neanche in preventivo, avevamo già deciso che la catena di delitti si fosse conclusa. Ma come si fa a essere così scemi!»

«Ma che colpa ne abbiamo, commissario?» cercò di tranquillizzarlo Agosta. «Come potevamo immaginare che questo Ardillo avesse raggiunto i suoi amici a Roma in treno, nessuno lo sapeva a parte le quattro vittime che non potevano certo dircelo. Dobbiamo ritenerci fortunati se riusciamo ancora ad arrivare in tempo per salvare quel frate. Di più proprio non potevamo fare».

La macchina guidata da Avenatti non si era ancora fermata davanti all'ingresso del convento che Cavalli ed Agosta avevano già poggiato il piede per terra e con un balzo si erano precipitati fuori dall'auto. Irruppero come delle furie nell'antica costruzione e si precipitarono verso una stanza illuminata. Era la sagrestia. Sulla scrivania c'era il telefono. Cavalli si avvicinò al tavolo, la cornetta era staccata. Il commissario la sollevò e istintivamente la collocò correttamente al suo posto. Poi uscirono dalla stanza andando a sbattere violentemente contro una persona che stava percorrendo di corsa il corridoio. Agosta stava per estrarre la sua pistola e puntarla contro l'uomo steso a terra, ma si bloccò appena realizzò di chi si trattava. Era uno dei frati che dalla cucina aveva sentito il rumore delle due auto della polizia arrivate di gran carriera e si stava precipitando per vedere cosa fosse successo. I due poliziotti aiutarono il malcapitato a rimettersi in piedi e senza fare un minimo di presentazioni, gli chiesero bruscamente dove fosse frate Roberto.

«Chi?» chiese sorpreso il frate. «Non mi sembra che in

convento ci sia un frate Roberto. Da quando sono qua, io non ho mai sentito nominare nessun frate Roberto».

«Senta, fratello, siamo della Polizia» gli disse Cavalli scocciato. «Non faccia il furbo con noi, non è proprio il momento. Io capisco che lei voglia proteggere il suo confratello, ma le assicuro che non siamo qui per arrestare Roberto Ardillo».

«Io sono contento per questo Roberto Ardillo, ma non so proprio chi sia questa persona. Le ripeto che qui non c'è nessuno con quel nome.»

«Porca miseria, a noi non frega niente della *Tav*, lo vuole capire, non siamo qui per arrestare il suo amico per la sua attività nei comitati di protesta.»

«Comitati *No Tav*? Ma allora, voi state cercando don Paolo, adesso è tutto chiaro. Credo che voi sappiate che noi francescani abbiamo l'abitudine di cambiare il nostro nome di battesimo al momento di prendere i voti. Certo che conosco Paolo, solo che in questo momento non è in convento.»

«È uscito?» chiese preoccupato Cavalli. «E non sa mica dove è andato, se ritorna, quando ritorna?».

«Se ritorna in serata, non so proprio dirvelo. Ultimamente si è fermato spesso ad Almese, dove ci sono i presidi anti Tav. Lui e i suoi compagni del comitato si danno il cambio giorno e notte, per evitare che... insomma che i vostri colleghi della polizia li facciano sloggiare per consentire la ripresa dei lavori.»

«Proviamo a chiamare i colleghi che si trovano ad Almese» suggerì Agosta. «Magari riescono a verificare se si trova veramente lì a presidiare.»

«Fallo subito Agosta, chiama la centrale e fatti mettere in comunicazione con i colleghi per...»

Cavalli si interruppe bruscamente e assunse un'aria cupa. Si rivolse nuovamente al frate e si augurò che questi rispondesse negativamente alla domanda che stava per porgli.

«Che lei sappia, è venuto qualcuno a cercare don Paolo in questi giorni?»

«Qualcuno? Sono venute parecchie persone a cercarlo. È molto conosciuto e benvoluto nella zona e sono in tanti che quotidianamente vengono a cercarlo qui in convento.»

«Io non parlavo di persone che vivono qui intorno, di persone conosciute. Volevo sapere se ha chiesto sue notizie un uomo che arrivava da fuori, un tipo sulla cinquantina...»

«Sì, un tipo che risponde alla vostra descrizione è venuto qui oggi, nel tardo pomeriggio. È arrivato a bordo di un furgone bianco. Ha chiesto di don Paolo, credo che volesse confessarsi. Ha aspettato che terminasse le sue attività con i ragazzini in oratorio e poi li ho visti avviarsi per la stradina che costeggia il convento e va verso il bosco. A Paolo non piace ascoltare i fedeli in confessionale, trova la cosa molto fredda. Preferisce che la confessione sia una forma di dialogo aperto, una specie di consulto da uno psicologo e che magari si svolga passeggiando in maniera rilassata. È un tipo originale, su questo non ci piove.»

«E lo ha visto rientrare dopo quella passeggiata?»

«A pensarci bene, non mi sembra proprio, ma ero occupato e non mi sarei accorto del suo rientro. Potrebbe benissimo essere rientrato e poi uscito nuovamente.»

«E il furgone? Ha visto quando è andato via quell'uomo a bordo del furgone?»

«No, devo confessarle che anche in questo caso non ricordo di aver visto partire il furgone. Non sono più uscito dal convento dopo che Paolo e quell'uomo si sono avviati verso il bosco.»

«Porca puttana!» si lasciò scappare Cavalli, davanti all'imbarazzatissimo frate. «Agosta, lascia stare quelli di Almese, piuttosto fai venire qui altri uomini, fai portare tutte le lampade alogene di cui disponiamo. Voglio che quel bosco sia illuminato a giorno, dobbiamo setacciarlo palmo a palmo e speriamo… che non sia tutto inutile».

Il commissario Cavalli non riuscì a nascondere il suo disappunto ai colleghi. Nessuno trovò il coraggio di commentare la tragica situazione che si era creata. Erano arrivati tardi. Sarebbero bastate poche ore e forse sarebbero riusciti a salvare la vita di Roberto Ardillo. Forse sarebbe bastato che Avenatti avesse risposto alla chiamata della signora Di Narni al primo tentativo della donna. Probabilmente su quell'aereo era anche l'unico ad aver spento il cellulare, ma lui era fatto così, era sempre stato un tipo che si atteneva alle disposizioni, qualsiasi esse fossero. Forse lo avrebbero salvato, ma si sa che con i forse e con i se non si va da nessuna parte e ormai non era più il momento di abbandonarsi a ipotesi e congetture. Ormai c'erano solo drammatiche certezze. Nient'altro.

Don Paolo non riusciva proprio a riposare come avrebbe voluto, sentiva un freddo terribile, aveva i brividi. Era abituato a sopportare il freddo, non per niente era un frate francescano, ma questa volta sembrava proprio che il saio non bastasse a proteggerlo. Iniziò ad agitarsi, non riusciva a dormire serenamente, quel senso di gelo lo disturbava. A quella sensazione sgradevole si andava ad aggiungere quel terribile sogno: si trova a pochi metri dal bosco e sta chiedendo a uno sconosciuto notizie sugli occupanti di un'auto che aveva causato la morte di sua moglie. L'uomo continua a guardarlo fisso negli occhi senza rispondergli. E lui insiste, lo incalza con le sue domande. Vuol sapere chi c'era a bordo di quell'auto, una o più persone? Gli chiede quando e dove è avvenuto quell'incidente. E alla fine quell'uomo inizia a parlare, inizia a dargli le risposte che lui però già conosce, gli fornisce le conferme che lui si aspetta. Gli dice che non è venuto a cercarlo per confessarsi, ma per chiudere un conto aperto con lui ventitré anni prima, in una umida serata romana. Non è venuto a cercarlo per salvarsi l'anima, ma per finire di dannarsela.

Don Paolo continuava a sentire sempre più freddo, aveva l'impressione che gli si gelasse il sangue. Nelle settimane precedenti aveva letto gli articoli dei giornali sugli omicidi Latorre, Bonelli e Audisio. Aveva poi appreso che l'assassino dei suoi tre vecchi amici era il marito di Giorgia, mosso dalla gelosia. Della morte di Tardini non ne sapeva nulla, negli ultimi giorni era stato troppo occupato e le uniche notizie a cui aveva dato importanza erano quelle che gli interessavano e soprattutto che lo riguar-

davano. Da qualche giorno erano infatti riprese le attività dei comitati *NO TAV*, che si battevano con tutti i mezzi per impedire il passaggio della ferrovia ad alta velocità dalla Val di Susa: il frate si era reso protagonista di gesti che avevano suscitato viva impressione tra l'opinione pubblica oltre a qualche lettera di richiamo da parte della Curia.
Avrebbe voluto scappare da quel freddo, da quel sogno terribile, ma non riusciva a muoversi e il sogno si faceva sempre più inquietante. Vedeva quell'uomo estrarre dalla tasca del giaccone una pistola e puntargliela contro. Voleva fuggire, ma se lo avesse fatto, gli avrebbe sicuramente sparato e il botto avrebbe richiamato qualcuno dei suoi confratelli o qualche passante. Avrebbe potuto sparare anche a loro. Era troppo rischioso. L'uomo lo spingeva con la canna della pistola costringendolo a dirigersi verso un furgone bianco: poi un gran dolore alla testa, fortissimo, improvviso e di nuovo quel freddo, intenso, penetrante che gli impediva di dormire.
Si svegliò urlando per il terrore e fece per scendere dal letto, ma il suo corpo sembrava rifiutarsi di obbedire al disperato comando dettato dall'istinto di sopravvivenza. Si guardò intorno, non era nella cella del suo convento o nella tenda canadese del presidio di Almese. Quella che vedeva sulla sua testa sembrava la copertura di un capannone industriale. Si guardò intorno per confermare la sua ipotesi. Il capannone era illuminato debolmente da un paio di faretti e sembrava che non ci fosse nessuno. Provò nuovamente ad alzarsi e capì solo allora che qualcosa gli stringeva i polsi e le caviglie. In preda allo sgomento si accorse di essere in mutande, senza il suo saio, legato mani e piedi a due travi metalliche disposte come a for-

mare una croce. Nel capannone l'aria era gelida, doveva essere in disuso da parecchio tempo. Non ci volle molto a don Paolo per capire che l'uomo del suo incubo esisteva realmente e lo aveva portato in quel luogo per ucciderlo, così come aveva fatto con gli altri suoi vecchi amici. Non riusciva però a spiegarsi perché non lo avesse già fatto. Perché lo aveva legato a quel modo? Gli vennero in mente i particolari agghiaccianti della morte di tre dei suoi quattro compagni di quel maledetto viaggio e realizzò immediatamente che a quell'uomo non era sufficiente la sua morte. Ebbe chiara l'impressione che lui cercasse piuttosto la sua sofferenza, la sua disperazione. Voleva vederlo morire col dolore dipinto sul volto, solo così quell'uomo si sarebbe sentito appagato.
Il freddo si faceva sempre più insopportabile, iniziò a urlare con tutta la forza che aveva. Urlò due, tre volte e poi ancora, ma l'unico effetto che ottenne fu di vedere il suo fiato condensarsi in goccioline che gli scendevano sul viso, illuminate in trasparenza dalla luce dei fari. Uno dei due fari si oscurò improvvisamente. Don Paolo si voltò per capire cosa fosse accaduto e vide la sagoma scura di un uomo in controluce avvicinarsi e farsi sempre più grande. L'uomo si era fermato a pochi metri da lui e lo guardava inespressivo. Don Paolo urlò nuovamente, lo supplicò di liberarlo. Gli chiese perché non lo avesse ucciso subito, sparandogli davanti al convento.
«E perché mai? Perché avrei dovuto rischiare di dover uccidere altre persone? A me non interessa versare altro sangue che il suo, non certo quello di persone innocenti.»
«Innocenti? E non erano forse innocenti anche le persone che hai ucciso senza pietà? Cosa c'entravano loro con la morte di tua moglie?» urlò disperato don Paolo. «La mac-

china era di Latorre, ma quella sera al volante c'ero io.» Si bloccò mentre delle lacrime iniziavano a rigargli il volto. Guardò l'uomo e, con un tono di voce improvvisamente calmo, riprese il suo racconto: «Quella sera avevo bevuto un po' troppo. Ero felice perché avevo superato un altro esame universitario il giorno prima. Avevo raggiunto i miei amici a Roma quella mattina ed ero su di giri. Loro non c'entravano niente con la morte di tua moglie: io sono l'unico colpevole di quella tragedia. Io guidavo quell'auto. Non puoi sapere cosa ho provato, la mattina dopo, quando sul giornale ho letto che era morta, il tormento a cui non sono riuscito a dare pace per lunghi, interminabili giorni. È per questo che ho rinunciato ai miei sogni, ai miei progetti e ho deciso di prendere i voti, pensando che la giusta punizione sarebbe stata l'annientamento della mia persona nel mettermi al servizio esclusivo degli altri. In questi venti anni ho cercato di essere utile a chi aveva bisogno, in qualsiasi modo, senza pensare ad altro, rinunciando a tutto ciò che farebbe la felicità di qualsiasi essere umano».

«E questa lei me la chiama una punizione? Credo che lei abbia fatto solo quello che qualunque essere umano dovrebbe sentire il bisogno di fare. Lei ha avuto la presunzione di giudicarsi da solo e di assolvere i suoi compagni. No, caro don Paolo, non spettava a lei trovare la giusta punizione alla sua colpa e a quella dei suoi amici, era compito di un giudice: questo lei lo sa bene. I suoi compagni erano colpevoli quanto lei, lo erano dal momento in cui, insieme a lei, non si sono fermati a prestare soccorso a due persone stese sull'asfalto, prive di sensi, probabilmente in fin di vita, ma che forse avrebbero potuto ancora salvarsi, se soccorse immediatamente. Voi, in qualche modo, siete riusciti a vivere la vostra vita, seppure trascinandovi dietro qualche rimorso. Io non ho avuto questa opportunità e tantomeno l'ha avuta mia moglie e soprattutto non l'ha avuta mio figlio. Lei non ha proprio espiato alcuna colpa mettendosi al servizio degli altri. Ha solo evitato il giudizio degli uomini. Non potrà però evitare il giudizio della mia anima tormentata. E per quello che lei ha fatto, il verdetto l'ho già emesso da tempo.»

«Ma come fai a pensare che tua moglie, che tuo figlio avrebbero voluto questo? Avrebbero desiderato che tu ti trasformassi in uno spietato assassino per rendere loro giustizia? Rispondimi, se puoi. Dimmi che è così, se lo pensi veramente. Uccidimi pure, se questo può servire a spegnere il demone che brucia la tua anima, ma ricordati che il fuoco che ti avvolge da dentro non si spegne versandoci sopra del sangue. In questo modo l'unico effetto che hai ottenuto è stato di alimentarlo per sempre.»

«E lei crede che non abbia già provato in mille modi a spegnere questo fuoco maledetto? Sono arrivato ad annientare per anni la mia esistenza nel tentativo di rasserenarmi, ma non ci sono riuscito. La sola cosa che ho ottenuto è stata di spappolarmi il cervello, di non capire più che diavolo ci stessi a fare su questa terra. E l'unica soluzione che sono riuscito a trovare è quella che lei conosce bene: uccidere lei e i suoi amici, vedere scorrere il vostro maledettissimo sangue. È solo questo che riesce a rendermi sereno e con la sua morte sarà tutto finito. Lei e i suoi amici non sarete più al centro dei miei pensieri, giorno e notte, senza darmi mai tregua. Sparirete per sempre dalla mia vita. Adesso però i miei occhi vogliono vedere il cemento di questo posto tingersi del rosso del suo

sangue, così come hanno visto l'asfalto umido di quella strada rigato dal sangue di mia moglie. Voglio osservare il suo volto mentre si spegne lentamente, così come ho visto gli occhi di mia moglie chiudersi per l'ultima volta mentre mi guardavano disperati, supplicandomi di impedire alla morte di impadronirsi di lei e del nostro bambino. E io ero lì, steso a terra, semincosciente, che non riuscivo a muovermi, che non potevo far nulla per impedire che me la portassero via per sempre. Riuscivo solo a osservarla, senza poter fare altro e l'ho vista andarsene col volto immerso nel suo sangue. E guardavo anche voi, chiusi nella vostra maledetta auto; aspettavo che apriste gli sportelli per precipitarvi a soccorrere la mia povera Laura. Invece no, siete scappati via... come se non ci aveste visti, come se aveste appena messo sotto un gatto. Prima di perdere i sensi sono riuscito a leggere il numero di targa. Quel numero è come se me lo avessero impresso nell'anima col fuoco, per sempre, in eterno. È rimasto per anni nascosto e ben custodito, finché un giorno, d'improvviso, la mia anima me lo ha restituito. Dopo avere atteso per vent'anni, dopo avervi dato tutto il tempo che volevate perché foste voi a decidere come pagare per quello che avevate fatto. È stata la mia anima a darmi il via affinché rimediassi io alla vostra vigliaccheria.»
«Tu sei solo pazzo!» disse rassegnato don Paolo. «Sei solo un povero pazzo e io non credo di essere in grado di far nulla per aiutarti a vincere la tua follia.»
L'uomo si allontanò dal frate senza neanche degnarlo di uno sguardo, per tornare pochi minuti dopo con in mano un trapano elettrico portatile e un sacchetto pieno di dadi e bulloni. Don Paolo gli chiese più volte cosa avesse intenzione di fare, l'uomo sembrava non sentirlo neanche,

preso com'era dalla sua *trance* omicida. S'inginocchiò davanti al suo braccio destro, imbracciò il trapano con entrambe le mani e poggiò la punta sul polso facendo forza col peso del suo corpo. L'indice sfiorò il tasto d'avvio e la punta iniziò a roteare penetrando rapidamente nella carne. Don Paolo provò un dolore intensissimo, sentì come una scossa che dal polso si propagava lungo i nervi per tutto il corpo. Avrebbe voluto urlare, ma la voce gli si era bloccata in gola. L'uomo estrasse la punta del trapano e infilò un robusto bullone nel polso forato, facendolo poi passare per un altro foro che aveva già preparato nella trave d'acciaio. Ci avvitò sopra il dado, stringendo più che poteva. Poi si alzò, scavalcò il corpo del frate e si inginocchiò davanti all'altro braccio. Il volto di don Paolo era ormai una maschera di dolore, completamente madido di sudore. Con gli occhi pieni di lacrime continuava a osservare quello che stava facendo il suo assassino. Lo vide puntare nuovamente il trapano sull'altro polso e poi un'altra scossa per tutto il corpo, ancora più forte della prima. La vista gli si annebbiò e gli sembrò che tutto sparisse davanti ai suoi occhi. Anche il dolore sembrò improvvisamente farsi meno intenso.
L'uomo osservò il frate che abbandonava la testa di lato, perdendo i sensi. La cosa non gli fece alcun effetto e continuò la sua opera. Serrò anche quel bullone e poi, dopo essersi asciugato con uno straccio le mani lorde del sangue del frate, si spostò all'altra estremità della croce d'acciaio per fissare allo stesso modo le caviglie.

Manuela compose per l'ennesima volta il numero del telefono di casa di Guido. Avrebbe potuto chiamarlo sul cellulare, ma non voleva metterlo in imbarazzo davanti

ai suoi colleghi e soprattutto al suo capo. Guido le aveva assicurato che sarebbe rientrato a casa dopo aver fatto un salto in ufficio; era ormai quasi mezzanotte e Guido non era ancora rientrato. Manuela iniziava a pensare che avesse mentito e che in realtà fosse poi uscito con gli amici o, ancor peggio, con qualche amica. Il dubbio si rafforzava sempre più al passare delle ore, ingigantendo a dismisura la sua proverbiale gelosia. Avrebbe atteso che il telefono squillasse ancora un paio di volte e poi lo avrebbe chiamato sul cellulare.
«Pronto!» urlò affannato all'altro capo del telefono Avenatti. «Chi diavolo è a quest'ora?»
«Ma che modi garbati, tesoro mio. Sono io, Manuela. Scusami tanto per l'ora tarda, è solo da un paio d'ore che provo a chiamarti! Dove diavolo eri finito? Iniziavo quasi a preoccuparmi.»
«A preoccuparti? Ma cosa dici? Ricordati che sono sempre un poliziotto e che so badare a me stesso.»
«Ma no… adesso non fraintendermi» balbettò imbarazzata la ragazza. «Intendevo solo dire che… insomma… iniziavo a pensare che tu…»
«Che io cosa? Lasciami indovinare, scommetto che avrai pensato che dopo averti salutato fossi corso tra le braccia di qualche dolce pulzella! Ammettilo, hai pensato questo?»
«Ma figurati! Sai benissimo che non sono gelosa. Volevo solo sentirti e il fatto che non fossi a casa mi ha dato fastidio, ma solo un po'. Tutto qui.»
«Lasciamo perdere, non occorre che ti giustifichi di niente. Comunque, se proprio vuoi saperlo, io sono rimasto con Cavalli tutta la sera, in giro per Torino e provincia alla ricerca di qualche traccia che ci portasse al

nostro uomo.»
«Capisco… e come è andata? C'è qualcosa di nuovo?»
«Direi proprio di sì. Devi sapere che, appena arrivato in commissariato, mi ha telefonato la signora Di Narni per…»
«Ah, ci avrei scommesso! Non ha certo perso tempo la nostra bella signora. Che razza di svergognata! Ma perché non pensa a suo marito invece di occuparsi di quelli delle altre.»
«Mariti delle altre? E di chi sarei il marito io?»
«Mio… cioè, non proprio marito, ma quasi… stiamo insieme o no?»
«Certo che stiamo insieme, ma non è che questo mi possa impedire di ricevere telefonate da altre donne, soprattutto quando si tratta di chiamate di lavoro.»
«Lavoro? Scusami, non pensavo… ma se ci avevi appena parlato con quella donna. Che altro aveva da dirti?»
«Sapessi! Pensa che si era improvvisamente ricordata di un particolare che non mi aveva raccontato durante la nostra visita a casa sua. Sembra che in quei giorni a Roma, insieme a Tardini e agli altri tre, ci fosse una quinta persona, che li aveva raggiunti successivamente in treno e questo vuol dire che…»
«Che anche questa persona corre il rischio di essere uccisa. Porca puzzola che casino! E siete riusciti a individuare questa persona? L'avete avvisata? Insomma siete riusciti a salvarle la vita?»
«Bella domanda! Siamo riusciti a individuarlo, ma non a rintracciarlo. Sembra sparito nel nulla. Non si hanno più notizie dal tardo pomeriggio di oggi. Lo stiamo cercando dappertutto, ma finora inutilmente. E purtroppo la cosa non lascia presupporre nulla di buono. Temo che le vit-

time di quel folle siano ormai diventate cinque.»
«È terribile! Di chi si tratta?»
«Questo non te lo posso dire, ma se le cose sono andate come penso, credo che verrai a sapere il suo nome quanto prima dall'Ufficio Stampa della Questura.»
«Questo vuol dire che anche per stavolta niente *scoop*» disse sconfortata Manuela.
«E ci mancherebbe! Mi raccomando, non dire nulla di quello che ti ho appena raccontato! Comunque, stai tranquilla. Il tuo *scoop* è solo rinviato, devi solo aver pazienza. Io comunque mi faccio sempre più convinto che quello che ti importa di me è solo il mio lavoro. Ho come il vago sospetto che tu mi stia usando per i tuoi comodi.»
«Sai benissimo che non è così e se vuoi te lo dimostro.»
«E come faresti a dimostrarmelo, se posso chiedere.»
«Fatti una doccia e aspettami, sarò a casa tua in un quarto d'ora. Non mi va di passare la notte da sola.»
Avenatti riattaccò con un mezzo sorriso sulle labbra. Se Manuela gli avesse detto le stesse parole solo qualche ora prima, le avrebbe risposto che non era il momento e che aveva assolutamente bisogno di riposare. Gli avvenimenti della serata però lo avevano caricato di adrenalina e la stanchezza era svanita nel nulla. In quelle condizioni non sarebbe riuscito a prendere sonno, neanche se si fosse imbottito di barbiturici.

L'uomo aveva fissato un cavo di acciaio a un anello messo in testa alla croce metallica. Il cavo passava per un sistema di carrucole fissate a una delle travi del soffitto per poi avvolgersi sul tamburo di un arganello manuale. L'uomo prese un tubo d'acciaio, lo infilò sulla manovella dell'argano come prolunga e iniziò a riavvolgerlo. La

croce iniziò a strisciare sul pavimento polveroso: dopo pochi metri la parte superiore della croce iniziò a sollevarsi da terra. In pochi secondi la macabra struttura metallica si trovò a ondeggiare a mezz'aria. Il corpo di don Paolo si staccò dalla croce restando appeso per i polsi e le caviglie. Il brusco riacutizzarsi del dolore ebbe l'effetto di risvegliare il frate che, nonostante il profondo intontimento, non impiegò molto a capire cosa gli stesse succedendo. Raccogliendo tutte le forze rimaste, cercò di tirarsi su il più possibile spingendo con le gambe, facendo leva su una piccola traversina che il suo assassino aveva fissato proprio sotto i suoi piedi. Intanto l'uomo, dopo aver messo il fermo all'argano, si era avvicinato alla croce e la stava bloccando, fissandola a un pilastro con una catena. Don Paolo lo guardava dall'alto cercando di scorgere nello sguardo di quel folle un mutamento di espressione che gli permettesse di sperare che l'incubo potesse finire in qualche modo. Le dolorosissime fitte ai polsi e alle caviglie non gli lasciavano però dubbi a proposito.
Rosoni si allontanò dalla croce dirigendosi verso il pilastro opposto. Si sedette con lo sguardo fisso alla croce. L'agonia del povero frate sarebbe stata lenta e poteva durare anche parecchie ore. Lui non aveva però alcuna fretta. La sua missione era ormai alla fine e aveva tutto il tempo per godersi lo spettacolo. Sapeva bene che la morte sarebbe sopravvenuta per asfissia o per collasso cardiocircolatorio da stress. Per respirare, la sua vittima doveva fare leva sulle gambe; quando non ce l'avrebbe più fatta, sarebbe rimasta penzoloni sulle braccia, non riuscendo a respirare. Tutti quei movimenti dolorosissimi avrebbero portato al cedimento del cuore.

Il suo corpo era ormai totalmente rosso di sangue che cadeva gocciolando sul pavimento, dove aveva ormai formato una pozza destinata ad allargarsi, per il truce compiacimento del suo assassino. Don Paolo non riusciva più neanche a pensare, il dolore era atroce. Tutto avrebbe immaginato, quando aveva deciso di seguire l'esempio di Gesù Cristo, ma non certo di arrivare fino a quel punto.

Avenatti chiuse il gas e sollevò la caffettiera. Si sedette al tavolo della cucina e si versò una tazza di caffè. Il colore prometteva bene. Si era impegnato a riempire il filtro più che poteva, nella speranza di ottenere il caffè più forte mai preparato al mondo. Non era riuscito a dormire come si deve e adesso si ritrovava ad affrontare mezzo assonnato una giornata che si prospettava per nulla riposante. Manuela gli si avvicinò alle spalle cercando di non farsi sentire, anche se in realtà il povero Avenatti era in condizioni tali che non avrebbe sentito avvicinarsi neanche un elefante. Lo abbracciò teneramente e lo baciò sui capelli. Lui si abbandonò appoggiando il suo viso sulla pelle morbida del suo seno, poi la cinse per la vita e la fece sedere sulle sue gambe. Manuela lo baciò nuovamente sulle labbra e poi, dopo aver versato un cucchiaino di zucchero nel caffè fumante, ne mandò giù un primo sorso.
«Puah! Ma cos'è? Veleno! Cosa diavolo ci hai messo qui dentro? Altro che un cucchiaino di zucchero, qui bisogna versarci dentro l'intera zuccheriera!»
«A parte il fatto che quella era la mia tazzina di caffè e quindi non vedo cosa hai da criticare. Cosa avrei dovuto fare, secondo te? Non ho chiuso occhio per tutta la notte. Ho un sonno che mi sta uccidendo. E poi, se avessi avuto un attimo di pazienza, avrei rifatto il caffè in maniera più umana e te ne avrei portato una tazza a letto.»
«Mamma che lusso! Devo dire che ho fatto proprio bene a trasferirmi a casa tua. Spero solo che queste premure non si esauriscano dopo la prima settimana di convivenza.»
«Su questo non garantisco nulla. La mia fase galante po-

trebbe durare anche meno.»
«Faccio finta di non aver sentito. Piuttosto, come sarebbe a dire che non hai dormito. Ieri sera mi hai detto che eri morto di sonno e che per stanotte non c'era spazio per certe cose e adesso mi dici che non hai dormito per niente. Non è che mi nascondi qualcosa? Forse non ti piaccio?»
«Ma che dici? Tu mi piaci e anche troppo, per i miei gusti. Vorrei vedere te al mio posto, col pensiero di quell'assassino che sta facendo a pezzi un frate, nascosto chissà dove.»
Manuela si fece attenta alle parole di Guido, si alzò e si diresse verso il lavandino per lavare la caffettiera e prepararsi un caffè che fosse bevibile.
«Quindi si tratta di un frate. La sua ultima vittima è un religioso. Se, come mi avevi accennato, per i suoi folli omicidi si ispira al mondo romano, anche in questo caso potrebbe aver fatto lo stesso.»
«Infatti, è proprio quello a cui ho pensato per tutta la notte. Solo che di cristiani fatti fuori dai Romani ce ne sono a centinaia e nelle maniere più disparate.»
«Questo è vero, ma se come mi dicevi, quell'uomo si è firmato Nerone, forse bisognerebbe pensare a quello che l'imperatore fece ai primi cristiani a Roma. Credo che li mandasse a morire nel circo sbranati dai leoni .»
«Leoni? Potresti anche aver ragione. Tra l'altro mi sembrerebbe una fine abbastanza sanguinaria e teatrale da soddisfare i macabri gusti di quel pazzo. Solo che mi sembra poco credibile che si sia procurato un leone, siamo a Torino mica nella Savana.»
«Io non ho detto che quell'uomo possieda un leone, però non è poi così difficile rintracciare un leone anche in città,

soprattutto in questo periodo: al parco della Pellerina, da un paio di settimane, c'è un circo, ed è anche abbastanza grande. Non vorrei dire una stupidaggine, ma qualche belva feroce ce la dovrebbero avere.»
«Le bestie del circo? Proprio come ai tempi di Nerone! È un'ipotesi valida, su questo non ci piove. Chiamo subito il commissariato e faccio mandare una pattuglia a dare un'occhiata.»
«Lo vedi che se mi racconti qualcosa delle tue indagini conviene anche a te!»
Avenatti la guardò severamente e mandò giù l'ultimo sorso del suo caffè.
«Stai tranquillo!» lo rassicurò Manuela. «Niente articolo. Altrimenti il tuo capo ti fa il "culo", lo so benissimo e io ci tengo alla tua integrità fisica, in particolare di certe parti anatomiche.»
Lo baciò nuovamente, con l'unico intento di fargli capire cosa si fosse perso quella notte e poi si avviò verso il bagno. Erano quasi le 7,30 e il suo capo redattore l'aspettava al giornale per le 9,00.

Il commissario Cavalli scese dall'auto di Agosta che, come tutte le mattine, era passato a prenderlo sotto casa. Davanti al portone d'ingresso del commissariato lo aspettava il professor Rossello, intento a leggere *La Stampa*.
«Buongiorno professore, ci sono notizie importanti?»
«Salve commissario, niente di particolare, a parte i soliti litigi fra politici e le polemiche sul Festival di Sanremo. E poi, io sono venuto qui perché sembrerebbe che sia lei che deve darmi delle notizie importanti… o sbaglio.»
«Sì, ha perfettamente ragione. Mi scusi se le ho telefonato alle sette del mattino, però avevo bisogno di confrontarmi

con lei su certe cose. Purtroppo ci sono degli sviluppi inattesi nelle indagini e forse lei potrebbe darci una mano a imbroccare la strada giusta.»

Il professor Rossello seguì Cavalli nel suo ufficio. Il commissario lo informò immediatamente della sparizione del frate dal convento di Villar Focchiardo, provocando la reazione sorpresa di Rossello.

«Una quinta vittima? Io avevo capito che con il quarto omicidio il piano criminale di quel pazzo si fosse concluso, anche perché…»

«Anche perché sembrava che con la lettera O avesse finito di apporre la sua firma sulla serie di omicidi. A quanto pare ci siamo sbagliati, probabilmente il nostro assassino non conosce il latino oppure, cosa molto più probabile, non aveva alcuna intenzione di firmarsi con la forma latina del nome dell'imperatore, cioè Nero. Purtroppo temo non ci siano dubbi sul fatto che quell'uomo voglia aggiungere ancora qualche lettera alla sua firma prima di considerare completato il suo progetto omicida.»

I due furono immediatamente raggiunti dall'ispettore Agosta e da Avenatti, arrivato in commissariato qualche minuto prima. Il giovane ispettore mise al corrente il suo capo sull'invio di una volante al circo e sul ragionamento che lo aveva portato a quella decisione. Il commissario lo ascoltava curioso di conoscere gli sviluppi di quell'iniziativa e non riuscì a nascondere la sua soddisfazione quando il suo vice lo informò che la visita della volante si era però rivelata inutile: le quattro vecchie tigri, ospiti del circo, dormivano beatamente e non sembrava proprio che avessero sbranato qualcuno durante la notte. Il commissario guardò il professore come se richiedesse una conferma della bontà del ragionamento di Avenatti.

«Devo dire che l'ispettore non ha avuto tutti i torti a pensare ai martiri cristiani: considerato che la presunta vittima è un religioso, si può pensare che l'assassino gli abbia riservato una morte che ricordi quella dei primi cristiani. È anche vero però che, nei casi precedenti, il nostro uomo si è ispirato a episodi particolari, a personaggi famosi e niente esclude che anche in questo caso abbia fatto lo stesso. Io credo che bisogna prestare attenzione soprattutto a qualcosa che caratterizzi la vita e la personalità del frate, non necessariamente collegata alla sua attività religiosa.»

«Benissimo professore!» gli disse Cavalli. «Io le lascio queste carte. C'è scritto tutto quello che il frate ha fatto negli ultimi anni, veda se riesce a tirar fuori qualcosa di interessante. Se le porti pure a casa e mi chiami quando è arrivato a una conclusione plausibile. Adesso devo lasciarla, dobbiamo ascoltare dei testimoni.»

Porse la mano al professore, poi, rivolgendosi al suo vice Agosta, aggiunse: «Accompagna il professore all'uscita e poi raggiungici subito».

Avenatti e il suo capo si spostarono nell'ufficio a fianco dove, insieme al giudice Colajanni, li aspettava il signor Grella, l'uomo che aveva assunto Rosoni presso la sua officina, al suo arrivo a Torino. Sul tavolo c'erano le foto della scena dell'omicidio Tardini, scattate da uno dei testimoni. Cavalli salutò con poco entusiasmo il dottor Colajanni, poi prese le foto, le sfogliò e le porse all'uomo chiedendogli se riconosceva tra le persone che vi erano raffigurate il volto di Rosoni. Grella osservò attentamente le foto una a una.

«In questa si vede un furgone bianco: sembra proprio

quello che aveva affittato Rosoni.»
«Sì, lo avevamo notato anche noi, abbiamo già rilevato il numero di targa. Vada avanti, a me interessa capire se riconosce Rosoni.»
L'uomo riprese a osservare le foto e si bloccò sulla penultima.
«È lui, non ci sono dubbi. Rosoni è quello lì, lo vede? Proprio quello che osserva la scena vicino all'albero.»
Avenatti prese la foto e osservò la persona indicata dal signor Grella.
«Guardi commissario, Rosoni si trova nel punto esatto in cui è stata ritrovata la cartolina.»
Avenatti passò la foto a Cavalli che si fece consegnare anche le altre per porgerle a Colajanni.
«In quest'altra foto lo si vede mentre si avvia verso il furgone» commentò il commissario. «Adesso, se non altro, abbiamo anche un volto da mostrare in giro. Avenatti, fai fare degli ingrandimenti di questa foto e falli distribuire a tutte le volanti. Fai verificare se lo hanno visto in giro dalle parti di Villar Focchiardo. Falla avere anche ai giornalisti, chiedi loro di mostrarla quanto prima durante i telegiornali e su *Internet*, dando il massimo risalto alla cosa. Prima però fai entrare gli altri testimoni e mostriamo la foto anche a loro.»
Cavalli congedò il signor Grella e si mise a sedere dietro la sua scrivania. Iniziava ed essere seriamente preoccupato sulla sorte del frate. Le ricerche erano andate avanti per tutta la notte, nelle campagne intorno a Villar Focchiardo, ma senza alcun risultato. Erano ormai passate più di dodici ore dalla sparizione di don Paolo e le probabilità di ritrovarlo in vita erano veramente minime. Cavalli si sentiva sgradevolmente inutile. Un uomo avrebbe

potuto essere salvato se solo si fossero mossi qualche ora prima. La cosa non gli andava giù, si sentiva in obbligo di fare l'impossibile, ma aveva la sgradevole sensazione di non essere stato all'altezza della situazione, di non essere stato in grado di fare tutto quello che andava fatto per risolvere nel migliore dei modi quella delicatissima situazione.

La signora Maria, la segretaria dell'avvocato Bonelli, osservò la foto mostratale dal dottor Colajanni. Fece per dire qualcosa, ma si bloccò. Iniziò a mordersi nervosamente le labbra, poi riconsegnò la foto all'ispettore con l'indice puntato sul volto di Rosoni.

«Quest'uomo io l'ho già visto. Non ne sono sicura al cento per cento… la sera dell'omicidio di Bonelli, io ho incontrato un uomo che mi sembra fosse proprio quello della foto.»

«E dove lo avrebbe incontrato?» chiese Cavalli col tono di chi si aspettava di sentire quelle parole.

«Era sul treno delle sette e mezza che da Pinerolo va a Torino, quello che io ho preso la sera dell'omicidio dell'avvocato per tornare a casa, dopo aver perso quello precedente. Mi è passato a fianco e poi si è andato a sedere qualche sedile più in là. Lo ricordo perché lo avevo notato. Quell'uomo aveva in spalla uno zainetto, uno di quelli che usano gli studenti. Mi aveva incuriosito il fatto che un uomo che mostrava una cinquantina d'anni, vestito in maniera abbastanza classica, se ne andasse in giro con uno zainetto da ragazzino in spalla.»

La signora Maria osservò nuovamente la foto e confermò di riconoscere in quella foto l'uomo che la sera dell'omicidio del suo capo aveva notato sul treno delle 19,30.

Avenatti l'accompagnò fuori dall'ufficio e fece entrare il marito della signora Audisio, Marco Genovese.
Anche lui riconobbe il volto di Rosoni, seppure con qualche incertezza.
«Mi sembra di aver incrociato quest'uomo mentre tornavo dalla pizzeria, a pochi metri dal portone di casa. Ci siamo quasi urtati. Io andavo di fretta per non far freddare le pizze e anche lui andava quasi di corsa.»
«E ci credo che andasse di corsa!» fece il giudice Colajanni. «Quest'uomo aveva appena ucciso sua moglie».
Genovese divenne pallido e si fece sfuggire la foto dalle mani. Avenatti la raccolse e la poggiò sul tavolo.
«Ricorda se quell'uomo avesse con sé uno zainetto?» chiese poi Cavalli.
«Uno zainetto? Sì, proprio così, se non ricordo male, quando ci siamo incrociati, stava cercando di infilarsi sulle spalle uno zainetto.»
Cavalli ringraziò Marco Genovese e lo invitò a tornare a casa. L'uomo si avviò alla porta rivolgendo un ultimo sguardo interrogativo al commissario che, allargando le braccia, gli ribadì che l'uomo della foto era sicuramente l'assassino di Giorgia Audisio.

«Commissario!» disse Agosta entrando nell'ufficio di Cavalli. «Hanno trovato la pensione dove ha soggiornato Rosoni in questi ultimi giorni, dopo aver lasciato l'appartamento in affitto. Aveva ragione lei, si trova proprio poco distante dall'appartamento di Latorre, in largo Orbassano. La proprietaria ha confermato che l'uomo si è presentato da lei esattamente quel mercoledì sera. Ha lasciato la camera ieri mattina, pagando il conto e portandosi via tutta la sua roba».

«Non è che aver ragione anche in questo caso mi renda particolarmente felice. Siamo nuovamente arrivati in ritardo. Colajanni mi ha già fatto l'ennesimo cazziatone e se n'è andato sbattendo la porta, dandomi come al solito dell'incapace. Porca puttana, ma chi cazzo ce lo ha mandato qui a Torino. Non poteva restarsene a Palermo, così magari qualcuno pensava bene di toglierselo dalle balle…»
«Commissario, cosa dice?» lo interruppe Agosta. «Certe cose è meglio limitarsi a pensarle solamente».
«Hai ragione Agosta, ma sono troppo incazzato. In ogni caso, manda qualcuno della *Scientifica* in questa pensione, non si sa mai che il nostro uomo abbia lasciato una qualsiasi traccia, anche minima. A questo punto anche il più insignificante particolare potrebbe diventare di fondamentale importanza.»
«Già fatto, commissario, ho già provveduto a…»
Agosta non riuscì a terminare la frase, interrotto da Avenatti che si era letteralmente precipitato dentro l'ufficio del commissario con aria trionfante.
«Lo hanno trovato!» urlò l'ispettore. «Hanno trovato il furgone bianco. Si trova parcheggiato all'interno del cortile di un capannone industriale in disuso, poco fuori Avigliana. Ho dato l'ordine di circondare la zona.»
Cavalli schizzò in piedi e si precipitò fuori dal commissariato seguito dai suoi due vice. Avenatti si mise al volante della sua auto e, con a fianco il commissario, partì a sirene spiegate verso Avigliana, seguito da Agosta a bordo di una seconda auto.

«Cazzo, ma vuoi accelerare un po'!» si lamentò Cavalli. «Cos'hai oggi? Hai deciso proprio stamattina di iniziare a guidare come i cristiani. Spingi su quell'acceleratore.»

Avenatti, con la vista un po' appannata a causa della stanchezza, non se lo fece ripetere due volte, appoggiò la nuca al poggiatesta e pigiò deciso il piede sull'acceleratore. In venti minuti raggiunsero il luogo in cui era stato segnalato il furgone. Trovarono ad aspettarli gli agenti di un paio di volanti che nel frattempo avevano provveduto a ispezionare il furgone.

«Sul sedile abbiamo trovato questo borsone» disse a Cavalli uno degli agenti. «Oltre alla biancheria e qualche libro c'era dentro questa pistola e del nastro da pacchi. L'arma è carica, anche se sembra che non sia stata usata, almeno recentemente.»

«Siete già entrati nel capannone? C'è nessuno dentro?»

«Abbiamo perquisito la palazzina uffici. Niente di niente. Purtroppo non siamo riusciti a entrare nel capannone, perché il portone è bloccato da un lucchetto. Stiamo cercando di rintracciare il proprietario per verificare se può venire ad aprire.»

«Il proprietario? Magari chiediamo anche un mandato di perquisizione al giudice!» urlò Cavalli furioso. «Ma siete ammattiti? Dammi la tua pistola e spostati.»

«Cavalli si avvicinò al lucchetto che bloccava il portone e con un colpo di revolver lo fece saltare. Restituì la pistola all'agente e spinse una delle due ante. Entrò deciso seguito da Avenatti e Agosta. L'interno del capannone era immerso nella penombra, illuminato dalla scarsa luce proveniente dai velux posizionati sulla parte alta dei muri di tamponamento. Avenatti indicò qualcosa che si trovava per terra qualche metro più avanti e si diresse in quella direzione per vedere di cosa si trattasse. Quando fu a un paio di metri riuscì a distinguere l'oggetto. Era un trapano

elettrico ed era sporco di sangue. Si guardò meglio intorno e vide che anche il pavimento lo era, c'era sangue un po' dappertutto. Si voltò verso i suoi colleghi per avvisarli della sua scoperta e si bloccò con lo sguardo diretto verso l'alto, sulla destra della parete alle spalle degli altri due. Non riuscì a dire una sola parola, rimase come inebetito. Cavalli ed Agosta osservarono lo strano comportamento del loro collega e simultaneamente si voltarono all'indietro con lo sguardo rivolto verso l'alto. Agosta fece un passo indietro come se non si capacitasse di quello che stava vedendo; intanto Cavalli, dopo un attimo di smarrimento, iniziò a urlare richiamando all'interno anche gli altri poliziotti.
«Aiutatemi a tirarlo giù!» ordinò agli agenti. «Facciamo in fretta, potrebbe essere ancora vivo.»
Poi si avventò sull'arganello che teneva sospesa la croce metallica e, dopo averlo sbloccato, iniziò a calarla lentamente mentre gli agenti l'accompagnavano cercando di farla adagiare a terra il più dolcemente possibile.

Non ci volle molto al commissario per capire di essere arrivato tardi anche quella volta. L'uomo doveva essere morto da non più di un'ora. Non riusciva a distogliere lo sguardo da quel corpo martoriato. Oltre alle ferite sui polsi e le caviglie, sembrava che le gambe fossero spezzate. Avenatti gli mostrò un tondino d'acciaio sporco di sangue vicino a uno dei pilastri.
«Deve avergli spezzato le gambe con quello. Per inchiodarlo invece si è servito del trapano. Gli ha forato polsi e caviglie e poi lo ha imbullonato alle due travi. Che razza di scempio!»
Il cellulare destò Cavalli dal suo stato di perplesso sgo-

mento.
«Sì, sono Cavalli. Salve professore.»
«Commissario, ho terminato di leggere le carte che mi ha dato» gli disse soddisfatto il professor Rossello. «Credo che l'aspetto peculiare della personalità del frate rapito non sia tanto la sua vocazione religiosa quanto la sua naturale predisposizione alla ribellione. È una persona animata da un grande senso di giustizia e in questi ultimi anni sembra non aver fatto altro che opporsi a ingiustizie più o meno palesi, lottando per i diritti dei più deboli e degli emarginati e facendosi portavoce di nobili cause. Ultimamente si sta battendo contro la realizzazione della *TAV* in Val di Susa con tutte le sue forze. Insomma è una specie di Robin Hood, un vero ribelle. Non vorrei sbagliare, ma credo che l'assassino si sia basato su questi elementi per il suo verdetto di morte. Tornando ai tempi dei romani, la fine riservata a chi si ribellava all'autorità era una morte orribile. Non so se ricorda la storia di Spartacus, il gladiatore che guidò la rivolta degli schiavi, ricorda che fine fece?»
«Crocifisso!» disse con tono grave Cavalli, con lo sguardo sempre fisso sul corpo coperto di sangue.
«Complimenti commissario! Lei ha un'ottima memoria. Proprio così, fu crocifisso. Come d'altronde fu crocifisso Gesù Cristo, che senza voler essere irriguardoso, o ancor peggio blasfemo, altro non è che il più grande ribelle della storia dell'umanità...»
«Abbiamo appena trovato il cadavere del frate scomparso» lo interruppe Cavalli. «L'assassino lo ha crocifisso a una croce di acciaio. Adesso non so se lo abbia fatto ispirandosi alla fine di Spartacus e dei suoi compagni ribelli o a quella di nostro Signore, ma il fatto è che quel

pazzo lo ha crocifisso. Si è accanito su quest'uomo in maniera veramente brutale. Pensi che prima di piantarlo sulla croce gli ha anche spezzato le gambe con un tondino d'acciaio.»
«Dopo, non prima, commissario» lo corresse eccitato il professore. «Le gambe deve avergliele spezzate dopo. Almeno così facevano i romani. Quando l'agonia del condannato si protraeva più del previsto, gli spezzavano le gambe, in modo che l'uomo non potendo più tirarsi su spingendosi sui piedi, si abbandonava penzoloni sulle braccia. In questo modo, il peso del corpo andava a comprimere la cassa toracica, causando difficoltà a respirare…»
«Grazie per la precisione dei suoi particolari» disse il commissario bruscamente. «Ci penserà comunque il medico legale a ricostruire l'agonia di questo poveraccio. Per adesso la devo salutare.»
Il commissario riattaccò e uscì nel piazzale. Sembrava quindi che l'assassino si fosse visto costretto a spezzare le gambe al frate per accelerare la sua morte. Dalle dinamiche dei precedenti omicidi era evidente che lo scopo principale di quell'uomo fosse di veder morire il suo condannato e che per niente al mondo ci avrebbe rinunziato. Probabilmente, con la sua ultima vittima, l'agonia si era prolungata oltre il previsto e così aveva deciso di accelerare i tempi. Non voleva rimanere in quel capannone oltre l'alba, per evitare che qualcuno si accorgesse della sua presenza.
Inoltre era plausibile che la sua fretta fosse dovuta a un piano da seguire, una tabella di marcia da rispettare. Considerando che il frate era la sua ultima vittima, la mossa successiva non poteva essere altro che la fuga.

Il furgone era stato abbandonato vicino al cadavere, probabilmente perché facilmente individuabile: l'uomo doveva essersi quindi allontanato a piedi. Se, come sembrava, il frate era morto da una o due ore al massimo, l'assassino non poteva essere arrivato chissà dove. La cosa più probabile era che avesse chiesto un passaggio o si fosse recato in paese per vedere di trovare in fretta un mezzo per fuggire.
«Commissario!» lo chiamò Avenatti mentre gli si avvicinava. «Guardi cosa abbiamo trovato.»
Il commissario prese la cartolina che gli porgeva il suo vice. La foto era sempre del Lungotevere e mostrava ponte Sublicio con Porta Portese sullo sfondo. Sul retro era tracciata una lettera N col solito pennarello nero.
«Era in terra, vicino al pilastro di fronte a quello a cui era stata fissata la croce. Se non ricordo male, esaminando la piantina di Roma, avevo notato che questo ponte si trova subito prima di via Marmorata, il luogo dove avvenne l'incidente. Sembra proprio che con quest'ultimo omicidio, Rosoni abbia portato a termine il suo viaggio di sangue. La sua vendetta è conclusa.»
«Già, sembrerebbe proprio così» confermò il commissario rigirando tra le mani la cartolina. «Con questa ennesima follia quell'uomo ha concluso il tragitto che quella sera aveva seguito in moto. Solo che non ha finito di firmare: con questa lettera viene fuori NERON. Se prima poteva sembrare che NERO fosse comunque il nome compiuto, nella forma latina, adesso non ci sono dubbi che manchi una lettera per terminare la parola. Ci manca una E. La cosa non mi piace affatto. Non vorrei sbagliarmi, ma quell'uomo ha in mente qualcos'altro. Dobbiamo assolutamente rintracciarlo e al più presto».

«Le nostre pattuglie lo stanno cercando. Non può essere sparito nel nulla, lo troveranno di sicuro...»
Cavalli lo interruppe: «Ad Avigliana, se non erro, c'è la stazione ferroviaria».
«Sì commissario, ci passano i treni diretti in Francia.»
«Quanto tempo ci vorrà per andare a piedi da qui alla stazione?»
«Non saprei, credo tre quarti d'ora, con passo spedito. Ma perché vuole andarci a piedi?»
«Non penso affatto di andarci a piedi! Monta in macchina e portami di corsa alla stazione di Avigliana. Se, come penso, quell'uomo ha deciso di allontanarsi velocemente da Avigliana, è probabile che abbia preso il treno. Se siamo fortunati, potrebbe essere ancora alla stazione.»

«Potrebbe anche aver preso un autobus» fece notare Avenatti mentre guidava deciso verso il paese. «Oppure, arrivato ad Avigliana, potrebbe essere salito su un taxi.»
«Certo, tutto può essere, ma, come tu stesso hai detto, i treni che passano da Avigliana sono diretti in Francia e se io fossi un uomo in fuga e trovassi l'opportunità di scappare all'estero non esiterei a farlo. Sarebbe la cosa più scontata e logica da fare.»
«Bisogna avvisare gli uomini della Polizia Ferroviaria della stazione di Bardonecchia, l'ultima prima del confine. Ormai, con l'Europa senza frontiere, i controlli non sono molto attenti. Vengono concentrati solo sugli extracomunitari e non vorrei che quell'uomo attraversasse la frontiera senza essere notato.»
«È quello che temo anch'io. Chiamo subito Agosta per dirgli di mettersi in contatto coi colleghi della *Polfer* di Bardonecchia e di dirigersi subito verso il confine. In-

tanto verifichiamo che Rosoni non si trovi ancora alla stazione. Almeno un aiuto dalla buona sorte ce lo meriteremmo.»

Quando il bigliettaio li vide entrare come furie nell'atrio della stazione pensò a due viaggiatori in ritardo che correvano per prendere un treno in partenza. Una cosa non gli tornava però: non c'erano treni in procinto di partire da lì a mezz'ora e comunque sui binari non ce n'era nemmeno uno che lasciasse supporre un'immediata partenza. Vide uno dei due avvicinarsi deciso al bancone della biglietteria, mentre l'altro si precipitava di corsa sulla banchina del primo binario, e iniziò a preoccuparsi che fossero dei malintenzionati, magari dei rapinatori.
«Sono un commissario di polizia» lo tranquillizzò Cavalli che lo aveva visto sbiancare in volto preoccupato. «A che ora parte il prossimo treno per la Francia?»
«Per Modane?» chiese tranquillizzato il bigliettaio.
«Non importa per quale città, il primo treno che va oltre confine.»
«Dunque… c'è un treno alle 11,52 e poi…»
«No, non può essere» fece contrariato Cavalli. «È troppo tardi… e a che ora è partito l'ultimo?»
«Venti minuti fa è partito un diretto per Lione.»
«Porca miseria, venti minuti, solo venti minuti fa» urlò il commissario mentre Avenatti lo raggiungeva.
«Commissario, qui Rosoni non c'è, ho guardato dappertutto e di quell'uomo non c'è traccia.»
Cavalli tirò fuori dalla tasca della giacca la foto di Rosoni e la mostrò al ferroviere.
«Ha già visto quest'uomo? È forse venuto al suo sportello a comprare un biglietto?»

«Non mi sembra» fece pensieroso il bigliettaio mentre osservava attentamente la foto. «Non credo proprio di averlo visto né qui in stazione né altrove. È anche vero che io ho preso servizio solo da dieci minuti e anche volendo non avrei potuto vederlo. Dovreste chiedere al mio collega. Forse lo trovate ancora al bar che fa colazione. È un tipo alto e…»

I due poliziotti non lo lasciarono terminare e si catapultarono al bar della stazione, dove però non trovarono nessuno in divisa da ferroviere. Cavalli si avvicinò al barista e, avuta conferma che il ferroviere era già andato a casa, pensò di mostrare la foto di Rosoni anche a lui. Avenatti incrociò le dita mentre il suo capo porgeva la foto al barista, recitando tutte le formule di scongiuri di sua conoscenza.

Il barista osservò la foto e senza esitazioni la restituì al commissario annuendo con il capo.

«Certo che l'ho visto, era vestito proprio come nella foto e portava uno zainetto con sé, tipo quelli degli studenti. È rimasto seduto a quel tavolino per quasi un quarto d'ora. Ha ordinato un caffè. Credo che aspettasse il treno per Lione. Anche perché quando hanno annunciato l'arrivo di quel treno, lui si è alzato e si è diretto verso i binari.»

Cavalli si illuminò e, seguito da Avenatti, tornò nell'atrio per esaminare l'orario dei treni.

«Guarda qui, Guido. Quel treno dovrebbe arrivare a Bardonecchia tra mezz'ora. Chiama subito quelli della Polfer e avvisali che lo possono facilmente identificare per via dello zainetto.»

Avenatti tirò fuori il cellulare mentre sempre di corsa seguiva il suo capo che inaspettatamente si mise alla guida

della sua auto. Avenatti rimase per un attimo interdetto, indeciso se salire sul sedile passeggero o farsi cedere il posto di guida.
«Che aspetti Guido? Vuoi forse che ti apra lo sportello, monta su e allacciati la cintura di sicurezza.»
«Ma capo… Cosa fa, si mette alla guida?» cercò di obiettare Avenatti sempre più perplesso mentre si sedeva sul sedile di destra.
«Perché? Cosa c'è di strano?» fece Cavalli mentre metteva in moto l'auto facendola sgommare da perfetto pilota di rally. «Dobbiamo fare in fretta e tu stamattina mi sembri un pochino appannato. Forse non ti fidi della mia guida?»
«Non è che non mi fidi… è solo che io non l'ho mai vista al volante… neanche di una bicicletta. Ero convinto che non avesse la patente.»
L'ispettore, con l'orecchio al telefonino e gli occhi sbarrati per il terrore nel vedere l'auto zigzagare in mezzo al traffico, diretta verso l'autostrada per il Frejus, si mise in contatto con i colleghi di Bardonecchia, i quali lo rassicurarono dicendogli di essere già stati avvisati dal loro collega Agosta e che lo avrebbero sicuramente arrestato.
«Ormai ce lo abbiamo in pugno, capo. Credo che possa anche rallentare, tanto non arriveremmo in tempo a Bardonecchia neanche volando. Vorrà dire che lo troveremo già ammanettato.»
Cavalli sembrava non ascoltare neanche le parole del suo giovane collega e continuava la sua corsa in direzione del confine francese. Avenatti si rassegnò all'idea di fare da navigatore al suo capo e iniziò a contare i secondi che mancavano all'arrivo del treno a Bardonecchia. La lancetta del suo orologio andava a una lentezza esasperante:

non si era mai reso conto di quanto fosse lungo a passare un minuto. Ancora dieci di quei giri d'orologio e poi sarebbe finalmente arrivata la fine di quell'assurda vicenda.

Puntualissimo, il trillo del cellulare avvisò Avenatti della chiamata dei colleghi della Polfer. Non fece concludere il secondo trillo che rispose col tono di chi conosce già il motivo della chiamata.
«E allora?» chiese senza formalismi. «Lo avete preso? Ha opposto resistenza?»
«No ispettore, non lo abbiamo preso...»
«Come sarebbe che non lo avete preso! È riuscito a scappare?»
«Ci mancherebbe, avevamo preso tutte le precauzioni del caso. Alla stazione di Bardonecchia non è sceso nessuno prima che noi stessi autorizzassimo i passeggeri ad abbandonare il treno. Abbiamo ispezionato i vagoni da cima a fondo, ma di quell'uomo nessuna traccia. Su quel treno non c'era nessun uomo che gli somigliasse, nessun viaggiatore con zainetto da studente. Se era sul treno, deve essere sicuramente sceso in qualche altra stazione prima di Bardonecchia.»
Avenatti ringraziò il collega della Polfer e riattaccò. Volse lo sguardo verso Cavalli che, imperterrito, continuava a macinare chilometri a tutta velocità, mentre assorto nei suoi pensieri stava cercando di trovare una quadra a quella nuova inaspettata complicazione.
«Ha sentito commissario?» chiese preoccupato Avenatti. «Quell'uomo sembra essere sparito. Che si fa adesso? È ancora il caso di andare fino a Bardonecchia o usciamo al prossimo casello?»
Cavalli lanciò una veloce occhiata al cartello che annun-

ciava l'uscita di Susa a duecentocinquanta metri e, senza pensarci un secondo di più, sterzò bruscamente imboccando la corsia di decelerazione. A causa dell'alta velocità l'auto sbandò, sculettando due o tre volte e provocando la reazione di paura del povero Avenatti. L'ispettore, d'istinto, puntò rigidamente i piedi nell'atto di frenare, rilassandosi solo dopo che l'auto ebbe riacquistato un assetto stabile.
«Porca miseria, commissario, cosa combina? A momenti ci ammazzavamo!»
«Scusami Guido, ma quando ho letto Susa su quel cartello ho avuto un'improvvisa illuminazione. È vero o no che la città di Susa è stata fondata dai Romani? Insomma, era una colonia romana?»
«Non sbaglia affatto. Mi vuole mica dire che non era diretto in Francia e che è sceso a Susa solo perché questa città è un'antica colonia romana? E per farci cosa? Forse per sentirsi a casa?»
«In un certo senso, credo di sì» fece Cavalli, mentre, uscito dal casello, si accostava al ciglio della strada per fermare l'auto. «Sono convinto che quell'uomo non abbia ancora finito di far scorrere sangue e, se la mia ipotesi è corretta, vorrà uno sfondo adeguato al finale che ha architettato, all'ultimo atto della sua tragedia. Chiama il professor Rossello e passamelo. Devo chiedergli un paio di cose per confermare la mia ipotesi.»
Avenatti fece quello che gli chiedeva il suo capo, senza domandare ulteriori spiegazioni, e poi gli passò il cellulare.
«Salve Rossello, sono Cavalli. Mi ascolti attentamente. A proposito delle cartoline lasciate da quell'uomo, ricorda che per completare la sua firma, sembrerebbe che

manchi ancora un'ultima lettera?»
«Certamente commissario» lo confortò Rossello. «Manca la lettera E.»
«Perfetto, professore. Volevo chiederle una cosa, anche se posso immaginare la risposta. Come morì Nerone?»
«Nerone? Be'... morì... morì suicida. Per sfuggire ai suoi nemici che, dopo averlo deposto dal trono, lo stavano inseguendo per catturarlo. Si uccise proprio quando i suoi inseguitori erano ormai riusciti a raggiungerlo.»
«Proprio come pensavo. Sono certo che il nostro amico voglia togliersi la vita per evitare di essere arrestato. E sono convinto che non voglia farlo in un posto qualsiasi. Anche in questo caso avrà delle macabre esigenze da soddisfare. Credo che abbia deciso di compiere quel gesto in un ambiente che gli ricordi il più possibile l'antica Roma. Per questo ritengo che abbia scelto Susa come epilogo della vicenda...»
«Susa? Allora, se lei ha ragione, commissario, potrebbe aver scelto di farla finita ai piedi dell'arco di Augusto, è il monumento romano più importante dell'intera valle e...»
Cavalli non aspettò che Rossello terminasse la frase, riconsegnò il cellulare ad Avenatti e, ingranata la prima, partì deciso avvicinandosi a un gruppo di cartelli indicatori qualche decina di metri dopo.
«A destra capo, per l'arco di Augusto indica di qua. Speriamo solo di essere ancora in tempo.»
«Forse ce la facciamo, Guido. Il treno è passato da Susa solo venti minuti fa. Quell'uomo avrà avuto giusto il tempo di localizzare l'arco e raggiungerlo.»
In pochi minuti arrivarono all'antico arco in via dell'Impero Romano. I due poliziotti scesero simultaneamente

dall'auto e ispezionarono rapidamente l'area circostante. Cavalli seguì per qualche metro la strada mentre Avenatti si infilò in mezzo al bosco che costeggiava la strada stessa. Dell'uomo, però, nessuna traccia.
«Qui non c'è, commissario. Né vivo né morto. Forse non è ancora arrivato oppure...»
«Oppure il mio ragionamento potrebbe essere sbagliato. Sono certo però che quell'uomo si trovi da queste parti. Potrebbe non essere questo il posto, ma si trova di sicuro a Susa.»
I due fecero per tornare all'auto, spostandosi sul bordo della strada per fare passare due ragazzini che sopraggiungevano in *mountain bike*. Cavalli improvvisamente si parò davanti a loro agitando le braccia. I ragazzini si fermarono e Cavalli si avvicinò loro. Chiese ai ragazzi se da quelle parti ci fossero altri monumenti romani degni di un certo interesse. Uno dei due non ci pensò su e indicò al commissario l'anfiteatro romano che si trovava a qualche centinaio di metri, in via Assietta.
«Ma cosa c'è di così interessante all'anfiteatro che tutti oggi vogliono andare a visitarlo?» chiese perplesso il ragazzino. «Lei è già la seconda persona che ci chiede come raggiungere l'anfiteatro.»
«E chi è che ve lo ha già chiesto?» chiese agitato Avenatti.
«Un signore, un tipo strano che portava con sé uno zainetto come quello del mio amico» aggiunse indicando lo zaino sulle spalle dell'altro ragazzo.
«E quando ve lo ha chiesto?» lo incalzò Cavalli con un tono agitato.
«Non più di cinque minuti fa. Stava percorrendo corso Unione Sovietica a piedi.»

Cavalli chiese nuovamente come raggiungere l'anfiteatro e poi, seguito da Avenatti, iniziò a correre con tutto il fiato che aveva in corpo.
I due ragazzini li guardarono andar via di corsa, rimontarono in sella alla bici e si allontanarono nella direzione opposta.
«Che strani turisti ci sono al mondo!» commentò il ragazzino che aveva dato le informazioni al commissario.
«Deve essere quello che chiamano turismo "mordi e fuggi". Vedi un monumento e poi di corsa verso un'altra meta del *tour*. Contenti loro! Io preferisco andare con calma.»
«Su questo non ci piove, vai piano come una lumaca» lo sfotté l'amico, mentre improvvisava uno scatto degno del grande Cipollini.

Fabio Rosoni fece ancora due passi prima di fermarsi proprio in mezzo all'arena del piccolo anfiteatro romano, immerso nel bosco, subito fuori Susa. Delle gradinate non rimaneva quasi nulla, ma l'arena era perfettamente conservata. L'uomo non poté fare a meno di compiacersi per la sua scelta. Anche a Torino avrebbe potuto trovare antiche vestigia romane, ma di sicuro non in posti così tranquilli per poter mettere in atto il suo proposito senza che nessuno potesse bloccarlo, impedendogli così di mettere di suo pugno la parola fine a quella storia senza senso che era diventata la sua vita. Si guardò intorno facendo un giro su se stesso e poi, sfilatosi lo zainetto dalle spalle, si accovacciò. Lo aprì e tirò fuori un pugnale, una splendida riproduzione di un gladio romano che l'uomo si era costruito da solo nelle sue serate di "straordinario" in officina, basandosi sulle stampe ritrovate nei testi della moglie. Lo rigirò tra le mani, passando le dita sul filo della lama, compiacendosi nel vedere la luce del sole alto in cielo riflessa sull'arma luccicante e proiettata verso quelle che una volta erano state gradinate gremite di gente, di persone eccitate nel vedere lame come la sua riflettere la stessa luce. Armi brandite in aria dalle possenti braccia di chi in quella lama riponeva ogni speranza di poter essere ancora una volta avvolto da quella luce, di essere ancora una volta abbagliato e scaldato da quei raggi.

Cavalli e Avenatti si fermarono sulla piccola collinetta di terriccio, che secoli di alluvioni avevano deposto intorno ai resti dell'anfiteatro. Da quel punto si vedeva benissimo tutta l'arena posta a una ventina di metri di distanza. La

luce intensa che proveniva dal centro li abbagliava impedendo loro di capire da cosa fosse provocata. Cavalli si portò una mano sul viso per cercare di distinguere la causa di quello strano bagliore. La scena che gli si presentò alla vista lo lasciò interdetto: Rosoni si era puntato il pugnale alla gola, impugnandolo con entrambe le mani.
«È lui!» urlò ad Avenatti. «Si è puntato un coltello alla gola. Presto Guido, corriamo, dobbiamo fermarlo!».
I due si precipitarono giù per la piccola scarpata e, raggiunta l'arena, si accinsero a scavalcare la staccionata che seguiva tutto il perimetro dell'arena. Il rumore provocato dal legno della staccionata attirò l'attenzione di Rosoni che vide i due uomini a pochi metri da lui.
E ormai si avvicinavano i soldati a cavallo a cui era stato ingiunto di riportarlo vivo, lui se ne accorse e... si piantò l'arma nella gola.
Cavalli e Avenatti lo raggiunsero dopo qualche secondo trovandolo ormai semiagonizzante. Il commissario si chinò su di lui e dopo avergli sollevato il capo, gli estrasse il pugnale dal collo. Il sangue iniziò a uscire copioso dalla giugulare recisa. Rosoni guardò il suo soccorritore sforzandosi di accennare un sorriso come a voler dire: «Troppo tardi!».
«Presto commissario!» fece agitato Avenatti porgendogli un fazzoletto. «Gli tamponi la ferita con questo! Io chiamo subito un'ambulanza!».
Cavalli fece per prendere il fazzoletto, non distogliendo però lo sguardo da quello di Rosoni che, nel sentire le parole di Avenatti, non poté fare a meno di trasformare il suo mezzo sorriso di soddisfazione in una smorfia di supplica. Cavalli percepì chiara la richiesta dell'uomo di non essere soccorso, di essere lasciato morire. Il commissario

gli poggiò delicatamente il capo in terra, si alzò e si allontanò da lui.
«Che fa commissario?» gli urlò il suo vice. «Possiamo ancora salvarlo...»
«E perché Guido?» lo interruppe Cavalli. «Perché lo dovremmo salvare? Perché salvare la vita a un uomo già morto da tempo? Per far cosa poi? Per giudicarlo secondo la Legge e punirlo in maniera adeguata? E quale sarebbe il giusto castigo per un uomo che ha ucciso cinque persone? Forse il carcere a vita? Non credo proprio che rinchiuderlo possa servire a qualcosa se non a rinviare alla prossima occasione il suo tentativo di suicidio. A quest'uomo non interessa vivere, non più ormai: è morto nel momento in cui ha visto morire sua moglie, senza essere in grado di aiutarla. E da allora continua a morire tutte le notti, in preda a chissà quali incubi terribili. No, Guido, noi dovevamo riuscire a fermarlo prima, dovevamo evitare che lui uccidesse quelle persone. Era quello il nostro compito, e non quello di impedirgli di dar fine alle sue sofferenze. Lasciamolo in pace, Guido... lasciamolo in pace.»
Avenatti lo guardò incredulo e poi si voltò verso Rosoni ormai esangue. Si rimise il fazzoletto in tasca e chiamò Agosta al cellulare.
«Pronto ispettore, sono Guido. Ascolti attentamente: abbiamo trovato quell'uomo... sì proprio così, è di fronte a me... Siamo a Susa, all'anfiteatro romano. Rosoni è morto... si è ucciso... si è tagliato la gola... raggiungeteci subito, io avviso subito il pm Colajanni, voi invece chiamate il medico legale, la *Scientifica*... a dopo.»
Confortato dal sentire quelle parole, Rosoni reclinò il capo verso destra e perse il suo sguardo nel terreno ormai

rosso del suo sangue, rosso come l'asfalto che aveva raccolto il sangue di sua moglie quella maledetta sera, rosso come il colore degli incubi che tutte le notti avevano affollato i suoi sonni, rosso come il sole che non lo scaldava più, rosso come l'Inferno che si preparava ad accoglierlo. Fu allora che ebbe paura. Paura che, da quel momento in poi, tutto sarebbe finito, che non avrebbe avuto modo di ricordare più nulla della sua vita, del suo passato, che il viso di sua moglie sarebbe sparito per sempre, sommerso da quel rosso che si faceva sempre più cupo, sempre più opprimente. E in quel momento sentì l'impulso di chiedere aiuto, la voce però gli morì nella gola squarciata. Cercò allora con lo sguardo i due poliziotti, la vista però si annebbiò improvvisamente, facendolo sprofondare nell'oscurità e così... *spirò con gli occhi fuori dalle orbite e lo sguardo fisso al punto da mettere i brividi e incutere spavento in chi veniva a vedere.*
Cavalli gli si avvicinò e gli chiuse gli occhi. Poi sollevò il suo zainetto e ci frugò dentro. Ne tirò fuori una foto. Sul retro, col solito pennarello nero era stata tracciata la lettera E.
«E con questa è proprio finita!» commentò Cavalli.
«La solita cartolina?» chiese Avenatti quasi in maniera retorica.
«No, stavolta non è una cartolina. È una foto» disse Cavalli porgendo la foto al suo vice. «È una vecchia foto di Rosoni e sua moglie a bordo della loro moto».
Avenatti osservò i volti sorridenti ritratti nella foto e la restituì al commissario.
«Sembravano proprio una bella coppia.»
«Eh sì, una bella coppia... felice e spensierata, come tante altre coppie. E invece... invece guarda che gran ca-

sino è successo per uno sfortunato incidente. Mi chiedo quando arriverà il giorno in cui non ci si dovrà più sorprendere delle follie che l'uomo è capace di compiere.»
«Credo proprio che quel giorno non arriverà mai, commissario... Purtroppo non arriverà mai.»
Cavalli tirò fuori dalla tasca della giacca il suo pacchetto di *Fisherman's*, ne tirò fuori una caramella e poi lo porse al suo vice.

«A domani commissario» disse Agosta accostando l'auto all'inizio di piazza Montanari. «Passo a prenderla al solito orario?»
«No, Agosta, passa un po' prima. Il Questore si è raccomandato di passare da lui prima di dar inizio alla conferenza stampa.»
«Però!» commentò sarcastico l'ispettore. «Prima il Questore e poi i giornalisti, non si può negare che la giornata di domani comincerà per lei nel migliore dei modi, eh commissario!»
«C'è poco da fare lo spiritoso, caro mio» fece Cavalli mentre si chiudeva lo sportello alle spalle. «Mi raccomando, vedi di essere qui alle sette e mezza. In punto.»
Cavalli si avviò verso casa ma si bloccò dopo pochi passi. Fece dietro front e si diresse verso la libreria all'angolo della piazza. Dentro c'erano un paio di clienti intenti a curiosare tra gli scaffali.
«Salve commissario» lo salutò cordialmente il proprietario. «Ha già finito di leggere i saggi sulla gelosia? Vuole qualche altro libro per approfondire l'argomento?».
«No, grazie, la gelosia non ha più segreti per me e, onestamente, non mi interessa più. Mi serviva qualcosa di diverso genere. Cercavo dei saggi storici. Ha mica dei

volumi sulla vita e la personalità dell'imperatore Nerone?»
«Nerone? Certamente commissario, ma da quando ha iniziato ad appassionarsi alla storia antica?»
«Da quando mi capitano tra le mani certe indagini.»
«Quali indagini? Forse quella del criminale sanguinario che...»
«Proprio quella... e se vuole sapere cosa c'entra Nerone» disse il commissario anticipando la domanda curiosa del libraio, «abbia la pazienza di aspettare di leggere cosa racconterò domani ai giornalisti.»
«Ci può scommettere commissario, lo farò sicuramente. Comunque... complimenti per aver risolto il caso, ho sentito la notizia alla radio, anche se...»
«Anche se... non sono riuscito ad arrestare l'assassino. E soprattutto non sono riuscito a impedirgli di portare a termine il suo folle piano. Francamente non riesco a sentirmi soddisfatto di come si è conclusa la vicenda. Insomma credo proprio di non meritare alcun complimento. La mia indagine è stata un fallimento completo.»
Il commissario pagò il libro e si diresse verso casa, non prima però di essere passato dal bar di Alice per l'ultimo caffè della giornata.

Il Questore e il commissario Cavalli presero posto dietro al tavolo in sala stampa dando inizio alla conferenza con un leggero ritardo. Avenatti li raggiunse sedendosi all'estremità, non prima di aver lanciato un rapido sguardo d'intesa a Manuela seduta, come sempre, in prima fila. Toccò al Questore dare inizio alla conferenza anche se in realtà si limitò a comunicare che il caso dell'assassino delle cartoline si poteva ritenere concluso, seppure non proprio nel migliore dei modi. Cedette quindi la parola al commissario invitando i giornalisti a porre a lui le domande che ritenevano opportune e, accomiatatosi dai presenti, si dileguò rapidamente. Il primo a prendere la parola fu l'inviato de *La Stampa* che chiese lumi sulle cartoline che l'assassino lasciava vicino ai corpi delle sue vittime.

Il commissario chiarì la sua teoria sul motivo che aveva spinto Rosoni a utilizzare quelle vecchie cartoline per firmare i suoi delitti e spiegò come le lettere riportate su di esse, poste una dopo l'altra, formassero il nome di Nerone.

«Nerone?» fece curioso un giornalista in seconda fila. «Ma Nerone… come l'antico imperatore romano?».

Il commissario spiegò che la moglie di Rosoni era una studiosa della Roma imperiale e del periodo di Nerone, in particolare.

«Rosoni aveva individuato nell'imperatore incendiario il suo ideale *alter ego.* Era cosciente di non essere più in possesso delle sue capacità di intendere e di volere, insomma di essere ormai sull'orlo della follia, se non già pazzo. E chi meglio di Nerone, il personaggio storico che meglio di tutti ha da sempre impersonato la figura del folle, nella letteratura come anche nel cinema o semplicemente sui libri di scuola, poteva avere agli occhi di Rosoni un simile fascino. E tale era ormai la sua simbiosi con la figura dell'imperatore da volerne ripetere anche le modalità del suicidio, piantandosi un pugnale in gola, proprio come fece Nerone per sfuggire alla cattura dei suoi avversari, anche se…»

«Anche se» intervenne Avenatti «potrebbe essere valida un'altra ipotesi. Nerone era anche il nomignolo affettuoso che Rosoni e sua moglie usavano quando parlavano del loro bambino. Certamente Nerone è un nomignolo piuttosto singolare, ma se contestualizzate la cosa all'interno di quella coppia, vi accorgerete che non è poi così strano che la madre si rivolgesse al suo piccolo in pancia chiamandolo il mio "piccolo Nerone" o cose del genere.»

«Quindi rimaniamo sempre nel campo delle ipotesi?» commentò Manuela Caliò dalla prima fila.

«D'altronde» continuò la ragazza «credo che a questo punto, con l'assassino morto suicida, non resti altro da fare se non provare a immaginare cosa gli sia passato per la mente in tutti questi anni. A proposito dell'assassino, commissario Cavalli, vorrei chiederle come siete arrivati a lui. Qual è stato il particolare che ha permesso di identificare Fabio Rosoni come l'autore degli omicidi?».

«La svolta nelle indagini è avvenuta dopo il quarto omicidio, quando abbiamo scoperto che le vittime si erano frequentate in passato. Insieme avevano addirittura effettuato una breve vacanza a Roma nell'aprile del 1983, dopo essersi conosciuti, poco più che ventenni, frequentando un corso di sci nell'inverno precedente. Il collegamento tra la vacanza a Roma e le cartoline che ritraevano

tutte scorci del lungo Tevere è stato inevitabile. Le nostre indagini si sono quindi spostate nella capitale dove...»
Cavalli si interruppe. Guardò Avenatti e poi riprese.
«Per maggiori particolari sugli sviluppi romani e sulla conclusione dell'indagine io cederei la parola a... all'ispettore Avenatti. In fondo è proprio lui che ha condotto brillantemente le indagini in quel frangente ed è giusto che si prenda tutti i meriti del caso. Gli cedo quindi volentieri la parola e vi saluto.»
Cavalli abbandonò la sala stampa facendo cenno ad Agosta che era seduto in fondo alla sala di seguirlo, lasciando il povero Avenatti da solo a gestire la conferenza. L'ispettore, dopo aver mandato a quel paese in cuor suo il commissario, si schiarì la voce e iniziò il suo resoconto. Avenatti rispose esaurientemente a tutte le domande e non poté fare a meno di notare che Manuela, da quando lui aveva preso la parola, non era intervenuta più nel dibattito limitandosi a prendere solo qualche appunto.

Cavalli uscì dalla Questura e si diresse verso corso Vinzaglio, raggiunto dall'ispettore Agosta.
«Ma commissario, se ne va così, proprio sul più bello?»
«E perché no? Non vedo di cosa dovrei ancora parlare. Non mi sembra proprio opportuno stare lì a prendermi dei meriti quando non credo di averne. Non sono riuscito a evitare che, dopo la prima vittima, altre quattro persone fossero ammazzate e non sono neanche riuscito a catturare il loro assassino. Credo ce ne sia abbastanza per avere il buon gusto di abbandonare la scena in maniera discreta. Guido, invece, è stato all'altezza della situazione. Da solo, e rapidamente, è venuto a capo della situazione gestendo nel migliore dei modi le indagini a

Roma. Mi sembra più che giusto che sia lui a godersi il momento di gloria.»

«Commissario, ma cosa dice? A me non la dà certo a bere. Io la conosco da qualche anno ormai e so bene che per lei le conferenze stampa non hanno mai rappresentato un momento di gloria. Lei, i giornalisti, proprio non li sopporta. Lo ammetta, ha colto l'occasione al volo per svicolare e lasciare la grana a quel povero ragazzo. E poi, per favore, non vorrei più sentirle dire certe cose. Lei ha fatto il possibile e forse anche qualcosa di più per catturare Rosoni, fin dal primo omicidio. Che poi il Destino si sia divertito, facendoci commettere degli errori di valutazione è fuor di dubbio. Non credo di esagerare dicendo che chiunque al suo posto non avrebbe potuto fare diversamente e soprattutto non avrebbe fatto di meglio.»

«Se lo dici tu, Agosta! Allora vorrà dire che farò di tutto per dimenticare la sfiga che ci ha accompagnato in tutta questa allucinante vicenda e per iniziare degnamente credo che la prima cosa da fare sia montare in macchina e andare a pranzare alla piola di Rino.»

«Sagge parole, commissario, è ormai la mezza e il mio stomaco inizia a reclamare.»

«Sapessi il mio! Per arrivare in tempo dal Questore non ho fatto neanche colazione. E il bello è che il Questore è arrivato tranquillamente in ritardo. Ma lasciamo perdere, piuttosto che si mangia oggi da Rino?»

«Oggi è giovedì e come nella migliore tradizione ci sono gli gnocchi. Per la precisione gnocchi al Castelmagno e, di secondo, Rino dovrebbe aver preparato salsiccia di Bra in umido. Cosa ne dice, commissario, ci sono argomenti sufficienti per provare a mettere una pietra sopra questa brutta storia?»

«Direi di sì. Soprattutto se, come dessert, quella santa donna della moglie di Rino ha preparato il bônet all'amaretto.»
Agosta aprì la portiera al commissario e rapido come un furetto raggiunse poi il posto di guida. Se è vero che la paura mette le ali ai piedi, nel caso di Agosta, la fame provocava lo stesso effetto.

Avenatti vide Manuela che lo aspettava nel corridoio, ferma davanti alla sala in cui si era appena conclusa la conferenza stampa. La raggiunse prontamente con stampata sul viso l'espressione di chi si sente soddisfatto di quello che ha appena fatto. Manuela si compiacque nel vederlo in quello stato e lo accolse col suo miglior sorriso.
«Allora, che ne dici? Sono stato bravo? Ho risposto chiaramente a tutte le domande?»
«Perfetto, semplicemente perfetto, non hai sbagliato neanche un congiuntivo. Niente da rimproverarti.»
«Grazie mille… ma tu, perché non mi hai fatto nessuna domanda?»
«Perché… prova a indovinare tu il perché.»
«Ho capito. Perché tu aspetti l'esclusiva! E hai pure ragione. Avevo promesso che ti avrei rivelato tutti i particolari del caso per farti fare lo *scoop* della tua vita. Sai come si dice: ogni promessa è debito… quindi sono a tua completa disposizione, pronto a rispondere a tutte le tue domande e anche di più. Vedrai che bell'articolo scriverai, lascerai il tuo capo senza parole. Da cosa cominciamo?»
«Cominciamo dall'uscire da questo posto» gli rispose Manuela prendendolo sotto braccio e spingendolo verso

le scale.
Avenatti fece d'istinto la mossa di sottrarsi al gesto affettuoso della ragazza, guardandola sorpreso.
«Cosa fai? Ti vergogni forse di me?» chiese divertita Manuela.
«Ma cosa fai tu? Sei impazzita? Vuoi farti vedere dai tuoi colleghi? Cosa credi che penserebbero se ti vedessero in teneri atteggiamenti col sottoscritto?»
«Che io mi sono procurata il materiale per il mio articolo ricorrendo illecitamente alle temibili armi della seduzione.»
«Appunto, non mi sembra che ci faresti una gran bella figura…»
«Che me ne frega della figura che farei!» lo interruppe la ragazza. «Io non ho proprio niente da nascondere. Anzi ti dirò di più. Io non voglio che tu mi dia nessuna notizia particolare, non voglio essere messa al corrente di nessun segreto istruttorio. Io, lo *scoop* della mia vita, non lo voglio proprio più scrivere!»
«Ma che dici? Ci tenevi tanto a questo articolo, e adesso…»
«E adesso non m'importa più. Proprio così. Hai ragione quando dici che ci tenevo tantissimo e non voglio nasconderti che inizialmente il motivo per cui ho cercato di riallacciare i rapporti con te, di diventare per te qualcosa di più di una semplice amica, era proprio quello di carpirti il maggior numero possibile di informazioni. Ma poi… poi qualcosa è cambiato. Insomma adesso a me interessa solo la nostra storia e non voglio assolutamente rischiare di mandarla a monte per uno stupido articolo. Non mi va di farti correre rischi inutili col tuo capo, non mi va che qualcuno ti possa rinfacciare un atteggiamento poco pro-

fessionale nei miei confronti. Io con te voglio avere solo un tipo di rapporto. E per dimostrartelo ho deciso di abbandonare la cronaca nera, così, anche in futuro, non ci potranno essere tentazioni e soprattutto tu potrai confessarti con me senza timore di vedere pubblicate le tue confidenze sul giornale dell'indomani. Devo però ammettere che mi sono proprio divertita ad aiutarti nelle tue indagini e non posso negare che mi farebbe molto piacere ripetere quest'esperienza.»

«Ma dai! Vuoi smettere di occuparti di cronaca nera!? Ma tu sei bravissima! Sarebbe un vero peccato! Non posso assolutamente permettertelo…»

«Cos'è che tu non potresti permettere? Stai attento a quello che dici, mio caro. Nessuno ha mai deciso niente al posto mio e tu non sarai di certo il primo a farlo. Io voglio stare insieme a te, ma ognuno continua a prendere le decisioni che vuole, almeno questo è quello che io farò. Se poi tu sei d'accordo, al limite, potrei anche prendere qualche decisione al posto tuo, in fondo sono sempre una donna e in quanto tale sarebbe contro la mia natura non farmi i fatti tuoi.»

Avenatti scoppiò a ridere, dichiarandosi, su quell'argomento, vinto in partenza.

«E di cosa vorresti occuparti d'ora in poi? Non mi dire che seguirai la politica perché altrimenti tra noi non potrebbe più esserci dialogo.»

«Per carità e chi ci pensa alla politica! L'idea mi è venuta durante la nostra breve permanenza a Roma quando fingevo di occuparmi degli scandali nel mondo dello spettacolo. Il *gossip* sarà il mio nuovo campo di battaglia. L'idea di "sputtanare" qualche personaggio famoso mettendo in campo i suoi vizi segreti, di dar voce ai pettegolezzi più incredibili, mi diverte veramente tantissimo. Da oggi si cambia colore, basta con la nera, mi occuperò solo di cronaca rosa.»

«Ottima idea! In questo caso però sarò io che vorrò conoscere in anteprima i segreti di cui verrai a conoscenza e non certo in veste di poliziotto, ma solo di affezionato lettore.»

«Vedrò di accontentarti. Ora andiamo a pranzo che poi ho da fare al giornale. Dove mi porti? A mangiare il kebab?»

«No, ma che! Oggi ti porto in una piola vicino al nostro commissariato. Cucina esclusivamente piemontese.»

«Stai parlando del locale dove vanno a pranzo i tuoi colleghi?»

«Proprio quello, la piola di Rino, in via Monginevro.»

«Ma sei matto! Ci vedranno tutti, compreso il tuo capo. Come pensi che la prenderà Cavalli quando scoprirà che tra noi c'è del tenero? Che razza di figura ci faresti! Quello non li sopporta i giornalisti, lo sai benissimo.»

«Certo che lo so e so anche che lui sospetta di noi già da qualche tempo, per cui non rimarrebbe sorpreso più di tanto nel vederci insieme mano nella mano. E poi, se anche il mio capo dovesse prenderla male, a me… anzi, a noi, come dicevi prima, che ce ne frega!»

Avenatti prese per mano la ragazza e accelerò il passo verso l'uscita. Fuori, i primi fiocchi di neve iniziavano a imbiancare la città.

INDICE

Gilgamesh Edizioni

ENKI – Collana di Saggistica

Riccardo Gobbi, *Dal circolo vizioso al circolo virtuoso*
Corinna Tania Gallori, *Il Monogramma dei Nomi di Gesù e Maria*
Rino Cammilleri, *Il Kattolico 3*
Roberta Lugoli, *La Mente Cosmica – Una metafisica del pensiero*
Riccardo Gobbi, *Memoria e conferme su Dio e sulla fede*
Alberto Figliolia, *El folber e altri destini – Storie e avventure di sport*
Fausto Bertolini, *Gesù e il Super-Io*
Michele Garini, *MESSA così è tutta un'altra cosa – Rito, esperienze, suggestioni*
Francesco Burlini, *Eresie ambientaliste*
Fabio Terraroli, *Leggende di Lonato*
Susanne Raweh, Roberta Arias, *Le feste comandate*
Carlo Cavazzuti, *Gladiatoria*
Giorgio Pavesi, *Leone de' Sommi hebreo e il teatro della modernità*
Christian Monti, *Viaggio critico nel Mistero – tra Cattedrali gotiche, Templari e Massoneria*
AA. VV., *La Cattedrale di Asola*
Lidia Gallico, *Una bambina in fuga – Diari e lettere di una ebrea mantovana al tempo della Shoah*
Massimo Bozzeda, *Fratelli, vi prego, chiamatelo Padre Nostro*
Fausto Bertolini, *E se Dio non ci fosse?*
Alberto Zanoni, *I temi della vita tra Sacra Bibbia e miti*
Carlo Salvoni, *La Fonte*

Dante Chizzini, *Luci e ombre nei rapporti tra Viadana e Mantova – dalle Additiones agli Statuti (1430/1724)*
Marianna Maiorino, *Il canto dell'arcobaleno: La sinestesia*
Fabrizio Tassi, *Come il volo lontano degli uccelli nella pace della sera – Mistica domestica* di Fabrizio Tassi
Ferrante Bandera, *Diario di una breve stagione*
Sara Ascoli, *Cenerentola: L'inganno, l'anima e il Sang Real*
Mario Cattafesta, *Come bevevano gli antichi*
Lamberto Gherpelli, *Parma – I segreti e gli amori di una capitale*
Michele Garini, *Arte e catechesi*

NIDABA – Collana di Filosofia

Luca Cremonesi, *La filosofia della natura nel* De incantationibus *di Pietro Pomponazzi*
Ivan Pozzoni (a cura di), *Frammenti di cultura del Novecento – Nietzsche, Vailati, Simmel, Schlick, Arendt, Zubiri, Bateson, Dell'Oro, Warburg, Dávila, Garin, Melandri raccontati da dodici filosofi contemporanei*
Primavera Fisogni, *Ontologia della speranza*

ANUNNAKI – Collana di Narrativa

Fausto Bertolini, *Negli occhi delle donne – Vita sentimentale di Cartesio*
Daniele Vazquez, *La comunità dei sogni*
Fausto Bertolini, *Telebordello – Storie da far rizzare l'antenna*
Silvia Peroni, *Cruciverbar*
Marco Pinzi, *My Sehnsucht – Diario segreto di Jonathan*

Tonson 1848-1850

Maurizio Ferrante Gonzaga, *Assalto al castello*
Mariarosaria Capaccio, *Il mare all'improvviso*
Luigi Schifitto, *L'uomo con lo zainetto*
Leonardo Marzorati, *Frustrati – Uomini e donne che non hanno conosciuto l'amore*
Mauro Acquaroni, *Piccioni*
Carolina Giorgi, *La rosa di Ledmore Vale*
Anna Viale, *La camera celeste*
Ana Kramar, *Il ritorno – Storie migrabonde*
Angel Luís Galzerano, *Cronache sentimentali di un italiano a metà*
Floriano Rubiano Fila, *Appuntamento tra due anni*
Silvia Savoldi, *Occhi sul domani*
Carla Menaldo, *Il re del tango*
Fausto Silva, *Il Grande Firlinfù*
Paola Maggi, *Sagoma di cartone*
Guido Manuli, *Lassù qualcuno mi ama?*
Lisa Ben, *Chicche spudorate*
Adriano Bernasconi, *Omocrazia*
Sara Bellingeri, *Cartoline dal muro*
Stefano Iori, *La giovinezza di Shlomo*
Massimo Forte, *Peccato averla già consegnata*
Fausto Bertolini, *L'amore ai tempi del colesterolo*
Mauro Novellini, *Re infecta*
Michela Tafelli, *La stirpe di Zoltan*
Michela Tafelli, *I segreti di Zoltan*
Carla Magnani, *Acuto*
Mauro Acquaroni, *De La Tour*
Davide Rubini, *Il fischio finale*
Enrico Ratti, *Il taccuino dei dannati*
Leone di Candia, *Panama Caffè*

Antonio Della Rocca, *La bambina in rosso*
Augusto Bolther, *L'assedio di Asola, 1516 – La morte di Riccino Daina, 1522*
Marisa Pezzella, *Freddo fuoco bruciato*
Elena Aldi, *L'anima viola*
Ruco Magnoli, *Sharon trova*
Lidia Masci, *Anno bisestile*
Alberto Pizzi, *Il compito*
Alessandro Rampini, *Una vita non mi basta*
Luca Bonaffini, Renato Bottura, *Sognatori feriti*
Angel Luís Galzerano, *Storie lunghe una canzone*
Carlo Salvoni, *Menamato – Storie di un cane a tre zampe*
Ruco Magnoli, *Sharon pesca*
Sara Pellucchi, *Foschie*
Fausto Bertolini, *Il caso Satanas*
Roberta Di Falco, *Lo strano dono di Sara*
Mauro Novellini, *Nella legione di confine*
Otto, *Rêves*
Celine Finco, *Due razze*
Riccardo Bassi, *La nostra prima vera estate*
Giulia Deon, *Novelle in decrescendo*
Ruco Magnoli, *Sharon vola*
Maurizio Salva, *Omicidio in Cittadella*
Alessandra Perugini, *Blu oceano*
Angela Biondi, *La stirpe del Drago – Il risveglio dell'antico Signore*
Francesco De Siena, *Le variazioni degli spiriti*
Carla Menaldo, *Rosastrega*
Alberto Costantini, *Le astronavi di Cesare*
Chiara Donà, *In ognuno di noi*
Erminio Giavini, *Con un capello biondo si può vincere il premio Nobel*

Genny Sabbadini, *Ovunque sei*
Alessia Moneta, *Dagli occhi di Alice*
Milena Ziletti, *Visano e la maledizione del rogo*
Neronte, *La Vedova Grigia*
Antonella Presutti, *Nevica poco e male*
Alberto Sogliani, *Una squadra lunga dieci anni*
Florino Rubiano Fila, *Di veleno e di sogno*
Luca Bonaffini, *Eterni secondi*
Mauro Acquaroni, *L'Utile – à la recherche de –*
Emiliano Caiani, *Criminose illusioni – Delitti e destini –*
Luca Pipitone, *Papao*
Pierangela Rubes, *Donne in silenzio*
Augusto Bolther, *I racconti del sabato*
Marisa Gianotti, *La collana di Miràm*
Ruco Magnoli, *Sharon scia*
Ruco Magnoli, *Sharon protegge*
Luigi Schifitto, *Delitti di stagione*
Gilberto Cavicchioli, *Mosaico*
Ruco Magnoli, *Sharon studia*
Lidia Masci, *Le ali di Alì*
Ruco Magnoli, *Sharon alleva*
Ruco Magnoli, *Sharon balnea*
Ruco Magnoli, *Sharon villeggia*
Ana Danca, *Patrie interiori*
Eliana Fusai, *Il tempo dell'anima*
Luca Ragazzini, *Le misturanze – Dormiveglia irlandese*
Nadia Bellini, *Un cancello a chiudere il vento*
Silvia Peroni, *Gatti, Stregatti e Aristogatti*
Sergio Rossi, *Una questione di naso*
Ruco Magnoli, *Sharon ritorna*
Ruco Magnoli, *Sharon suona*
Alessandro Gianesini, *La brigata della speranza*

Monica Ferraioli, *Cenerentola oggi calzerebbe il 41*
Guendalina Bosio, *Destinazione felicità*
Luca "Splash" Guarneri, *Sigla*
Maristella Bonomo, *Navel*
Fausto Bertolini, *Giulietta deve morire*
Riccardo Bassi, *Sognando Bologna*
Simone De Bernardin, *Lettere*
Paolo Pisi, *Il meccanico di Nuvolari e altri personaggi di genio*
Ilaria Arpella, *Le cronache dei Regni Perduti – Le Regine dei Regni Perduti*
Giorgio Corvi, *Il fiore dell'eternità*
Ruco Magnoli, *Sharon fiuta*
Ruco Magnoli, *Sharon nuota*
Raffaella Azzini, *Vento d'autunno*
Laura Coghi, *Innamorarsi del possibile*
Angel Luís Galzerano, *Naufraghi*
Elisabetta Baraldi, *Sono tornate le pecore*
Floriano Rubiano Fila, *Scritto in Nicaragua*
Aquilino, *Passione di Fedra*
Silvia Peroni, *Tutto in un mese*
Mauro Acquaroni, *Ho visto – J'ai vu*
Stefania Lamanna, *Il rimpianto perfetto*
Sergio Rossi, *La bella età*
Maria Giovanna Farina, *Non siamo solo cagnolini*
Ariel Shimona Edith Besozzi, *Qualcosa per cui correre*
Lina Calogera Alaimo, *Stella Fruttidoro*
Cornelia Campidelli, *L'ignoto capovolto*
Fausto Bertolini, *Gli omicidi del Colosseo*
Adriano Bernasconi, *Eterofobia*
Ruco Magnoli, *Sharon visita*
Ruco Magnoli, *Sharon sconfina*

Lorenzo Zani, *A. Strano*
Alice Cesarini, *Abraham*

ISHTAR – Collana di Poesia

Ana Kramar, *Il passaggio fra le mani*
Ivana Magri, *Echi d'anima*
Augusto Bolther, *Labirinti di luce*
Andrea Garbin, *Croce del Sud*
Giulia Deon, *Piccolo Bestiaire*
Paolo Savani, *La ricerca dell'aria dalla A alla Z*
Giulia Deon, *Omaggio naturale*
Monica Palma, *Senza fini di logos*
Carlo De Raffaele, *Luci notturne*
Giulia Deon, *Poesie a regola d'arte*
Carlo Sturani, *suonoSettenari*
Emidio Montini, *I Vecchi di Colono*
Andrea Garbin, *Genesi dei sensi*
Floriano Rubiano Fila, *L'osteria del tempo che passa*
Emidio Montini, *Cronache dalla macchia*
Giulia Deon, *Variazione sui temi*
Carlo Sturani, *Cometa – Uno sguardo sul mondo*
Lina Luraschi, *Scucita voce*
Luca De Risi, *L'acqua bassa delle rive*
AA. VV., *Antologia Premio Naz. di Poesia Terre di Virgilio 2015*
Gianluca Moro, *I poeti non sanno scrivere*
Massimo Padua, *Con pelle di spine*
Manuel Paolino, *Carmina Lapidea*
Giorgio Bolla, *La quintessenza del gioco*
Lara Lorenzini, *In rebus*

Emidio Montini, *Il tempo e le maree*
Nadia Alberici, *Terre incolte*
Lilli Sanna, *Foglie d'ortica*
Alessandra Chiavegatti, *Dietro agli occhi in fondo all'anima*
AA. VV., *Antologia Premio Naz. di Poesia Terre di Virgilio 2016*
Gabriella Montanari, *Si chiude da sé*
Giorgio Corvi, *Antologia*
Emidio Montini, *Nostalgia del padre*
Massimo Novaga, *Sguardo sul nuovo mondo*
Maurizio Salva, *Così*
Massimo Padua, *Il contrario della meteora*
Mattia Venturini, *Il teatro delle attese*
Carlo Sturani, *Alci*
Simonetta Fantoni, *Ricreazione*
Marjio Durmishi, *Aral*
Anna Vercesi, *Mi t'aspet chi*
Anna Vercesi, *Trasparendo*
AA. VV., *Poesia – La vertigine della bellezza*
AA. VV., *Antologia Premio Naz. di Poesia Terre di Virgilio 2017*
Floriano Rubiano Fila, *La ballata di via degli Orti e altre anomalie*
Maurizio Maffezzoni, *Passione di un arrogante innocente*
Ruggero Campagnoli, *Sonetti da tavola I. Per Liana* (nuova versione)
Ruggero Campagnoli, *Sonetti da tavola VIII. Per Sara*
Ruggero Campagnoli, *Sonetti da tavola IX. Per Tessa*
Laura Coghi, *La dolce amazzone giapponese e il giardiniere della piccola bellezza*
Emanuela Dalla Libera, *Lo sguardo altrove*
Paolo Bartalini, *Piccola corrispondenza fuori sacco*

Domenico Perigni, *Orlando Magno e la testa tagliata*
Simone De Bernardin, *Porpora e amaranto*
AA. VV., *Young Poetry*
AA. VV., *Antologia Premio Naz. di Poesia Terre di Virgilio 2018*
Claudio Fraccari, *Nittalopìa*
Marilucia Dui, *Briciole sparse*
Rodolfo Vettorello, *Rondini a Milano*
Andrew S. Marini, *Il visitatore*
Angelo Lamberti, *Poesie con il fiato corto*
Ruggero Campagnoli, *Sonetti da tavola X. Per Ubalda*
Ermanno Prandini, *Al di là della porta*
AA. VV., *Young Poetry 2019*
AA. VV., *Antologia Premio Naz. di Poesia Terre di Virgilio 2019*
Enrico Ratti, *Blasfemie*
Alberto Cappi, *Mamanto – Poesie per una città / La città dei poeti – Poesie per un poeta*
Angela Cresta, *Curriculum*
Mariangiola Mangiagalli, *Viaggio tra poesia e realtà*
Luca Bertuzzi, *Carta in tavola*
Carlo Sturani, *Cavalieri*
Stefano Prandini, *Il sale della terra*
Lina Luraschi, *Di pari passo*
Paolo Breviglieri, *Lodi e altri incanti*
Santo Atanasio, *Frammenti di un sogno d'estate e altri versi*
Rosa Pierno, *Istoriato*
Alberto Costo Lucco, *Piazza Libertà*
Francesco Chinaglia, *Sonata per soli notturni*
AA. VV., *Antologia Premio Naz. di Poesia Terre di Virgilio 2020*
Gianluca Moro, *Il pianeta dei Navigli*

Dalila Mancusi, *Stagione d'amore*
Elisabetta Salemi, *L'ultima lacrima del fiume Simeto*

LE ZANZARE – Poesia scelta

Nenad Glišić, *Nella pancia della bestia*
Beppe Costa, *La terra (non è) il cielo!*
Ivana Maksić, *La mia paura di essere schiava*
Alejandro Murguía, *Offerte di carta*
Basir Ahang, *Sogni di tregua*
Leyla Patricia Quintana Marxelly, *Questo amore, più forte del tuo silenzio*
Serse Cardellini, *Dell'inutile*
Alessandra Bava, *A rima armata*
Benny Nonasky, *La città delle mosche*
Xanáth Caraza, *Le sillabe del vento*

POETHREE – Collana di Gemellaggi poetici

1) Andrea Garbin, Rosana Crispim Da Costa, Viorel Boldis – Poetre (një vibrim dallgëzues flatrash – una vibrazione ondeggiante delle ali) – Traduzione e introduzione di Valbona Jakova
2) Valeria Raimondi, Beppe Costa, Jack Hirschman – Poetre II – Traduzione e introduzione di Valbona Jakova

AN – Collana per bambini e ragazzi

Loredana Rossetti, *La principessa del parco*
Susanne Raweh, *La storia della nonna bambina – La Shoah raccontata ai bambini*
Silvia Ziliani, Silvia Spagnoli, *Mina, piccola e potente cacciatrice*
Felice Carlo Ferrara, Helga Micari, Chiara Anicito, *Il Regno di Golosonia*
Alunni "Casa dei Bambini", *La ballata di Fortunata*
Milena Ziletti, *Reston, l'unicorno dorato*
Carlo Salvoni, *Cavalletti e cavalli*
Silvia Spagnoli, *Prove di volo*
Hans Christien Andersen, *Il porcellino salvadanaio*
Carlo Salvoni, *Zooinferno*
Carmela Mantegna, *L'Albero di Salomone*
Milena Ziletti, *Reston e il ritorno dei Cronnis*
Milena Ziletti, *Reston e le lacrime del drago*
Antonella Astori, *Orsetto, dove sei?*
Sara Pellucchi, *Contrariolandia*
Annalisa Molaschi, *TVB Benedetta*

FUORI COLLANA

Victor Togliani, *Funzioni non verbali – Vivere giocando con una matita in tasca*
Milena Del Vecchio, *Vittoria un grande dono*
Orietta Ravenna, *Il filo della danza*
Silvia Savoldi, *Io faccio così – Manuale di autoproduzione*
Mario Bonanno, *La protesta e l'amore – Conversazioni con Luca Bonaffini* (contiene un Audio CD)

Sara Galli, *Quadretti portoghesi – Con pennellate ebraiche*
Marinella Mazzola, *La semplicità in cucina*
Emanuela Guidorizzi Palastrelli, *Il mio amatissimo carnevale*
Marco Maffiolini, *L'aqua ca l'ha fai tri tom*

Collana Gilgamesh *Self-Publishing*

Augusto Perrone, *Tarocchi & Ermetismo*
Cesare Pirozzi, *Il segreto di Dante*
Antonio Patrizi, *Matilde e altri racconti*

I LIBRI DELLA FONDAZIONE SANGUANINI

Silvestro Volta, *La famiglia di Kolè*
Roberto Fertonani, *L'uomo dell'acquedotto*
Silvestro Volta, *Il reietto*
Roberto Fertonani, *Dario Sanguanini, una vita per l'arte*
Roberto Fertonani, *La villa del Roccolo*

Printed in Great Britain
by Amazon

56982363R00177